三国
配角演义

著 马伯庸

湖南文艺出版社
HUNAN LITERATURE AND ART PUBLISHING HOUSE

博集天卷
CS-BOOKY

图书在版编目（CIP）数据

三国配角演义 / 马伯庸著 . — 长沙：湖南文艺出版社，2019.12（2025.5 重印）
ISBN 978-7-5404-9087-4

Ⅰ.①三… Ⅱ.①马… Ⅲ.①短篇小说—小说集—中国—当代 Ⅳ.①I247.7

中国版本图书馆 CIP 数据核字（2019）第 032090 号

上架建议：畅销·小说

SANGUO PEIJUE YANYI
三国配角演义

作　　者：马伯庸
出 版 人：陈新文
责任编辑：薛　健　刘诗哲
监　　制：蔡明菲
出 品 人：郑冰容
特约监制：游婧怡
特约策划：邢越超　刘宁远　姚长杰
特约编辑：汪　璐　胡　可
营销支持：侯佩冬　傅婷婷　李佳欢
封面设计：熊　琼
版式设计：梁秋晨
版权支持：中联百文
出　　版：湖南文艺出版社
　　　　　（长沙市雨花区东二环一段 508 号　邮编：410014）
网　　址：www.hnwy.net
印　　刷：三河市鑫金马印装有限公司
经　　销：新华书店
开　　本：700mm×980mm　1/16
字　　数：223 千字
印　　张：18
版　　次：2019 年 12 月第 1 版
印　　次：2025 年 5 月第 9 次印刷
书　　号：ISBN 978-7-5404-9087-4
定　　价：49.80 元

若有质量问题，请致电质量监督电话：010-59096394
团购电话：010-59320018

目　录

C o n t e n t s

| 历史缝隙中的细节 |———————1

历史呈现给我们的，永远只是一些不完全的片段与表象，在这些片段的背后和间隙究竟存在着什么，却有无限的可能性。

| 街亭 |———————5

刚从死亡边缘逃出来的马谡是茫然无措的，失去了地位和名誉的他不知道何去何从，也不知道该如何是好。那时候，他的心态就好像是刚刚从笼子里逃出来的野兔，只是感受到了自由，但对自己的方向十分迷茫，未来究竟如何，他根本全无头绪。不过现在他的人生目标再度清晰了起来，他知道自己该做什么了。

| 白帝城之夜 |———————103

刘备应该不会改变立嗣的心意，但躺在永安的他已经病入膏肓，动弹不得。白帝城的神秘沉默，或许是某些人为了隔绝天子与外界联系而竖起的帷幕，而诸葛亮和李严匆匆赶到白帝城后再无消息传回，说不定也已身陷彀中。

官渡杀人事件 ——————— 151

此时满天星斗灿然，我把怀里揣着的木牍取出来把玩，忽然有一种不真实的奇妙感。次日这里就要拔营，曹公即将接管整个中原大地，成为不可撼动的霸主。

假如徐他能够成功的话，那么这一切将完全颠倒过来，袁本初将率领大军南下许都，我则会变成张郃那样的投降者，或者在某一场战斗中殉难吧。

宛城惊变 ——————— 195

曹操这一生的所有危机加到一块儿，却都不及他在宛城遭遇的这一次这么有戏剧性，这么离奇，这么充满了重重迷雾。围绕着这次危机的种种隐情，更是宛如丝线般繁复杂乱，直至许多年后，仍旧能让人们感受到它的余波回荡，影响无比深远。

《孔雀东南飞》
与建安年间政治悬案 ——————— 215

我在满足之余，却还带着淡淡的遗憾，有一个疑问始终在心中挥之不去——难道《孔雀》真的只是一曲小人物的悲歌吗？焦仲卿和刘兰芝，真的只是乱世之中的一粒不为人知的沙子吗？

风雨《洛神赋》 ——————— 239

我们的演员们终于纷纷退场，只剩下《洛神赋》流传至今，叫人嗟叹不已，回味不休。千载之下，那些兵戈烟尘俱都散去，只剩下《洛神赋》和赋中那明眸善睐的传奇女子。世人惊羡于洛神的美貌与曹植的才气，只是不复有人了解这篇赋后所隐藏的那些故事与人性……

| 三国新语 | ———————— 263 |

曹操大宴于许都，天子在席。宴酣之时，操持酒樽趣帝前，醉声曰："陛下可知，设若无孤，天下不知几人称王，几人称帝？"天子亦大醉，对曰："袁本初、孙仲谋、刘玄德，与朕而将四矣！"二人大笑，畅饮竟夜。次日醒觉，皆醺醺然，尽忘前事。左右无敢告之者，君臣亲善如初。

| 三国志·步幸传 | ———————— 277 |

十二年，太祖欲征北郡乌丸，问计于郭嘉。嘉深通有算略，劝公出，又密召幸，屏退左右，曰："曹公即往北征，公宜早行，伪投乌丸，则我军胜矣。"幸踟蹰不决，嘉再三逼之，乃从。嘉甚喜，携幸北上，军至柳城，嘉病笃。

‹历史缝隙中的细节›

历史呈现给我们的，永远只是一些不完全的片段与表象，在这些片段的背后和间隙究竟存在着什么，却有无限的可能性。

小时候最崇拜的就是三国英雄，对其中的名将谋臣如数家珍。当时我深深地相信，"智"的最高境界是诸葛亮，"武"的最高境界是关云长，"勇"的最高境界是赵子龙，"仁"的最高境界是刘玄德，再加一个大反派曹操，余者碌碌，乏善可陈。

　　后来我发现，和我有同样想法的人不在少数。一部《三国演义》，成就了几个经典角色，但同时也锁死了我们对三国时代的视野。自《三国演义》以降，举凡小说、评书、戏剧、丹青乃至后来的电视剧、电影，我们会发现，反反复复说的总是刘关张、曹刘孙、诸葛亮，讲的总是他们官渡之战、火烧赤壁、六出祁山的故事，仿佛整个三国时代除了这几个人、这几件事，就没有其他值得说的东西了。

　　《红楼梦》讲的是一个家族的兴衰，《水浒传》讲的是绿林好汉的传奇，《西游记》讲的是师徒四人的游记，都是微观视角。《三国演义》跟它们却不同，描绘的是宏观的整整一个大时代。在这个时代里，既有大人物的风云际会，也有小人物的喜怒哀乐；既有扭转乾坤的宏大叙事，也有跌宕起伏的个人奋斗。这些海量的细节填塞在大时代的骨骼之中，使之有血有肉，生动无比。

　　我们关注的，往往是这个时代最宏观的部分，以及那几个时代的骄子。

更多的微观细节，则被忽略掉了，沦为无足轻重的背景。

这是一件非常遗憾的事。

这也是这本短篇小说集的创作初衷。

三国并不是只有主角，还有许多配角和小人物。他们的故事同样精彩，只不过被埋于历史的夹缝中，不为人知罢了。我的任务，是通过文学艺术的手段，让那些配角走向前台，哪怕只是在短短几千字的篇幅里，也要绽放出如同主角般绚烂的光彩。

这几篇基于三国背景的小说并没有严谨的历史考据，也并非单纯的文学创作。如果要把它强行归入一个类别，那么它应该属于一种对历史的再想象。历史呈现给我们的，永远只是一些不完全的片段与表象，在这些片段的背后和间隙究竟存在着什么，却有无限的可能性。

我的工作，是从一句微不足道的史料记载或一个小小的假设出发，把散碎的历史片段连缀成完整的链条，推演出一个逻辑可信的故事，让读者意识到，在他们所熟知的英雄们奋斗的同时，还有许多卑微的配角为了自己的理想或利益而挣扎着。这种"再想象"介于真实与想象之间，与其说是为了还原历史背后的真相，毋宁说是以历史片段为建筑材料，来构筑自己理想中的往事宫殿。

从一段史实出发，中间是最狂野的想象，但最终又可以落实到另外一段史实上，让首尾彼此应和。这对我来说，是一个无上的乐趣。

比如《官渡杀人事件》，它的核心是官渡之战期间发生的谋刺曹操事件，这是一件真事，但在史书上的记载非常简单："时常从士徐他等谋为逆，以褚常侍左右，惮之不敢发。伺褚休下日，他等怀刀入。褚至下舍心动，即还侍。他等不知，入帐见褚，大惊愕。他色变，褚觉之，即击杀他等。"这起足以改变历史的刺杀事件，根本没人知道，如果不是陈寿顺手记下来，这一段早就被人淡忘了。我看到这段史料的时候，忍不住浮想联翩，想象刺杀曹操的徐他是怎样一个人，他为什么要刺杀曹操，刺杀的准备又是如何进行的，会不会有在水下悄无声息却惊心动魄的激烈交锋……

再比如《孔雀东南飞》，它是一首中国古典叙事长诗，历来传诵的人很多。但很少有人注意过，这首诗的序言里说得明白，这个故事发生的时间是"汉末建安中"，简简单单五个字，就把这个悲剧的爱情故事与三国前期那波澜壮阔的群雄争霸联系到一起。那么，两者之间究竟会有怎样的联系？焦仲卿和刘兰芝的悲剧，是否还有背后的隐情？哪位三国名人和他们能有来往？这都是一个小说创作者所感兴趣的细节。

还有著名的"马谡失街亭"。《三国演义》里说诸葛亮挥泪斩马谡，史书里却给出截然不同的答案：马谡是死在了监狱之中。那么这个矛盾的背后，代表了诸葛亮的什么心思？马谡的结局到底是什么？街亭是否有什么不得了的真相被掩盖了？我很想替古人担忧一下。

这些三国的配角就在这样一连串的刨根问底中逐渐活跃起来，在大时代的阴影下演绎了自己的一段人生，让这个时代变得更加丰富、更加完全。

在这本小集子里，还附有《三国新语》若干则。它在体例上模仿《世说新语》，利用三国的一些史实逸事穿凿附会，嫁接翻转，聊为一乐，不要当真。

马伯庸

二〇一二年十一月

❖ 街亭 ❖

刚从死亡边缘逃出来的马谡是茫然无措的，失去了地位和名誉的他不知道何去何从，也不知道该如何是好。那时候，他的心态就好像是刚刚从笼子里逃出来的野兔，只是感受到了自由，但对自己的方向十分迷茫，未来究竟如何，他根本全无头绪。不过现在他的人生目标再度清晰了起来，他知道自己该做什么了。

———————————

街亭败战

一阵清凉的山风吹过，马谡拍了拍胯下的坐骑，下意识地屏住了呼吸。对习惯蜀中温湿气候的他来说，这种陌生的气候虽然感觉很惬意，但仍会让他的身体产生一丝微妙的不适。这种不适既是生理上的，也是心理上的。

湛蓝的天空没有一点云彩，阳光十分耀眼。从山岭的这个高度回头望去，远方是绵延逶迤的秦岭山脉，起伏不定的山脊仿佛一条藏青色的巨龙横卧在这雍凉大地上。

在马谡的身后，是两万多名蜀军士兵，他们三人或四人一排，组成一条长长的纵队穿行于狭窄的山路之间。士兵们各自扛着手中的武器或旗帜低头急行，相较于踌躇满志的指挥官，他们似乎更加专注于脚下的道路。以这种速度在崎岖的山地急行却仍旧可以保持队列整齐划一，足以显示出这支部队良好的素质。

在队伍的前头飘扬着两面大纛，一面写着大大的"汉"字，一面写着大大的"马"字；两面旗帜就像它们所代表的主帅一样踌躇满志，迎着风在空中飞舞，金线做成的穗尖在阳光下闪闪发光。

忽然，一骑斥候出现在队列的正前方，负责前哨的裨将李盛迎上前去问了几句，立刻策马来到马谡身边，向他汇报道："马参军，前面斥候回报，已经看到断山了。"

马谡"嗯"了一声，点了点头，做了一个满意的手势，说："照目前的速度，日落之前就可以抵达街亭，很好，按现在的速度继续前进。"

"是，那么斥候还是在队伍前三里的范围内活动？"

"把巡逻范围扩大到五里。要接近街亭了，守军数量还不清楚，谨慎点比较好。"

李盛说了一声"得令"，刚拨马要走，又被马谡叫住。

"前军多打起几面旗帜，我要叫他们早早发现我军的存在，然后望风而逃。"

说到这里，马谡的嘴角微微上翘起来。他尽量不动声色地下着指示，想使自己看起来更加镇定自若；不过内心的激动始终还是难以压抑，一想到即将到达街亭，他白净的脸色就微微泛红，双手习惯性地攥紧了缰绳。

马谡的激动不是没有理由的。长久以来，虽然他一直格外受诸葛丞相青睐，但始终不曾单独指挥过一支一线部队。这个缺憾令马谡在蜀汉军界总无法受到与其他将领一样的尊敬。很多人视其为只会对着地图与文书高谈阔论的高级文官，这让以"智将"自居的马谡耿耿于怀。

军队与庙堂不同，它有着自己的一套独特哲学与道德评判。这是个经常要跨越生死的团体，务实的思维模式使得军人们在评价一个人的时候，只会看那个人做过什么，而不是他说过什么。这种评价未必会见诸正式公文，但其无形的力量在军队中比天子赐予的符节更有影响力。一名没有实绩的军官或许可以在朝廷获得褒奖，但绝不会得到同僚与下层士兵发自内心的尊敬与信赖，而这种信赖在战争中是至关重要的。

马谡对这一点了解得很清楚，也正因为如此，他变得格外敏感。别人的眼色与窃窃私语总令马谡如芒在背，先主去世前一句"马谡言过其实，不可大用"给他带来的心理阴影甚至抵消了诸葛丞相的褒奖。马谡是如此迫切地渴望出战的机会，他太需要一次胜利来证明自己的存在了。

终于，他得到了这个机会，因为蜀汉的北伐开始了。

蜀汉的这一次北伐声势惊人，自从先主死后，蜀汉还从没组织过如此宏大的攻势。甚至追溯到高祖刘邦以后，两川都不曾对中原发动过这么大规模的军事行动。诸葛丞相从五年前就一直在为此筹划，现在时机终于成熟了。

建兴六年（228年）春，蓄势待发的蜀汉精锐军完成了动员，北伐正式开始。近十万名士兵自汉中出发，犹如一部精密的军事机器，在从祁山到秦岭的漫长战线上有条不紊地展开，缓慢而有秩序地露出锐利的锋芒，直指魏国的陇西地区。"恢复汉室"的梦想，从益州盆地熊熊地燃烧到了雍凉的旷野之上。

战事开始进行得非常顺利。赵云、邓芝军团成功地让魏国大将军曹真误判了汉军主攻方向，把他和他的部队吸引到了箕谷（现陕西褒城县西北）一带。而在雍州主战场，汉军的政治攻势与军事打压配合无间，兵不血刃即迫使天水、南安以及安定三郡宣布脱离魏国的统属，向汉军送来了降表。在很短时间内，陇右地区大部分已经被诸葛丞相控制，震惊的魏军守备部队只能龟缩在上邽、冀城、西城等几个孤立的据点中，等待着中央军团救援。

接下来的问题，就是如何尽快清除魏军在陇西残余的防御力量了。而为了达成这一目的，必须控制住街亭，让魏国的支援部队无法及时进入陇西地区。对于究竟派谁去防守这一要地，在统帅部中爆发了一场争论。

诸葛丞相提议由他一直看好的马谡肩负阻援的任务，这个提议遭到了大多数幕僚的反对。就像马谡自己感觉到的那样，他们对他并不信任："这样一项重要的任务，应该交给魏延或者吴壹这样的经验比较丰富的宿将，而不是一个从来不曾上过战场的参谋。"这个理由是如此尖锐，以至于马谡不需多少洞察力就能觉察到其中对他的蔑视——甚至有人搬出了先帝的那句评价，暗示诸葛丞相用人之偏。

那次会议中，面对着诸人的争论，马谡保持着难堪的沉默，任由周围蜀将的眼光扫在自己身上。他有些愤怒，又有些沮丧。他再度抬起头来的时候，发现诸葛丞相意味深长地看了自己一眼，他明白如果继续低头下去，机会就会从手中溜走，于是他站了起来。

丞相似乎对刚才的争论没有任何的感想，慈祥的脸上看不出一丝端倪。等到诸将的争论暂告平息，他才把头转向马谡，徐徐问道："幼常，你能做到吗？"

"能！"马谡大声说道，这是回答丞相，也是回答在场所有的人。

丞相点了点头，缓缓从桌上取出一支令箭，放在手里摩挲，仿佛那支木制的小小令箭有千斤之重。

"魏军在陇西的实力不可小觑，城小坚固，需要文长（魏延表字）与子远（吴壹表字）这样的大将。阻援的任务，只需挡魏军于陇山（今六盘山）即可，还不至于动员我军的主力。幼常虽然经验不多，但是跟随我多年，熟读兵法，我觉得他是能够胜任的。"

丞相顿了顿，似是不经意地说道："不把刀放进口袋里，是无法知道它到底有多锋利的。"

诸葛亮用古人的一个比喻结束了这次争论。于是这次军事行动的指挥官人选就这么确定了，没人敢对诸葛丞相的决定多说什么，因为再继续反对就等于挑战丞相的权威。但反对者们并不心服，甚至有人私下里认为，这是诸葛丞相扶植自己亲信的一种手段，这个说法缺乏足够的证据，却像一粒种子悄然埋在了每个人心里。

马谡满足地看着同僚们的脸色，那种眼神让很多人不满。出于礼貌，马谡至少也应该表现出一点谦逊或者辞让；但是现在他把得意之情完全表现在脸上，这是对反对者的一种羞辱。这是他在军界被孤立的原因之一。

"幼常，街亭虽小，干系重大，不要让我失望啊！"

丞相意味深长地说了这么一句话。就诸葛亮一向稳健的行事风格来说，像今天这样力排众议的举动可是非常罕见的。马谡对于这一点也非常清楚，于是他以同样分量的自信来回应丞相的这种信任。

"请丞相放心，只要我在，街亭就在！"

丞相听到这句话，露出满意的神色，起身将令箭与符节交给了马谡，然后像平时一样亲切地拍了拍他的肩膀。在正式的军事会议上，这个举动绝不寻常，暗示了丞相对这个决定的坚持，于是就连在座最顽固的反对者也都闭上了嘴。

唯一令马谡不快的是，随后丞相将裨将军王平任命为他的副将。

就个人感觉而言，马谡实在不喜欢王平这个人。这个人虽然举止稳重，不像一般老兵那样粗豪无忌，但是性格很狭隘，猜疑之心特别重。反对委派马谡去街亭的将领之中，他是比较激烈的一个。所以当诸葛丞相宣布他为马谡的副将时，马谡在他的眼神里看到了不屑、震惊以及恼怒，他黝黑的脸上写满了轻蔑。

然而，诸葛丞相有他自己的考虑。这一次派遣没有实战经验的马谡前往，实质上是一场赌博：魏国的筹码是整个陇西地区和通往关中的通道，诸葛丞相的筹码则是十万蜀军与自己的政治生命，两者之间的胜负将取决于马谡在陇山阻援的表现。

因此，丞相希望能尽可能地把胜算加大：王平对于雍凉的事务比较熟悉，而且拥有马谡所无法比肩的实战经验。派他作为马谡的副手，能够确保万无一失。

对于这个任命，当事双方都通过各自的习惯表达了不满。这不仅是出于私人方面的好恶，从技术角度来说，马谡还看不起王平那种平庸的指挥风格，而王平也对这个参谋出身的书生不屑一顾。

但是军令就是军令，无论是马谡还是王平，都没办法改变。两个人领取了丞相亲自签发的符节，一前一后走出了营帐。在大帐门口，王平停下脚步，冷冷地瞥了马谡一眼，一句话都没有说便转头离开，还故意把自己的铠甲弄得铿锵作响，好像在讽刺马谡一样。

一直到出兵之前，他们都没再说过话。

马谡把思绪收回来，回首望了望逶迤几里的队伍，王平现在负责殿后；这是个两全其美的安排，两个人互相见不到，免得彼此尴尬。对踌躇满志的马谡来说，这只是些小瑕疵而已，并没太放在心上。他是丞相亲自提拔的人，没必要与一个二流将领争无谓的闲气。想到这里，他的心情又愉快起来，觉得吹在面上的风也清爽多了。

天空飞过几只大雁，他仰起头眯着眼睛倾听着雁鸣，甚至想拿起弓箭射下几只，来释放自己的这种兴奋心情。只需要在街亭取得胜利，他从此就会平步青云。

与马谡并辔而行的是他的参军陈松。受到主帅的影响，这个瘦脸宽眉的中年人也是一身轻便甲装，神色轻松自如，好像只是出来踏青一样。他注意到了马谡神采飞扬的神情，于是恰到好处地问了一句："幼常，你看这一次北伐，胜算能有多少？"

"呵呵，我军现在节节胜利，陇西计日可得。"马谡扬起手中的鞭子，笑道，"如今只是快胜慢胜的问题，陈兄未免多此一问了。"

"那倒也是，有幼常你在此，又愁什么呢？犬子将来要是从武，定要拜到参军门下讨教呢！"

马谡对于这样的恭维已经习以为常，比起那些总是没好脸色的将领，统帅部的文职人员对马谡颇有好感，甚至有着小小的崇拜。他耸耸肩，从容答道："等令郎长大，天下恐怕已经是一统太平年，还用得着学什么兵法？倒不如做个史官，不要让这些事迹付之阙如的好。"

"呵呵，将军这街亭之役，到时候值得大书一笔啊。"

两个人同时笑起来，让旁边不明就里的几名传令兵疑惑地交换了一下眼神。

单就气候条件来说，雍州的春季相当适宜行军，无论日照时间、风力还是温度，都让人感觉到舒适。唯一拖累行军速度的就是崎岖的山路。为了确保毫无干扰地抵达街亭，马谡并没有选择天水大路行进，而是沿渭水南岸向东前进，然后渡河循陇山北上。最后，这一支部队在出发五天后的那个傍晚抵达了街亭。一切都如马谡事先计算的那样。

长安至陇西地区被南北走向的陇山阻隔，只有一条坦途大道，只要能扼守住街亭，就等于关上了陇右的大门，让增援的魏军欲进无路；汉军便可从容消化掉三郡，然后以高屋建瓴之势向关中进发。死守街亭，这就是马谡此行的任务，也是北伐成败的关键所在。假如他成功的话，街亭就将是蜀汉军中一颗崭新将星升起的舞台。

诸葛丞相是这么期望的，而主角本人更是已经迫不及待了。

马谡军队进入街亭的时候，并没有遭到任何的抵抗，魏军没料到汉军的动作会这么快，驻扎此地的二十余名魏兵在看到汉军的大纛后，就立刻弃城向关中逃去。汉军很轻松地就控制了整个街亭。

街亭城的城墙破落，年久失修，显然没有什么太大的军事价值。马谡命令另外一名裨将张休率领几百人进入城中侦察，其他的士兵就在城前的开阔地带披甲待命。

"披甲待命？"

李盛与王平很惊讶地看着马谡，然后李盛试探着问道："参军说的，不是扎营吗？"

"对，不是扎营。先让他们待命，多派些斥候去关中道方向；还有，没我的命令不许扎营开伙，我另有安排。"马谡捏着下巴，挥手叫他们尽快去执行。

王平瞪了马谡一眼，嘴唇动了动，终究还是什么都没说，策马转身去了后队。

连续行军三日的汉军已经疲惫不堪了，现在即使只是被命令原地待命，也足以让他们如释重负。听到传令后，士兵们纷纷放下手里的武器，就地坐了下去。谨慎的指挥官们没有大意，他们知道这时候的士兵无论意志还是体力都是最低下的，这种状态非常危险，尤其他们目前所处的位置是敌人的侧后，随时可能会有关中的魏军大队赶到。因此他们指派了一批弓弩手驻在大道两侧高处，并且将辎重全都堆放在了道中，以备万全。

马谡不需要为这些琐事烦恼，他与陈松还有几名护卫离开了本队，在街亭四周巡视，查探地形。

街亭并不大，本来逶迤于陇山之中的狭窄官道到此豁然开朗，向关中方向一去十里都是宽阔平地，四周都是险峻山川。街亭小城便镇于道口的南侧，城后十里处是一座断山，这座山拔地而起，高两百余尺，独自成峰，与四周山脉不相连接；山侧清水河涛声訇然，隐约似伏有雄兵百万，峥嵘群山拱卫之下，自涵一番气势。

当马谡一行走到断山的山麓时，他忽然勒住马，侧身伸出手指问道："那里是何处？"周围的人循着他的手指看去，看到断山半山腰处山势忽然舒缓，向四面伸展成一座山崖。山崖边侧起伏不定，却看不清顶上是什么样子。

"据土人说，此地叫麦积崖。"一名卫兵答道。

"这崖下宽上窄，又层叠起伏，这麦积二字，叫得有理，有理。"陈松听到这名字，不禁晃着头赞叹道。马谡没有说话，仰头看了半天，摆了一个手势。

"我们上去看看。"

于是几个人顺着山坡缓处慢慢上去。麦积崖上树很少，但草很多，长起两尺多高，郁郁葱葱，散发着淡淡草香。爬了两百余尺高，就到了山崖顶部。一爬上去，所有的人包括马谡都是一惊，原来这麦积崖顶宽阔平整，地表半石半土，方圆百丈都是平地，略加整理就足以容纳万人。

马谡不发一语，背着手围着崖顶转了一圈，不时俯身捡起几块石头观察，或者眺望远方，显然陷入沉思。陈松和其他士兵没多打扰，安静地站在一旁。此时夕阳西下，薄云涌起，天空宛如火烧一般绚烂；陇山的崇山峻岭雄峙八方，日暮之时越发显得威严肃杀。马谡自山顶向下俯瞰，街亭城与大道尽收眼底，孔子"登泰山而小天下"的感慨一时横生胸襟。他看到街亭界碑在大道之上拉出长长影子时，不禁下意识地按着自己的胸口，感觉到自己的心情鼓荡不已，难以自抑。

"只要站在这里，胜利就是属于我的。"

他抬首向远处视线之外的长安望去，嘴角浮现出一丝笑意。

与此同时，在相反的方向，另外一个人也在望着即将沉入黑暗的陇山沉思，这个人就是魏右将军张郃。

张郃是魏国军界的偶像，当年太祖武皇帝麾下号称"五子良将"的将领中，张辽、乐进、于禁早已过世，徐晃也在去年病死，至今仍旧活跃在一线的只剩下张郃一人，他是魏国太祖时代的最后一位名将。这资历，在魏军的高级将领里是无人能比的。张郃自己也清楚，不过在自豪之余，他多少有些寂寞。

当诸葛亮在祁山发动大规模攻击的消息传到许昌的时候，举朝哗然。对心理准备不足的魏国来说，蜀军的这一次进攻非常突然。魏国的两个主力军团此时正驻守在荆、扬两地以防备吴国的进攻，分身乏术，大将军曹真又已经前往箕谷，朝廷必须另外派遣一支部队以最快速度赶去支援薄弱的陇西守军。

在讨论到指挥官的人选时，大家不约而同地想到了这位精神仍旧矍铄的右将军张郃。

当时张郃刚从南方回来，正在家中静养。当别人把廷议的结果告诉他的时候，这位老人没有想象中那么高兴。他看着敕书上"陇西讨贼"四个字，不禁发出一阵物是人非的感慨。

十三年前，他被派去进攻蜀中，结果在宕渠郡被张飞击败；九年前，他在定军山目睹了夏侯渊的死亡；然后他就一直驻守在陇西，后来被调派到长江一带主持对东吴的军事行动，从此再没靠近过西北。张郃想不到自己年近六十，终于还是要回到那片战场，再次面对熟悉但又陌生的敌人。

伤感终究只是伤感，身为一名军人，张郃并不会因为自己的感情而耽误了职责。接到敕书之后，他立刻穿上朝服，进宫面圣，然后就具体的救援计划提出了自己的建议，并得到了当今圣上的首肯。

皇帝曹叡是最先从震惊中恢复过来的人之一，这个年轻皇帝对于西蜀入寇的惊讶程度，远没有他的臣子那么大。讽刺的是，这种自信是来源于他的年纪——曹叡太过年轻了，对蜀国没有什么刻骨铭心的感性认识，而张郃正好相反。

所幸这种自信并没有演变成自大的情绪，曹叡很清楚自己在军事上的才能，所以他期待着张郃能有一番大的作为，于是这位老将军被赋予了"都督中外诸军事"的权限，也就是全权委任。

魏军的主力远在荆、扬难以猝回，根据张郃的建议，朝廷就近动员了四万名士兵，加上曹叡特意下诏调拨虎贲（近卫军）一万人，张郃可以动用的兵力达到了五万。兵力的集结、辎重的筹备、武械的分配，以及马匹的调配，所有的准备工作由五兵尚书在七天之内就完成了。魏国的官僚机构在危急时刻的效率还是很值得称道的。

张郃知道多拖一刻，就多一分被动，多年的戎马生涯教会他一个简单的道理——兵贵神速。在部队动员初具规模后，他就立刻禀明皇帝，将后续部队的组织工作交给副将郭淮，然后自己带着刚刚完成动员的五万人向着陇西急速前进。

临行前，皇帝曹叡挽着他的手，说："张将军，魏国安危，就系于将军一身了。"张郃看着年轻的皇帝，只是微微低下头去，说："臣自当尽力，不负陛下之恩。"这让期待着听到些壮烈言辞的曹叡微微有些失望。

这是一次可以媲美"飞将军"夏侯渊的行军，当张郃能望见陇山山脉时，仅仅过去了一个月的时间，而他身后的部队仍旧有四万多人。行军期间有不少人掉了队，但是沿途的郡县也相继补充了一批兵员。

一路上，张郃陆续收到来自陇右诸郡的急报。天水、南安、安定举城反叛，西城、上邽等地都面临蜀军的威胁，士兵们临出发前的兴奋已经逐渐被沉重的战争压力取代，张郃身为统帅，情绪上也稍微受了一点感染，这种状态一直持续到他进入陇山东麓的略阳地界。

西北的天气到底还是比南方干燥很多，张郃一路上总是觉得口干舌燥。现在又是这样，嘴唇感觉要裂开一样，鼻子也被风沙弄得很不舒服。他看天色已晚，揉了揉被风吹红的眼睛，把视线从远方移开，一边解下皮囊把清水一口气倒进嘴里，一边暗自想自己是不是真的已经老了。就在这时候，护卫报告说前哨部队截下了二十名退下来的魏兵。

"哦？他们是哪部分的？"

张郃听到报告，连忙把皮囊放回原处，身体前倾以表示对这件事的关注。护卫回答说："他们是街亭逃出来的守军，据称街亭已经被蜀军占了。"

听到街亭二字，张郃目光一凛。这一处乃是连接关中与陇西的枢纽，如今落到了蜀军的手里，这将令魏军极其被动。他之所以急着出发，就是怕街亭失守，结果还是晚到了一步，被蜀军占得了先机。想到这里，他忍不住扼腕叹息，狠狠地拍了拍马鞍。

不过张郃没有把自己的失望之情表现得特别露骨，他平静地对护卫说道："去把他们叫过来，我有话要问。"很快那二十名魏兵就被带到了他的马前，个个神色惊慌，因为他们知道在自己面前的是谁。张郃并没出言安慰——他认为没有必要，而是直奔主题："你们退下来的时候，看到的确实是蜀军，而不是我军退下来的部队？"

这队魏兵的伍长壮着胆子答道："回将军话，正是，我们那日正在巡城，忽然见到陇西道有无数旌旗闪现，然后大批蜀军就攻过来了。您也看到了，街亭城一共只有我们二十个人，守不住，我们为早点把这军情报出去，就弃城前来。我看得清楚，蜀军的旗号和他们的褐衫是不会错的。"

这名伍长怕担"不战而逃"的罪名，因此把当时的情景做了点小小的修改，又特意强调是为通报军情而来。他这点心思，张郃早就洞若观火，只是没必要在此深究。

"那么……"张郃眯起了眼睛，嘴唇紧抿，"领军的大将你们知道是谁吗，魏延还是吴壹？"在他心里，能当此任的蜀将只有这两位。

"只看到大纛上写着一个'马'字。"

张郃闻听此言，本来眯成一条缝的眼睛陡然睁圆，身子不由自主地在坐骑上坐直。马？他在脑海里紧张地搜索，蜀军之中姓马的有什么名将。马岱？不可能，这个人没什么才干，全因其兄马超才为人所知。马忠？也不可能，他是镇守南中的。那么……莫非是马谡？

马谡这个名字在张郃脑海里一闪而过，并没有留下太多印象。张郃来回想了半天，再也想不出其他人选，魏国这几年对蜀汉的情报工作做得比较松懈，他对蜀国军中的情况实在没什么把握。不过无论如何，蜀军占领了街亭，这个是事实。张郃必须不惜一切代价把街亭夺回来，无论那敌将是谁。

想到这里，张郃抬起头，对他们摆摆手道："你们退下去吧，去伙夫那里拿些酒肉吃，然后随队而行。你，过来。"

被他指到的伍长忙道："小的在此。"

"吃过饭你来中军帐中，问书记要笔墨，把街亭四周地理详细画张地图给我。"

"是，是，小的不吃饭了，这就去办。"伍长看到张郃没有追究他们弃城之罪，不禁喜出望外，变得格外殷勤。

把这些交代完，张郃又转过身来，手指一弹，一名传令兵立刻默契地飞马奔到旁边。

"将军，有什么吩咐？"

"传令下去，全军再前行五里，找个合适的地方扎营，埋锅造饭，但不准有炊烟。"

"得令。"传令兵转身去了。

这支部队已经经过了连续四五天的急行军，士兵们均已疲惫不堪。以这样的状态，即使强行逼近街亭，也只是强弩之末，因此张郃决定先扎下营来，稍做休整后再做打算。更深一层的考虑是，郭淮以及其他后续部队也已经开出了长安，落后张郃大约两日的路程；张郃必须先弄清楚蜀军的部队究竟有多少人，然后再决定是以目前的兵力强行突击，还是会同郭淮的大部队以优势兵力平推过去。

张郃不知道，蜀军也只是刚到，同样疲惫，并且由于统帅马谡的一个新想法而耽误了扎营。假如张郃能够未卜先知，现在杀过去，也许街亭就会失而复得。可惜的是，张郃的视线没办法超越时空，于是魏军失了第一个良机。

马谡的这个新想法，就是上山结营。

"将军要在麦积崖山顶扎营？"

张休、李盛还有黄袭三名副将张大了嘴巴，惊讶地看着面带微笑的马谡，王平保持着沉默，只有陈松还是一脸的轻松。

"没错，街亭城残破不堪，据城而守，根本没有胜算；当道扎营也难以制胜，大道太宽了；麦积崖上土地平阔，可以容纳万人，又有泉水。我军依仗天险，敌人攻不能攻，进不能进。待到丞相的援军赶到，两下合击，居高临下，势如破竹，敌人必败。到时候不要说陇西，就是趁势杀进关内，也没人能阻挡。"马谡滔滔不绝地对着他们讲解道。刚才下山的时候，他在心里仔细推演过好多次，自信是有万全把握的。

"胡闹！简直是胡闹！"王平听他说完，终于忍不住了，出口呵斥道，"简直就是纸上谈兵，拿两万多人的性命开玩笑！"

他反对，一半是因为这个计划太过冒险，远不如当道扎营稳妥，一半是因为提出建议的人是马谡。

马谡对他的这种态度早就预料到了，因此也没发火，只是微笑着对王平说道："王将军，我军此行的目的是什么？"

"这还用说，守住街亭，不让魏军进入陇西。"

"那么我问你，我军扎在大道旁的断山之上，敌人是不理我军直接从大道前进，还是先来攻打我军？"

"废话，当然会先打我部，哪个傻瓜会不顾后方有敌人部队还继续前进。"

"既然无论扎营在麦积崖还是街亭城，都能达到阻敌人主力于街亭的目的，那我们为什么不选一个更加险峻的地方呢？将军不会连这个道理都不懂吧？"马谡还是满面笑容。

"……你……"王平瞪着马谡，一句话也说不出来。虽然他的实战经验在马谡之上，但是若论兵图推演，他可不是马谡的对手，那可是在丞相府中锻炼出来的才能。

"可是，万一敌人切断我军的水源该怎么办？"在一旁的黄袭提出疑问，"毕竟我们是在山上啊！"

"呵呵，刚才我去实地勘察过了。那山下有两条明水，还有一条暗流，都是从旁边清水河来的水源，不仔细看是看不出来的。只要派一支部队过去护住暗流，就算两条明水被截，也无所谓。"

"哦……参军大才，小的不及。"黄袭无话可说，喃喃了几句客套话，同情地看了王平一眼，坐了回去。

"那么，可还有其他疑问？"

马谡望着那几位将军，无人再向他发问。看着王平欲言又止的难受样子，马谡花了好大力气才克制住，没露出得意之色。

"既无异议，那么事不宜迟，立刻就去办吧。张休、李盛两位将军带人去麦积崖扎营，山上树木不少，足敷营地之用了；黄袭将军，你去我们的来路多扎旌旗，派一千人马驻在附近山中，好让敌人以为我军在街亭以西也有埋伏，不敢轻进。陈参军，就有劳你去街亭城中慰劳一下百姓。"

马谡说到这里，又把视线转向王平，故意拖着长腔道："王将军，我分派给你三千人，你去断山东边好好把守那条暗河水源吧。这关系到我军之生死，将军之责很重，还请小心。"

"正合我意，谢参军！"

王平霍地起身，双手接了令去，那个"谢"字咬得十分清晰。不知道"正合我意"指的是满意看守水源的职责，还是庆幸不需要跟马谡天天碰面。不管怎样，至少马谡本人对这个人事安排还是很满意的。

扎营地点确定了之后，整个汉军部队就开始连夜行动起来。辎重部队开始源源不断地把物资往麦积崖上运送；伐木队三五人为一组，以崖顶为圆心，开始向外围砍伐木材；在他们身后，工程兵们已经开始有条不紊地修造营地、寨门、箭楼等必要设施；而伙夫队的炊烟也袅袅地向黑暗的天上飘去。如果从空中俯瞰的话，整个汉军就好像是一窝分工明确的蚂蚁，井然有序。

能够容纳一万多人，而且要坚固到足够抵挡敌人的围攻，这个工程量相当大。幸亏在诸葛丞相的大力提倡之下，蜀汉军队颇为擅长这类技术工作，效率比起普通部队高出不少。当次日太阳升起的时候，主帐旁已高高竖起清晰可见的大纛，而士兵们已经可以听到来自营地中央的第一通鼓声了。

太阳光带来的，不光是蜀汉士兵对自己劳动成果的成就感，还有更加辽阔的视野与随之而来的战报。就在汉军营地刚刚落成之时，前往关中道巡逻的斥候给马谡带回了一个消息——

"前方十里处发现魏军动向，有三万余人。"

张郃其实在前一天晚上的后半夜就觉察到蜀军的动静：远处山上满是火把的光芒，派出去的斥候也说蜀军正在扎营。不过他没有轻举妄动，一方面是因为魏军如今极度疲劳，难以持续夜间作战；另一方面是他生性谨慎，不想在没把握好全局的情况下打一场混战。

第二天是个晴朗的日子，良好的天气让视野开阔了不少。张郃在大部分士兵睡醒前就起身了，在十几名亲兵的护卫下冒险靠近街亭观察敌情，一直深入到与汉军的斥候相遇为止。双方各自射了几箭，就匆忙撤回了。

视察回来以后，张郃陷入了沉思。最初他以为蜀军会在当道立下营寨，据住街亭城，恃险以阻敌，没想到他们居然会选择山顶。

他取出昨天伍长画的地图端详，这份地图画得颇为拙劣，但基本的地形勾勒得还算是准确，很快张郃就把注意力集中到了麦积崖。

"蜀军在这里扎营，究竟想干什么？"张郃拿食指按在地图上，一边缓慢地移动，一边自言自语道。

和马谡的想法一致，张郃觉得上山扎营确实是个很好的选择。假如汉军选择当道扎营，那么他大可以放手一搏，与蜀军死战拼消耗。因为大路无险可据，营地很难修得特别坚固，双方正面对敌，胜负在五五之间，而魏国的后续部队多得很，持久力绝对要胜过蜀军。

但是敌将居然上山，这就是另外一种局面了。张郃不可能对这股敌人置之不理，自顾西进；如果要清除敌人的话，就必须将其包围歼灭，以张郃现在的兵力，要做到这一点很勉强。退一万步说，即使郭淮的部队今天就与张郃合流，对敌构成七比一的优势，蜀军据守的地形仍是十分险要，不花上十天半个月也很难打下来。在这段时间里，恐怕陇西战场早就尽为诸葛亮所有了。

想到这里，张郃摇摇头，他在赞叹之余，也觉得十分棘手，这个姓马的将军真是麻烦的对手。不过奇怪的是，张郃并没觉得有多么紧张，他不知道这究竟是因为多年戎马生涯使自己早已习惯种种劣势，还是单纯气血亏虚。总之这个发现并没对这员老将的节奏有多大影响。

昨天是急行军，所以今天起营的时间比平时晚半个时辰。魏军的士兵们在吃早饭的时候惊讶地发现，来往的传令兵与斥候穿梭得比平日频繁了不少。于是老兵悄悄地告诉新兵们，敌人就在附近，大战就要开始了。

通过清晨的一系列侦察，张郃基本上确定了敌人的数量——一万三到一万五千人，少于魏军，以及主帅是马谡——这让张郃小小地赞叹了一下诸葛亮的眼光。他决定全军向街亭进击，同时传令让一千名骑兵在大队后面故意扬起尘土，好造成大军压境的错觉。

张郃的想法是，先挺进街亭，形成包围之势，再视战局决定下一步走向。据回报，在大道西边也隐约有汉军旗号，张郃不想贸然深入。

魏军发现汉军的同时，汉军也觉察到了魏军的存在。马谡得知后只是对对手的速度表示出有限的惊讶，他对自己的计划充满了信心。

当身着黑甲的魏军徐徐开进的时候，马谡正站在山崖上的箭楼里向下瞭望。陈松刚刚检视完粮草，手持着账簿走到马谡身边，朝下面望了望，感叹道："幼常呀，我们居然在魏军赶到街亭的前一天把营寨扎好了，也真是够幸运的了。"

"不。"马谡摆摆手，对这个说法不以为然，"……应该说，魏军居然比我们结营的时间晚到了一天，他们真不幸，呵呵。"

"你觉得接下来，魏军会如何做？"

"这个嘛……我也很期待。是冒着被切断后路的危险通过街亭，还是过来包围我，打一场消耗战？"

"无论怎样，都逃不出参军你的算计呀。"陈松有着文官比较擅长的敏锐观察力，懂得什么时候该说什么话。

"那是自然。"马谡对陈松的恭维回答得毫不客气，他身后一万汉军中的精锐已经做好了一切准备。说完这些，马谡转身大步流星地回到中军帐。陈松隔着栅栏又朝下看了一眼，缩缩脖子，也转身离开。

开始阶段，两军谁都没有干涉对方的行动，汉军从崖上注视着脚下的魏军缓慢地展开队形，先进入街亭城，然后朝断山移动，接着分散成若干个相对较小的半弧形集团向麦积崖的山麓两侧扩展。

"参军，要不要在敌人包围圈形成之前，冲他们一下子？！"黄袭冲进中军大帐，大声对马谡道，"现在敌人队形未整，下山突击应该会有很好的斩获。"

"不用。"马谡捏着下巴摇摇头，同时不耐烦地把毛笔放到桌上，"这点战果没什么意义，他们兵多，很快就能补上，徒伤我军士兵。"

"可是，现在若能胜上一阵，定能挫败敌人锐气，参军明察。"黄袭有点不甘心地争辩道。

"你要搞清楚，这是防御战！我军实力有限，万一你下山被围，我想救不能救，岂不是陷入尴尬境地？"马谡不满地瞪了他一眼，心里骂这个家伙太沉不住气了。

"传我的命令下去，有擅动者，斩！"马谡重重说道，拂袖起身走了出去，剩下黄袭尴尬地站在原地。

魏军的布围就快形成，山上蜀军仍无动静，只是寨门紧闭，穿着褐衫的士兵站在栅栏后面注视着变化，一动不动。张郃略微有点失望，他本来精心设计了一个陷阱：魏军的移动虽然分散，但行进的路线让彼此都能呼应及时，只要汉军下山冲击，数个小阵立刻就能迅速合到一起，聚而歼之。不过现在看来汉军对这个没什么兴趣。

首先的实质性攻击是由魏军挑起来的，地点是在麦积崖坡度比较平缓的北麓。张郃想借这一次进攻，试探一下汉军的防守程度到底如何。

投入进攻的魏军有两千人，他们依山势向上爬去。开始的阶段很顺利，魏军一口气就向上推进了六七十尺，上面保持着沉默。但当他们爬到距汉军营寨还有几十步的时候，忽然一声号响，栅栏后同时出现三百名蜀军的弩手，手里举着漆成黑色的弩。只听"啪啪"的一阵弦响，三百支锋利的箭破空而出，依着高势直射下去；一瞬间，魏军爬得最靠前的几十名士兵发出悲惨的呻吟，纷纷中箭从山坡上滚落下去。

等这阵齐射结束，魏军再度爬起身来，半猫着腰加快速度向汉军营寨冲锋。但是蜀军的弩手轮换比他们速度更快，前一轮射击过的弩手把弩机抬起，向后退一步，后面另外一排弩手立即跟进填补空白，随即又是一轮单发齐射。这一次因为距离更近的关系，对魏军造成的杀伤力更大。个别侥幸躲过射击的魏军士兵靠近栅栏，却被栅栏里忽然伸出的长矛刺中，哀号着躺倒在地。

进攻持续了不到半个时辰，结果是魏军损失了近二百人，其他人狼狈地退了下来。蜀军伤亡却不到十人。

这个结果张郃早就预料到了，攻坚战从来都不是件容易的事情。他吩咐退下来的魏军去街亭城休整，同时命令各军严守岗位，不得妄动。汉军并没有使用连射，说明他们也知道魏军这次只不过是试探性攻击而已。汉军在弩射方面的优势是有传统的，如果说蜀汉军中有什么真正让张郃感到恐惧的，那就是这些闪着危险光芒的东西了。

"张将军！"

张郃身后传来一阵马蹄声，他转过头去，看到两名都尉骑马赶了过来。

"禀将军，两条水道都已经被我军切断了。"其中一名都尉兴奋地说道。

张郃没有对这个胜利做什么表示，他皱着眉头想了想，又问道："你们去的时候，那里可有蜀军把守？"

"有，不过不多，看到我们去，立刻就逃散了。"

张郃的眉头皱得更紧了，敌人的指挥官在上山之前，可能会忘记水源这个基本常识吗？难道就任由魏军切断而不采取任何措施？

"一定还有一条以上的隐藏水道存在！"

张郃得出了结论，同时做了个切断的手势。

第一天的包围就在对峙中落了下帷幕，当夜幕降临的时候，双方都各自回营，和平的炊烟在不同的旗帜下升起，甚至还有人唱起歌来，凝结在空气中的杀伐之气也被这些小小的娱乐稀释了不少。

士兵们庆幸的是日落后他们还活着，双方的主帅所思考的事则更加深远。马谡很高兴，虽然他在开战前确实有点忐忑不安，但那只是因为自己是第一次独自主持战斗。第一天的战况表明他的计划很顺利，于是他在安排好了巡夜更次以后，特意吩咐晚饭多上半瓮在街亭城里弄到的酒，以示庆祝。

而张郃的中军大帐彻夜不曾熄灯，一部分魏军也不知道去哪里了。最初发现这个异常的是张休，他一开始犹豫是否要把这件事通报给马谡，后来一直拖到了第二天早上，他才迈进了主帅的帐篷，那时候马谡正在洗脸。

"你说敌人主帅的帐篷一夜都没熄灯？"

马谡从盆里把头抬起来，拿毛巾慢慢擦起脸来。

"对，而且一部分魏军从昨天晚上就不知去向。"张休有点不安地说道，双手搓在一起。

马谡把毛巾交给旁边的侍卫，示意再去换一盆清水来，然后背着手在帐中捏着下巴来回踱步。过了一会儿，他方才对张休说道："不妨事，他们也许是想从小路去攻打高翔将军的列柳城，所以才开拔的。"

"只怕……"张休还没说完，就见刚才那名侍卫慌张地跑进营帐，手里拿着空盆，表情扭曲。一进营帐，他就大叫道："参……参军！"

马谡眉毛一皱，说道："我们正在商讨军事，什么事如此惊慌失措？"

"水……水断了！"

张休"啊"了一声，把眼光投向马谡，马谡的语调变得很不满。

"水道被截，这早就在预料之中，慌张什么？！"

"不，不，那条暗水，也已经断流了！"

马谡一听这话，一下子倒退了三步，脸上的表情开始有点扭曲。过了半晌，他嘴角抽动了一下，勉强说道："带……带我去看。"

于是那侍卫带路，马谡与张休紧随其后，其他幕僚闻讯后也纷纷赶来。一大群人赶到那条暗水的出口处，看到那里已经涓滴不漏，只有些水痕留在地上。

"也许，只是一时退水，过一会儿就会再通的。"马谡犹犹豫豫地说道，语气里已经没有那种自信，"还有，给王平将军放哨箭。"

整个上午过去了，魏军都没有动静。焦灼不安的马谡并不因此而觉得欣慰，他一直在等着水再流出来，还有王平部队的回应。结果一直到傍晚，这两者都全无动静。

马谡简直快要急疯了，他之所以有恃无恐地上山扎营，就是因为自信有水源保证。如今水源断绝，整个"恃险而守"的策略，就演变成了"困守死地"的局面。一整天他都在整个营盘焦躁地转来转去，一名小校误挂了旗号，被他大骂一通，拖下去打了四十军棍，结果谁也不敢再惹这个参军。而营中的士兵们也为断水之事窃窃私语，人心浮动。

比起蜀军，魏军的心态就轻松得多。昨天夜里，张郃亲自率领着三千五百名士兵，命令街亭守军为向导，依着地形搜寻了半夜，终于被他们发现了那条暗水的源头之地，并且发现了王平的旗号。

因为黑夜能见度极差，张郃不知对方人数究竟有多少，不过他立刻想到，己方不能见，那对方也不能见。于是张郃立刻命令手下多点起火把，人手两支，马头上还要挂上一支。这一命令的效果非常明显，黑夜里一下子就亮起一条火色的长龙，星星点点难以计数。

张郃没考虑过偷袭，蜀军的驻地险要，他带的兵又少，勉强偷袭未必能打下来。他指望这一举动能造成蜀军混乱，然后再强加攻击，这样就算敌众我寡，也能取胜。不过蜀军的动向大大出乎了他的意料，在觉察到魏军来袭后，这部分蜀军竟然未做任何抵抗就开始撤退。张郃以为是诱敌之计，便令魏军停止前进。结果一直到了早晨，张郃才发现蜀军果然是撤走了，随后又发现了空无一人的暗水源头。

回到街亭以后，张郃立刻派遣了几十名目力比较强的士卒到附近山上，察看蜀营中的动静。很快他就得到了自己希望见到的结果：蜀汉营中的秩序远不如之前，士卒焦躁不安，开始出现混乱的征兆。

"看来，这一次是切断了他们真正的水源。"张郃满意地点了点头，从出征到现在，他终于露出了一丝真正意义上的微笑。他吩咐各部魏军不得擅自出动，严守自己的位置，然后长长地伸了一个懒腰，回到风帐中，也不脱下盔甲，就这么躺倒下去睡着了。

现在魏军不需要进攻，只要坐等汉军崩溃就可以了。

就和张郃预料到的一样，断绝了水源的汉军陷入了绝境。马谡变得神经质起来，满脸的自信被一种混杂着悲观与愤怒的情绪代替，每天都会有士兵被马谡责打。无论是黄袭、张休、李盛还是陈松都不太敢靠近他，因为只要一跟他提到水源的事，他就会很激动地抓住对方的双肩，然后大声喊道："王平！王平到底在哪里？他不是在守水源吗？！告诉我，他在哪里？"

最早建议突围的是黄袭，他说既然水源已断，那么趁士气还算正常的时候突围，才能把损失降低到最小。马谡听到这句话，红着眼睛转过身来，用一种阴狠的口气回答："那街亭怎么办？就任由魏军占领，然后把我们汉军碾碎在这陇山与祁山之间？你怎么对得起诸葛丞相？"

比起主帅的神经质，士兵们更担心的是最基本的需求。自从水源被切断之后，每天的伙食就只有难以下咽的干粟；开始每人还可以分到一小瓢混浊的水来解渴，到了后来，就完全得不到水的补充了，整个汉军陷入一种萎靡不振的状态。在被围后的第三天，开始有下山投降的汉军士兵出现了。

魏军对敌人的窘境很清楚，张郃觉得这样还不够，又调派了数千名弓箭手不停地往山上射火箭。

麦积崖山坡四周的树木已经被砍伐一空，但还有其他茂盛的植被留在表面。魏军只需要在山麓点起火来，上升的火势就会以极快的速度向山上蔓延开来。燃烧起来的滚滚黑烟令本来就口干舌燥的汉军雪上加霜，甚至当火箭射中栅栏与营帐时，汉军连用来灭火的水都没有，只能以苦布或长毯来扑救。

比起身体的干渴，更严重的打击则是心理上的。面对着四面被浓烟笼罩的营寨，很少有人能保持乐观的心态，马谡也已经有点六神无主了。主帅的这种混乱与惊慌不可避免地传染到了全体汉军身上，现在的汉营已经是一团糟。

街亭被围的第四天，张郃决定开始攻击。一方面他认为汉军已经差不多到极限了，就好像是摇摇欲坠的阿房宫一样，只需轻轻一推就能立刻土崩瓦解；另一方面他也担心时间拖得太久，会有蜀军的增援部队前来，那时候变数就太多了。

一大清早，魏军的总攻正式开始。五万六千名魏军士兵（包括陆续从后方赶到的增援部队）从各个方向对汉军在麦积崖上的营寨同时发起了攻击。

"参军！魏军进攻了！"

张休大踏步地闯进帅帐，用嘶哑的嗓子大叫道。头发散乱的马谡抬起头看着他，同样干裂的嘴唇嚅动了一下，然后站起身来，拿起身边的头盔戴到头上，向外面走去，一句话也没说。

"魏军在哪里？"马谡走出营帐，瞪着通红的眼睛问，无数士兵在他身旁奔跑。

"到处都是。"黄袭只回答了四个字，语气里并无什么讥讽之意，因为这是事实。

此刻的战况已经由开始的试探转入短兵相接了，杀声震天，无数飞箭纵横在双方之间。魏军分六个主攻方向，对准了汉营的六处大门，与汉军展开了激烈的争夺，仿佛巨大的黑色海浪，一波又一波地拍打着这一块孤独的礁石。

在干渴的痛苦中煎熬的蜀汉士兵们听到敌人的喊杀声，反应却大大出乎敌人的预料。魏军遭到了坚决的反击，仿佛这些已经快要燃烧起来的士兵找到了一条可以发泄自己的痛苦的通道。这种绝境中迸发出来的力量称得上奇迹，但也从另一方面说明蜀军从一开始就认为自己是处于绝境之中的。

蜀军劲弩的猛烈打击，使得魏军的进攻势头在初期受到了抑制。本来魏军就是仰攻，而且山上的树都早已被砍掉，草也已经烧得精光，因此居高临下的汉军弩士们获得了良好的射界。在弩的打击之下，魏军第一轮攻击被攻退了。对付这些东西最有效的武器是重盾，而轻装赶到的张邰并没有这样的装备。

马谡似乎看到了转危为安的曙光。他用手拼命搓了把脸，让自己冷静下来，努力使汉军的防御更有秩序。

"继续进攻，直到彻底摧毁敌人。"山下的张郃弹弹手指，命令魏军不断攻击。他心里清楚，胜利并非如想象中那么容易。汉军的顽强抵抗出乎意料，假如他们能够坚持到救援部队赶到，那么魏军将面临两面夹击，到时候胜利者与失败者的位置就要互换了。

一方面是舍生忘死的进攻，一方面则是舍生忘死的防守。马谡所期待的，正是张郃所要极力避免的。张郃不得不承认，他低估了汉军在绝境中的爆发力，不过凭借着多年的经验他也清楚，这样的爆发力不可能持久。

两个时辰过去了，双方都已经付出了极大的伤亡代价，山坡与山顶都躺着无数的尸体，血与火涂满了整个麦积崖。魏军轮换了一批精力充沛的预备队员继续进攻，而马谡的部队已经达到了极限，士兵们完全是凭借着求生的本能在作战。意志的力量虽然强大，但当意志的高潮过去后，取而代之的则是肉体的崩溃，汉军的末日也就到了。

有的士兵一边面对敌人挥舞着长矛一边倒了下去，再也没能爬起来；有的士兵则已经连弩机也无法扳动，保持着射击的姿势就被冲上来的敌人砍掉了脑袋。营寨的大门已经被魏军突破，而汉军的意志和生命，还有旗帜，也差不多燃烧一空了。

麦积崖的失守，已经不可逆转。

又是一排箭飞过来，数十名汉军士兵哀号着倒在马谡的身边。两侧的弩手立刻向前跨进一步，对着飞箭的方向一起射击。这些精锐的蜀军弩士还在尽自己最后的责任，因为他们的存在，魏军要付出极大的伤亡代价，才能够冲上山来。

"参军，快突围吧，这是最后的机会！"张休的脸被烟熏得漆黑，头盔也不知道掉哪里去了，他一边拿着盾牌挡着魏军的流矢，一边回头叫道。几十名卫兵结成一道人墙挡在外面，让魏军暂时无法过来。

而马谡趴在地上，目光涣散，喃喃自语："不能丢，街亭不能丢啊……丞相吩咐过的，不能丢，绝对不能丢啊……"到最后声音里竟然带着一丝哭腔。巨大的心理落差让本来自信的他走向另外一个极端。

李盛这时候弯着腰跑过来，满脸尘土，手里攥着马谡的帅印。他把帅印塞到马谡手里，将他搀扶了起来。

"参军！"

李盛的这一声厉叫总算让马谡恢复了一些神志，意识到指挥官应有的责任，他晃晃悠悠站起身来。这时张休与李盛两位将军已经集结了两千到两千五百左右的汉军，组成一个圆形缓慢地向着山麓旋转而去。在旋转的过程中，不断有汉军加入。这个圆阵抵达山边的时候，已经达到了将近四千人的规模。理所当然，魏军的注意力也逐渐集中到这里。

马谡身旁的一名士兵忽然惨叫一声，一支飞箭射穿了他的咽喉，然后整个人就这么倒了下去。马谡看着部下的尸体，一个念头电光石火般地闪过，将他萎靡不振的精神一下子点醒："我不能就这么死掉！我还要回去，去见丞相！"

"冲啊，一定要冲出去！"马谡尽自己的全力大吼道，然而没人回答。

在这样巨大的喧哗声中，每个人都在厮杀，他的声音根本微不足道。他就像是被巨大的旋涡席卷着，以个人的力量根本不能控制。没人指挥，整个圆阵完全凭借着人类求生的欲望与本能冲杀着。

因为张郃企图包围蜀军，所以包围圈上每一个环节的魏军的数量并不多。当汉军的突围部队开始冲击包围圈的时候，其正面的魏军其实只有四千余人。加上地势上处于下风，魏军居然被汉军一口气突破到了山麓下。

不过这只是一时的劣势，很快，更多的魏军士兵加入战团。站在山顶上可以看到成群的黑色逐渐聚集一处，将一团褐色卷在了中间，后者则被侵蚀得越来越小……

"街亭已经落入了我军的手里，那么诸葛亮下一步会怎么做呢？"

张郃站在山顶上，托着下巴想。他的心思已经脱离了这个结果已经注定的战场，投射在更为辽阔的整个陇西上。远处汉军的生死，对他来说已经不那么重要了。

建兴六年春，街亭陷落，蜀军星流云散。

马谡入狱

马谡从噩梦中猛然醒来，他剧烈地喘息着，挣扎着伸出双手，然后又垂下去，喉咙发出"嘀嘀"的呻吟声，仿佛有什么东西压迫着他的胸口。

前几天从魏军的包围中逃出来以后，马谡就一直处于这种极不稳定的精神状态之下，灰暗、沮丧、惶惑、愤怒等诸多负面的情感加诸他的精神和肉体之上，令他濒临崩溃，就像是一条已经摇摇欲坠的栈道。

那一次突围简直是一个奇迹，魏军的洪流中，汉军正被逐渐绞杀，忽然阴云密布，随即下起了瓢泼大雨。对因饱尝干渴之苦而战败的汉军来说，这场暴雨出现的时机简直是一个讽刺；不过，尽管它挽回不了整个败局，但多少能让魏军的攻势迟缓下来。而残存的汉军包括马谡在内，就趁着大雨造成的混乱一口气逃了出去。

马谡一点也不为自己的侥幸逃脱而感到高兴，短短几个时辰的战斗使这个人发生了巨大的变化。原本他很有自信，相信运筹帷幄便可决胜千里，精密的计算可以掌控一切。但当他真正置身于战场的时候，才发觉庙算时的几把算筹远不如这原始的短兵相接残酷、真实。在这片混乱之中，他就好像惊涛骇浪中的一片叶子，只能无力地在喊杀声中随波逐流，完全不能把握自己的命运。每一名在他身边倒下的士兵，都对马谡脆弱的心理造成新的一击。生与死在这里的界线是如此模糊，以至于他的全部情感都只被一种膨大的心理状态吞噬，那就是"恐惧"。

这是他第一次经历真实的战场，也是最后一次。

从街亭逃出来的时候，马谡没管身边的溃兵，而是拼命地鞭打着自己的坐骑，一味向着前面冲去。一直冲出去三四十里，直到马体力不支口吐白沫倒在地上才停下。马谡在附近找到一眼井水，他趴在井口直接就着木桶咕咚咕咚喝了一气，才算恢复了一点精神。然后他凑到水面，看到的是一张憔悴疲惫的脸。

当亲历战场的恐惧感逐渐消退之后，另外一种情绪又浮现在马谡的心头。街亭之败，他对诸葛丞相有着挥之不去的歉疚，蜀汉多年的心血，就这样毁在了自己的手里，他不知道如何面对丞相，但更多的是对王平的愤怒。他恨不得立刻就飞回西城，当着丞相的面将王平那个家伙的头砍下来。若不是他，汉军绝不会失败，街亭也绝不会丢！

马谡怀着复杂矛盾的心情踏上回大本营的路。一路上，他不断重复着噩梦，不断地陷入胆怯与愤怒的情绪；他还要忍受着雍凉夜里的严寒与饥饿——因为既无帐篷也无火种，酒和肉食就更不要说了。有时候他甚至不得不去大路旁边的草丛里，寻找是否有散落的薯块。

当他终于走到汉军大本营所在的西城时，忐忑不安的心情愈加明显。不过他的另外一种欲望更加强烈，那就是当众痛斥王平的逃跑行径，给予其严厉的惩戒。从马谡本人的角度来说，这也是减轻自己对丞相的愧疚感的一种方式。

当马谡看到西城的城垣时，他并没有直接进去，而是找了附近一家农舍，打算把自己稍微清洁一下。这几日的风餐露宿让他显得非常狼狈，头盔和甲胄都残破凌乱，头发散乱不堪，一张脸满是灰尘与汗渍。他觉得不应该以这样的形象进入城池，即使是战败者，也该保持尊严。"战败"和"狼狈地逃回来"之间有着微妙的不同。

农舍里没有人，门虚掩着，屋里屋外都很凌乱，锅灶与炕上都落满了尘土，常用的器具都已经不见了，只剩几只瓢、盆散乱地扔在门口。说明这家主人离开的时候相当匆忙。

马谡拿来一只水桶和一只水瓢，从水井中打上来一桶清水，然后摘下头盔，解开发髻细细地洗濯。头发和脸洗好后，他又找来一块布，脱下自己的甲胄，擦拭甲片上的污渍。就在这个时候，外面传来一阵急促的马蹄声。马谡听到声音，站起身来，把甲胄重新穿到身上，戴正头盔，用手搓了搓脸，这才走了出去。

农舍前面站着的是两名汉军的骑士，他们是看到农舍前的马才过来查探的。当马谡走出屋子的时候，他们两个人下意识地举起了手中的刀，警惕地看着这个穿着甲胄的奇怪军人。

马谡看着这两名穿着褐甲的士兵，心里涌现出一阵亲切的感觉。他双手摊开高举，用平静的声音说："我是大汉前锋将军、丞相府参军马谡。"

两名骑士一听，都是一愣，同时勒住坐骑。马谡看到他们的反应，笑了笑，又说道："快带我去见丞相，我有要事禀报。"

两个人对视一眼，一起翻身下马，然后朝马谡走来。马谡也迎了过去，但一伸手，自己的双臂一下子被他们两人死死按住。

"你……你们做什么?!"马谡大惊，张嘴痛斥道，同时拼命扭动身躯。

其中一名骑士一边扭住他的右臂，一边用歉疚的口气对他说："马参军，实在抱歉，我们只是奉命行事。"

"奉命? 奉谁的命令?"

"奉丞相之命，但有见马谡者，立刻执其回营。"

"执……执其回营吗？"马谡仔细咀嚼着这四个字的含意……不是"带其回营"，不是"引其回营"，而是"执其回营"。这个"执"字说明在汉军的口头命令中，已经将马谡视为一名违纪者而非军官来对待，这也在一定程度上暗示了丞相的恼火。

不过马谡并没有因此而惊讶，他相信等见到丞相后，一切就能见分晓了。因此他停止了反抗，任由他们把自己反绑起来，扶上马。然后两名骑士各自牵起连着马谡的两根绳子，夹在他的左右，三个人并排，一起向西城里面走去。马谡注意到他们两个人的铠甲边缘磨损得并不严重，看来他们属于丞相的近卫部队，并没有直接参加战斗。

"马参军，要是绑得不舒服，您就说一声。"

"呵呵，没关系，你们也是按军令办事嘛。"

骑士的态度倒是相当恭敬，他们也了解马谡在丞相府中的地位，不想太过得罪这位将军。马谡坐在马上，看着西城周围凌乱的田地农舍，忽然问道："对了，这周围怎么这么乱，发生了什么事情？"

"哦，这是丞相的命令，要西城所有的老百姓都随军撤回汉中。"

"我军要撤退了？"

马谡听到之后，下意识地把身体前倾。

"对，前方魏将军、吴将军的部队已经差不多都撤回来了。唉，本来很好的形势，结果……呃……街亭不是丢了吗？"

"哦……"

马谡听到这里，身体又坐回到马鞍上，现在他可不太想谈起这个话题。这时另外一名骑士也加入了谈话，饶有兴趣地说道："听说丞相还收服了一名魏将，好像是叫姜维吧？"

"对，本来是天水的魏将，比马参军你年纪要小，二十六七岁的样子。听说让自己人出卖了，走投无路，就来投奔我军。丞相特别器重他，从前投降的敌将从来没得到过这么好的待遇。"

马谡听在耳里，有点不是滋味。那两名骑士没注意到他的表情，自顾聊着天。

"你见过姜维本人没有？"

"见过啊，挺年轻，脸白，没什么胡子，长得像个书生。前两天王平将军回来的时候，营里诸将都去接应。我正好是当掌旗护门，就在寨门口，所以看得很清楚，就站在丞相旁边。"

听到这句话，马谡全身一震，他扭过头来，瞪着眼睛急切地问道："你说，前几天王平将军回来了？"

骑士被他的表情吓了一跳，停顿了一下才回答道："对，大概是四天之前的事情吧，说是从街亭退下来的。"

马谡心算了一下，如果王平是从汉军断水那天就离开的话，那么恰好该是四天之前抵达西城的。这个无耻的家伙果然是临阵脱逃，想到这里，他气得全身都开始发颤，系缚在背后的双手不断抖动。

"他回来以后，说了什么吗？"马谡强压着怒火，继续问道。

"……我说了的话，参军你不要生气。"骑士犹豫地搔了搔头，看看马谡的眼神，后者示意他继续说下去。

"现在军中盛传，说是参军你违背节度，舍水上山，还故意排斥王将军，结果导致大败……"

"胡……胡说！"马谡再也忍耐不住了，这几日所积压的郁闷与委屈全转变成怒火喷射出来，把两边的骑士吓了一跳。他们一瞬间还以为马谡就要挣开绳索了，急忙扑过去按住他。马谡一边挣扎一边破口大骂，让他们两个手忙脚乱了一阵。

这时候已经快进西城城门了，一队士兵迎了过来，为首的曲长举矛喝道："是谁在这里喧哗？"

"报告，我们抓到了马谡。"

"马谡！"

那名曲长一听这名字，本来平整的眉毛立刻高挑起来，策马走到马谡跟前仔细打量了一番，挥挥手道："你们先把他关在这里，我去向上头请示该怎么办。"

"这还用什么请示，快带我去见丞相！"

马谡的耐心已经到了极限。那名曲长冷冷地瞥了他一眼，又说道："大军临退在即，不能让他乱叫乱嚷动摇了军心，把他的嘴封上。"几名士兵应了一声，冲上去从马谡腰间撕下一块布，塞到他嘴里。一股刺鼻的腥膻味直冲马谡的鼻子，把他呛得说不出话来。

交代完这一切，曲长带着人离开了。两名骑士站在马谡两侧，视线一刻也不敢离开。马谡靠着凹凸不平的城墙，大口大口地喘息，他想喊出声来却徒劳无功，只能用布满血丝的双眼瞪视着眼前的一切。

那两名骑士说得没错，丞相的确打算从西城带着百姓撤退。城里尘土飞扬，到处是人和牲畜的叫声，军人和扶老携幼的老百姓混杂一处，全都行色匆匆；大大小小的战车、民用马车与牛车就在马谡跟前交错来往，车轮碾在黄土地上发出沉重的闷声，车夫的呵斥声与呼哨声此起彼伏。

无论是军人还是老百姓，在路过马谡身边的时候都投来好奇的目光。他们不知道马谡的身份，但是从甲胄的样式能看出这是一位汉军高级军官，这样的人何以落到如此地步，不免叫人纷纷猜度起来。

"那个人是谁？"

"他是马谡。"

"就是那个丢了街亭，害得我们不得不逃回汉中的马谡？"

"对，就是那个人。"

"这种少爷不在成都待着，跑来前线做什么？"

"嘘，人家是丞相面前的红人，小声点。"

马谡能听到旁边有人窃窃私语，他扭过头去，看到两名蹲在一旁城墙边休息的小兵，两个人一边偷偷朝这边看一边偷偷嘀咕。除了怒火以外，他更从心底升起一股寒意：王平捏造的谎言居然已经从统帅部流传到了下级士兵之中，这对马谡今后在军中的影响力将是个极大的打击。

他现在只能等着见到丞相，说明一切真相，并期待着黄袭、张休、李盛、陈松——随便谁都好——也能从那场大败中幸存下来。有他们做证人，就更容易戳穿王平的谎言，恢复自己的名誉。

马谡背靠城墙，头顶烈日，本来洗干净了的白皙的脸上又逐渐被汗水濡湿。他垂着头一动不动，压抑着心中升腾的诸多情感，等待着与丞相相见。

正当马谡在西城的烈日下苦苦等待的时候，诸葛丞相则陷入了另外一种痛苦。

街亭的失败对诸葛丞相来说是刻骨铭心的，当他接到败报的时候，强烈的挫败感和失望几乎令蜀汉的中流砥柱崩溃。

街亭失守，陇西的优势在一瞬间就被完全颠覆了；打通了陇山通道的魏军可以源源不断地西进，他们背后是魏国庞大的后备兵源与补给，汉军却只有在陇西的十万人与艰苦漫长的汉中补给线。诸葛亮其实并不惧怕张郃，他有足够的自信可以击败那个人；他害怕的，是在陇西与魏军演变成消耗战的局面，那样一来汉军绝没有胜算，这不是几次战术胜利弥补得了的。

作为最高的统帅，诸葛亮不能将蜀汉全部的赌注都押在一个胜率极低的战场之上，于是他一接到败报，就立刻传令全军放弃攻城，火速撤退——虽然这样一来前功尽弃，但至少可以让整支军队安全返回汉中。他不想拿整个蜀汉冒险。

前锋魏延、吴壹的部队在接到命令后都开始谨慎地后撤。诸葛亮在西城大本营一边安排全城百姓迁移，一边接应后撤的汉军——当然，他也在焦急地等待马谡的消息。这个时候，王平回来了。

根据王平的汇报：马谡从一开始就表现出强烈的支配欲和独裁倾向，拒绝听取王平的任何建言；在抵达街亭后，他并没有按照计划当道扎营据城守险，反而舍水上山，举措失当，又将王平贬到几里以外；后来魏军围山，汉军大败，幸亏有王平在后接应，摇旗呐喊，魏军疑惑才不敢追过来。

王平的说法，得到了营中大部分将领的认同。在他们的印象里，这确实是马谡的行事风格：骄傲自大、纸上谈兵。诸葛丞相对于这个报告将信将疑，他对马谡非常了解，不认为马谡会做出舍水上山这种明显违反常识的事情。

但是，无论如何，街亭已经丢了，这个结果让丞相痛心疾首，于是他急于见到马谡，想将整件事情弄明白，因此他向全军发布了命令：如果见到马谡，就立刻将他带回大营来。然而当马谡到达之后，有另外一个原因让诸葛亮对面见马谡这件事踟蹰再三。

自从王平回来之后，汉军中就一直流传着这样一个流言：马谡是丞相的亲信，丞相肯定会将他赦免，即使有所责罚，也一定会从中徇私。

这个流言从来没有公开化，不过潜流更具有杀伤力。即使诸葛亮的权威足以让所有的人都不敢公然反对什么，但暗地里的批评依旧令他觉得如芒在背。马谡的任命现在已经被证明是一个错误，如果有人刻意将这个错误归咎于丞相和马谡之间的关系，那么不光丞相在军中的威信会动摇，李严、谯周等人也会在后方借题发挥。这是诸葛亮所不能容忍的。

权衡再三之后，诸葛亮终于长叹一声，将手中的羽扇搁在凭几上面，然后用一种纯粹事务性的口气对等待命令的曲长说："将马谡关进囚车，随军回到汉中再行发落。"下达这个命令的时候，他的眼睛中闪动着一丝愧疚，但这对命令的执行并没有什么实质性影响。

当曲长带着这个决定回到马谡面前的时候，马谡无论如何也不能接受，就好像是一个干渴已久的人猛然被人从嘴边抢走了水碗。丞相近在咫尺，却难以见到，所以当两名士兵过来将他推向囚车时，他带着难以置信的表情拼命挣扎，嘶哑着嗓子大叫道："让我见丞相！让我见丞相！"

"哼，这是丞相的命令，马参军，不要让我们为难。"曲长冷冷地说道。

马谡则嚷道："一定是王平那个狗贼从中作祟……你们凭什么抓我，放开我，我堂堂丞相府……"

"我们奉命行事，有什么话回汉中跟军曹司的人去说。"

曲长不耐烦地打断他的话，伸手掏出块布去堵他的嘴。他似乎在一瞬间退缩了，于是曲长将身体放心地倾过去。就在这时，马谡猛地挣脱开士兵，伸拳就打。曲长猝不及防，被马谡重重一拳打中了鼻梁，惨叫着倒了下去。曲长的部下非常愤怒，立刻一拥而上，按住这个发了狂的囚犯的双肩，将他的头压在地上，还有人趁乱偷偷踢了他一脚。

经过这一阵骚动，马谡被重新捆绑起来，两条胳膊被棕绳反绑在背后，嘴被布条塞住。很快囚车也被拉了过来，这辆带着囚笼的车子是用未经加工的木料搭建而成的，满是节疤的栏柱表面颜色斑驳不堪，还散发着难闻的松脂味；工匠甚至没将囚笼的边缘磨平，糙糙的，满是毛刺。

马谡就这么被推推搡搡地押进了囚笼，连绳子也没解开，狭窄的空间与刺鼻的味道令他感觉非常难受；他甚至连抱怨都没办法表达，只能瞪着充血的眼睛，发出含混不清的"呜呜"声。士兵"啪"的一声把木门关上，拿一根铁链将整个囚笼牢牢地锁住。

"好，绑妥了，走。"

看到后面的人挥手示意，前面的车夫一挥鞭子，两匹马同时低头用力，整辆囚车先是"咔啦咔啦"地震动了一下，然后开始慢慢地移动起来，车轮在黄土路上发出巨大的碾轧声。

马谡随着车子晃动身体，全身不时被毛刺弄疼，他万万没有想到竟然会以这样的方式返回益州。现在马谡唯一能做的就是隔着木栏，失落地望着远处帅府的大纛。很快他就连这样的景色都看不到了，因为这辆囚车逐渐驶离了西城，汇入大道上尘土飞扬的拥挤车流，跟随着汉军的辎重部队与西城百姓向着汉中的方向缓缓而去。

当这些辎重部队离开之后，汉军的主力部队也完成了最后的集结。他们将西城付之一炬，然后一营一营地徐徐退出了魏境。整个过程非常周密，这种从容不迫的撤退行动堪称军事上的一个杰作，只可惜并不能挽回汉军败北的命运。

对于汉军的举动，魏军并没有认真地进行追击。张郃认为既然已经顺利将蜀军逼退，那么就没必要再勉强追杀，徒增伤亡——讽刺的是，他那时候还不知道，三年之后自己恰恰战死于追击蜀军的途中。于是魏军转过头来，将精力集中于对付失去外援的陇西叛军。

魏太和二年，蜀汉建兴六年，第一次北伐就以这样的结局告终。

比起失意的汉军全体官兵，马谡的意志更加消沉。一路上，他不仅要忍受烈日与饥渴，还要忍受周遭好奇与鄙视的目光。不过他已经没有了刚到西城时的那股愤怒与冲动，取而代之的是失落与颓唐。与其说马谡接受了残酷的现实，倒不如说他是单纯体力不济，现在支撑他的唯一信念，就是尽快抵达汉中，然后把自己的委屈向丞相倾诉。

返程的大部分时间，马谡就这么抱着微茫的希望躺在囚笼里一动不动，沾满了尘土和汗渍的头发散乱地垂下来，看上去十分落魄。周围的人逐渐习惯了他的安静，也由开始的好奇慢慢变成了熟视无睹。押送的士卒偶尔会问问他的健康状况，但更多的时候，就索性让他一个人独处。

在这期间，马谡也见到了几名昔日的熟人与同僚，不过他们都因为不同的原因而避免与他直接交谈，这让马谡托第三者传话给丞相的希望也破灭了。

第一个走过他身边的是汉军督前部、镇北将军魏延，这名黑脸大汉对马谡一直就没什么好感——准确地说，他对丞相府里的那群书生都没有好感。他提着自己的长枪慢慢从马谡的囚车旁边走过，只是微微把眼睛瞥过来斜着看了看那名囚徒，然后从鼻子里冷哼出一声，继续朝前走去。

第二个走过他身边的是马谡不认识的年轻人，他比起马谡的年纪要小得多，头戴着绿巾短帽，颧骨上沾染着两团西北人特有的高原红，那是长年风吹的结果。他的脸部轮廓没马谡那么雅致，多了一份粗犷之气。他路过囚车的时候，恰好与马谡四目相接，两个人彼此都将视线移开，各自走各自的路。那个时候马谡还不知道这名青年的名字叫作姜维，也不知道两人再度会面，将在很久以后。

第三个走过他身边的是丞相府的长史向朗。马谡看到他的时候，心里升起一股欣慰之感。他与向朗在丞相府一为参军，一为长史，既是同僚也是好友，彼此之间相处甚厚，丞相府的人总以"高山流水"来形容他们二人的关系。他看到马谡的囚车，却没有靠近，只是远远地打了一个手势，马谡明白他的意思，是"少安毋躁，镇之以静"，这是向朗目前唯一所能做到的，不过这令马谡的心情舒缓了不少：自从街亭失守以来，这是他第一次收到善意的回应。

最后一个走过他身边的就是王平，他握着缰绳，双腿紧紧夹着马肚，刻意躲避着马谡的眼神。快靠近囚车的时候，他猛地一踢坐骑，飞快地从车子旁边飞驰而去。马谡甚至没有投去愤怒一瞥的时间。

马谡期待已久的丞相却始终没有出现。对此，马谡只是喃喃地对自己说："到汉中，到了汉中，一切就会好了。"

经过将近一个月的长途跋涉，这支大军终于平安地抵达了汉中的治所南郑。辎重车辆和疲劳不堪的老百姓全都拥挤在城外等候安排，牛马的嘶鸣与人声此起彼伏，尘土飞扬；同样疲惫的蜀汉正规军则还要担负起警戒、治安的职责，打着哈欠的士兵们将手里的长枪横过来，努力让这一团混乱变得有秩序一些。

诸葛丞相坐着木轮车慢慢进了南郑城。在他身边，手持账簿的诸曹文官们忙着清点粮草与武器损耗。武将们则为了清出一条可供出入南郑的大道而对部下大发脾气。

"看来这里将会热闹一阵子。"

丞相闭着眼睛，一边听着这些喧闹的声音，一边若有所思地晃着羽扇。武器的入库、粮草的交割、迁民的安置，以及屯田编组，还有朝廷在北伐期间送来的公文奏章，要处理的事情像山一样多。不过目前最令他挂心的，是如何向朝廷说明这一次北伐的失败。

这一次不能算作大败，不过汉军确实是损失了大量的士兵与钱粮，并且一无所获，比起战前气势宏大的宣传，这结局实在不尽如人意。朝野都有相当大的争议，诸葛亮甚至可以预见自己将会面临何种程度的政治困境。为了给朝廷一个圆满的交代，首先必须厘清最直接的责任人是谁，而这一切都取决于究竟谁该对街亭之败负责。

想着这些事，心事重重的诸葛亮走进丞相府。他顾不上休息一下，直接走到书房，习惯性地铺开了一张白纸，提起笔来一时却不知写些什么好。这时候，一名皂衣小吏快步走了进来。

"丞相，费祎费长史求见。"

诸葛亮听到这个名字，有些吃惊，随即将毛笔搁回到笔架，吩咐快将他请进来。

过了四分之一炷香的时间，一个三十多岁的人手持符节从门外走了进来。这个人四方脸，宽眉长须，长袍穿得一丝不苟，极有风度。他还没来得及施礼，诸葛亮先迎下堂来，挽着他的手，半是疑惑半是欣喜地问道："文伟怎么回来得这么快？东吴那边联络得如何了？"

费祎呵呵一笑，先施了一礼，然后不紧不慢地回答道："一切都按照丞相的意思办理，吴主孙权对于吴蜀联盟的立场并没有变化。"稍微停顿了一下，他又继续说道："他们对于丞相您的北伐行动持乐见其成的态度。"

"嗯，倒真像是吴国人的作风。"

诸葛亮略带讽刺地点了点头，东吴作为盟友并不那么可靠，但只要他们能对魏国南部边境持续施压，就是帮蜀汉的大忙了。两个人回到屋里，对席坐下，费祎从怀中取出一卷公文递给诸葛亮说："吴主托我转达他对丞相您的敬意，并且表示很愿意出兵来策应我国的北伐。"

"哦，他在口头上一向是很慷慨的。"诸葛亮朝东南方向望了望，语气里有淡淡的不满，随手将那文书丢在一旁，"文伟这一次出使东吴，真是厥功至伟。"

"只是口舌之劳，和以性命相搏的将士们相比还差得远呢。"费祎稍微谦让了一下，然后语气谨慎地说道，"我已经回过成都，陛下让我赶来南郑向您复命，顺便探问丞相退兵之事……"

诸葛亮听到他的话，心中忽然一动。街亭这件事牵扯军中很多利害关系，连他自己都要回避。费祎一直负责对东吴的联络事务，相对独立于汉军内部之外，而且他与诸将的人缘也相当不错，由他来着手调查这件事，再合适不过了。更何况——诸葛亮不愿意承认自己有这样的心理——委派费祎做调查，会对同为丞相府同僚的马谡有利不少，他们两个也是好友。

"贼兵势大，我军不利，不得不退。"诸葛亮说了十二个字。费祎只是看着诸葛亮，却没有说话，他知道丞相还有下文。

"北伐失利，我难辞其咎，不过究竟因何而败，至今还没结论，所以文伟，我希望你能做件事。"

"愿闻其详。"

于是诸葛亮将街亭大败以及马谡、王平的事情讲给费祎听，然后又说：

"文伟你既然是朝廷使臣，那么由你来查清此事，在陛下面前也可示公允，你意下如何？"

费祎听到这个请求，不禁把眉头皱了起来，右手捋了捋胡须，半晌没有说话。他的犹豫不是没有道理的，以一介长史身份介入军中进行调查，很容易招致敌视与排斥。诸葛亮看他踌躇，站起身来，从背后箱中取出一方大印交给他。

"文伟，我现在任你为权法曹掾，参丞相府军事。将这方丞相府的副印给你，你便有权在任何时间、任何地点以丞相府之名征召军中任何一个人，也可调阅诸曹文卷。"诸葛亮说到这里，将语气转重，"这件事要尽快查清，我才好向朝廷启奏。"

说完这些，他别有深意地看了看费祎，又补充了一句："马谡虽然是我的幕僚，但还是希望你不要因此而有所偏私，要公平调查才好。"

"祎一定庶竭驽钝，不负丞相所托。"

费祎连忙双手捧住大印，头低下去。他选择了诸葛亮《出师表》中的一句话来表达自己的决心，这令丞相更加放心。

马谡在抵达南郑后，立刻被押送到了兵狱曹所属的牢房里。这里关押的都是触犯军法的军人，所以环境比起普通监狱要稍微好一点：牢房面积很大，窗户也有足够的阳光进来，通风良好，因此并没有多少混浊压抑的气味；床是三层新鲜的干草外加一块苦布，比起阴冷的地板已经舒服很多了。

马谡在南郑期间也曾经来过这里几次，因此典狱与牢头对这位参军也表现出了一定程度的尊敬，没有故意为难马谡。

不过马谡并没有在这里等太久。他大约休息了半天，就被两名狱吏带出了牢房，来到兵狱曹所属的榷室。为了防止隔墙有耳，这间屋子没有窗户，只有一扇厚重的铁门进出，在白天的时候，屋子里仍旧得点起数根蜡烛才能保持光亮，缺乏流动的空气有一种腐朽的味道。

铁门被离开的狱吏"哐"的一声关闭之后，抬起头来的马谡看到了费祎坐在自己面前。

"文——文伟？"马谡惊讶地说道，他的嗓子因为前一个月的长途跋涉而变得嘶哑不堪。

费祎听到他这么呼喊，连忙走过来搀扶起他，看着他落魄的样子，不禁痛惜地问道："幼常啊，怎么弄到了这个地步……"

费祎一边说着，一边将他扶到席上，亲自为他倒了一杯酒。马谡接过酒杯，一肚子的委屈似乎终于找到了宣泄的出口。将近四十的他此时热泪盈眶，像个孩子一样哭了出来，而费祎坐在一旁，只是轻轻摇头。

等到他的心情稍微平复了一些，费祎才继续说道："这一次我是受丞相之命，特来调查街亭一事的。"

"丞相呢？他为什么不来？"马谡急切地问道，这一个多月来，这个疑问一直萦绕在他心里。

费祎笑了笑，对他说："丞相是怕军中流言！你是丞相的亲信之人，如果丞相来探望你，到时候就算你是无辜的，他也会遭人诟病徇私。"

费祎见马谡沉默不语，又劝解道："丞相有他的苦衷，也一直在担心你，不然也不会委派我来调查。"他有意把"我"字加重，同时注视着马谡。费祎的声音不大，却有一种安定人心的力量，这就是他在蜀汉有良好人脉的原因所在。

"您——您说得对……"

"现在最要紧的，是把整件事情弄清楚，好对丞相和朝廷有个交代。幼常，你是丞相亲自提拔的才俊，以后是要被委以蜀汉重任的，可不要为了一点小事就乱了大谋。"

听了费祎的一席话，马谡深吸了一口气，把手里的酒一饮而尽，开始讲述从他开拔至街亭到败退回西城的全部经历。费祎一边听一边拿着笔进行记录，还不时就其中的问题提出询问，因为他并非军人，有些技术细节需要马谡做出解释。

整个询问带记录的过程持续了一个半时辰。当马谡说完"于是我就这样回到了西城"后，费祎终于搁下了手中的毛笔，呼出一口气，揉了揉酸痛的手腕。本来他可以指派笔吏或者书佐来记录，但是这次调查干系重大，还是自己动手比较妥当。

"那么幼常你还有什么要补充的吗？"

马谡摇了摇头，于是费祎将写满了字的纸仔细地弄齐，拿出副印在边缘盖了一个鲜红的印，然后循着边缝将整份文件卷成卷，用丝线捆缚好。这是一种精细的文书作风，马谡满怀期待地看他做完这一切，觉得现在事情终于有了转机。

费祎把文卷揣到怀里，搓了搓手，对他说："如果幼常你所言不虚，那这件事很快就能水落石出；不过在这之前，万万少安毋躁。请相信我，我一定不会让你蒙受不白之冤的。"

"全有劳文伟了……"马谡嗫嚅地说道。

费祎捋须一笑，拍拍他肩膀，温言道："不出意外的话，三天后你就能恢复名誉、重返丞相府了，别太沮丧。"

说完这些，费祎吩咐外面的人把门打开，然后嘱咐了牢头几句，转头冲马谡做了个宽心的手势，这才迈着方步离开。

马谡回到牢房的时候，整个人的精神状态全变了，一扫一个月以来的颓势；他甚至笑着对狱吏们打了招呼。这种转变被狱吏们视作这位"丞相府明日之星"的复出预告，于是他们的态度也由原来的冷淡变成恭敬。

当天晚上，马谡得到了一顿相当不错的酒食，有鸡有酒，甚至还有一碟蜀中小菜。马谡不知道这是费祎特意安排的，还是牢头们为了讨好他，总之这是外部环境已经逐渐宽松的证明；于是他就带着愉快的心情将这些东西一扫而光，心满意足地在草垫上睡着了。

接下来的三天时间对马谡来说异常漫长，期待与焦虑混杂在一起，简直就是度日如年。只要一听到牢门口有脚步声，他就扑过去看是不是释放他的使者来了。他甚至还做梦梦到丞相亲自来到监狱里接他，二人一起回到丞相府，亲自监斩了王平，众将齐来道贺……

到了第三天，一大早他就被狱吏从草垫上唤醒。两名牢子打开牢门，示意让他到榷室，有人要见他。

"释放的命令来了！"马谡心想。他一瞬间被狂喜点燃，重获自由的一刻终于到了。他甚至不用牢子搀扶，自己迫不及待地向榷室走去。

一进榷室，他第一眼见到的就是坐着的费祎，然而第二眼他从费祎的表情里品出了一些不对的味道。费祎双手笼在长袖里，紧闭双目，皱着眉头，脸上笼罩着难以言喻的阴霾，在烛光照耀下显得无精打采。

"……呃，费长史，我来了。"

马谡刻意选择了比较正式的称呼，因为他也觉察到事情有些不妙。费祎似乎这时候才发现马谡进来，他肩膀耸动了一下，张开了嘴，一时间却不知道说什么好。马谡就站在他对面，也不坐下，直视着他的眼睛，希望能从中读到些什么。

过了半天，费祎才一字一句斟酌着开了口，他的语调枯涩干瘪，好像一只破裂的陶瓶："幼常，这件事情相当棘手，你知道，军中的舆论和调查结果几乎都不利于你。"

"怎……怎么可能？"马谡听到这个答复，脸色登时变得铁青。

"王平将军的证词……呃……和你在战术方面的细节描述存在着极大的不同。"

"他在说谎，这根本不值得相信！"

费祎把手向下摆了摆，示意马谡听他讲完。他保持着原有的声调继续说道："问题是，并不只是王平将军的证词对你不利，几乎所有人都与幼常你的说法相矛盾。这让我也很为难……"

"所有人？还有谁？"

"裨将军李盛、张休、黄袭，参军陈松，还有从街亭逃回来的下级伍长与士卒们。"

费祎说出这几个名字，每一个名字都对马谡造成了沉重的打击。

"他们……他们全活下来了？"

"是的，他们都是魏延将军在撤离西城时收容下来的，跟你在同一天抵达南郑。"费祎说完，从怀里拿出两卷文书，同时压低了声音说，"这是其中一部分，按规定这是不能给在押犯人看的，不过我觉得还是让幼常你看看比较好。"

马谡颤抖着手接过文书，匆忙展开一读，原来这是黄袭与陈松两个人的笔录。上面写的经历与王平所说的差不多，都是说马谡的指挥十分混乱，而且在扎营时忽略了水源，还蛮横地拒绝任何建言，终于导致失败，全靠王平将军在后面接应，魏军才没有进一步采取行动。

他注意到两份笔录的结尾各自盖着黄与陈的私印，而且陈那一份笔录也与其一贯的文风相符合，说明这确实是出自那两个人之手。

问题是，这两个人同样亲历了街亭之战，为什么现在却忽然说出这样的话来？这是彻底的伪证，马谡完全不能理解。他将这两份文书捏在手里，几乎想立刻将其撕个粉碎，然后摔到他们两个人的脸上。

"对了，丞相呢？丞相他一定能明白这都是捏造的！这太明显了。"

听到马谡的话，费祎长叹了一口气，伸出手来拿回笔录，这才说道："其实，这些文书和你的口述丞相已经全部看过了……"

"……他说了什么？"

费祎没回答，而是将两手摊开，低下头去，他所要表达的意思再明显不过了。马谡缓缓地倒退了几步，按住胸口，不敢相信这是真的。开始时的狂喜在这一瞬间全转化成了极度震惊。

"那么……接下来我会怎么样？"

"朝廷急于了解北伐的全过程，所以两天后在南郑会举行一次军法审判……"费祎喘了一口气，仿佛被马谡的郁气逼得难以呼吸，"这一次失败对我国的影响很大，所以直接责任人很可能会被严惩……"

费祎选择了一种冲击力相对小一点的叙述方式，不过想要表达的信息是一样的。这对于已经处于极度脆弱心理状态的马谡是致命的一击。之前马谡即使做了最坏的设想，也只是预见到自己会丧失名誉与仕途前程，但他没有想到自己的生命也将面临危险，而且就在几天后。

更何况他非常清楚自己是被人陷害的，这更加深了马谡的愤怒与痛苦。他彻底绝望了，把头靠到椁室厚厚的墙壁上，开始撞击。开始很轻，到了后来撞得越来越用力，发出"嘭嘭"的声音。费祎见势不妙，急忙过去将这个沮丧的人拉回到座位上。

"幼常啊……"费祎扳着他的肩膀，将一个小纸团塞进他的手里，用一种异常冷静却蕴含着无限意味的口吻说，"事情还没有到绝对难以挽回的地步，不要在这方面浪费你的力气。"

马谡抬起头，大惑不解地看着他，又看了看自己手心里的纸团。

"不要在这方面浪费我的力气？"

"对，你应该把它用到更值得的地方……"

"……什么？"

"回牢房之后，自己好好想想吧。"费祎的脸变得很严峻，但柔和的烛光给他的轮廓笼罩出一丝焦虑的关切，还有一种奇妙的暗示，"这不是我应该告诉你的事情。"

诸葛丞相坐在自己的书房里，心神不宁地摇着羽扇。距离费祎着手调查已经过去三天，结果应该已经出来了。这一次是属于朝廷使者独立于汉中军方的调查——至少名义上是，费祎的结论将代表着朝廷的最终意见。

关于街亭之败，诸葛亮始终认为马谡并不会做出舍水上山的举动，至少不会毫无理由地这样做，这是出于多年来累积的信赖，否则他也不会将如此重大的责任托付给马谡。

但是他对马谡不能流露出任何同情，因为这有可能招致"唯亲徇私"的批评，甚至还可能会有人搬出先帝来非难他的决策，并引发更加严重的后果，要知道，这关系到北伐失败的责任……现在街亭失守的罪名归属与丞相在朝中的立场之间有着微妙的联系，身为蜀汉重臣的他必须像那些西域艺人一样，在政治的钢丝上保持令人满意的平衡才可以。

"幼常啊幼常，你实在是……"

丞相闭着眼睛，双手摩挲着光滑的竹制扶手，叹息声在这间空旷的屋子里悄然响起，过多的思虑让他的额头早早就有了皱纹。

一直到中午，小吏才通报说费长史求见，诸葛亮"唰"地站起身来，立刻急切地说道："快请。"

穿着朝服的费祎迈进屋子，动作十分缓慢，好像进屋对他来说是一件十分为难的事情，而一卷文书好似名贵的古董花瓶，被他十分谨慎地捧在手里。

"文伟，调查进展如何？"

"已经结束了，丞相。"费祎说得很勉强，双手将文书呈给丞相，"经过详细的调查，王平将军应该是无辜的。"

诸葛亮的脸色一瞬间变了一下，随即恢复到平时的模样，但是没开口说话。费祎停了一下，看诸葛亮并没有发表什么评论，只好硬着头皮继续说道："我秘密约见了王平将军的部下以及从街亭溃退下来的马参军麾下的残兵，他们的描述基本与王平将军一致，参军陈松和裨将军黄袭都愿意为此做证。"

"幼常……哦，马谡他是怎么说的？"

"他的说法与王平将军完全相反，他坚持认为是王平舍弃对水源的坚守导致了街亭之败，但目前似乎只有他一个人的供词是这样，缺乏有说服力的旁证。"

"是吗……"诸葛亮低声说道，同时黯然打开文书。忽然，他注意到这卷文书的边缘写了一个小小的"壹"字，不觉一惊，抬起头来问费祎："文伟啊，这调查文书可是曾送去过邸吏房？"

"是啊……因为时间紧迫，原稿太草，我一个人来不及誊写，就委派了邸吏房的书吏们进行抄录。"费祎看诸葛亮问得严肃，有点不安，"丞相，不知这是否不妥……"

"不，不，没什么，你做得很好。"

丞相摆了摆手，一丝不被人觉察的叹息滑出了嘴唇——现在一切都太晚了。

在公文中标记"壹""贰"等字样，是邸吏房的书吏们用以区分抄录与原件的手段。而这对诸葛丞相来说，意义重大。

邸吏房的工作就是抄录正式公文并以"邸报"的形式公之于众，任何秩一百石以上的官吏都可以随时去那里了解最新的朝政动态。因此那里每天都有官员们的专人等候着，以便随时将新出台的朝廷公告与决议通报给各级部门。

换句话说，让邸吏房誊写，实际上就等于提前将文书的内容公之于众。诸葛亮本人看到调查结果的时候，其他将领和官员也会看到——于是丞相府就失去了对报告进行先期修改的可能。

从程序上说，费祎这么做并没什么错误，但诸葛亮知道，这一个程序上的不同将令马谡的处境更加艰难，而自己更难施以援手。

"丞相，如今看来，幼常的情况很不妙，您看是不是暂时延后几日审理？否则他很危险啊……"费祎忧心忡忡地问道。

诸葛亮苦笑着摇摇头，刚要张嘴说话，忽然听到一个响亮的声音从门外传来："兵狱曹急报！"

诸葛亮和费祎同时扭头看去，一名小吏气喘吁吁地跑进邸院，单腿跪在地上，大声道："禀丞相，兵狱曹有急报传来。"

"讲。"

"在押犯人马谡今晨在转运途中逃跑。"

南郑

这件事发生在那一天的黎明前。

当时兵狱曹接到汉军军正司的命令，要求立刻将犯人马谡移交到军正司所属的监牢，以方便公审。于是一大早，兵狱曹的狱卒就懒洋洋地爬起来，打着哈欠套好马车，将马谡关入囚笼，然后朝南郑城西侧的军正司监牢而去。

在车子走到一个下斜坡的拐弯处时，马车左边的轮轴忽然断裂，车子失去平衡，一下子摔进大路旁的沟堑之中。巡逻的士兵赶到现场的时候，发现赶车的狱卒已经摔死了，负责押车的两人受了重伤，犯人马谡和拉车的马则不知所终。

马谡正朝着阳平关的方向纵马狂奔。这一个多月以来，他第一次获得了自由。

前一天会面的时候，费祎曾递给他一张字条。他回牢房后，避开狱卒的视线偷偷打开来看，发现上面写的是"明日出城，见机行事"八个字，字条的背面还告诉马谡，如果成功逃离，暂时先去阳平关附近的勉县避一阵，在那里费祎有一些可靠的朋友在。

于是，当他听到自己要被转押到军正司，就立刻打起了精神，在囚笼里静静地等待着事情发生。

结果事情果然发生了，费祎显然在马车上事先做了手脚。马车翻下大路的时候，马谡很幸运地只刚伤了几处。他从半毁的囚笼里爬出来的时候，几乎不敢相信自己刚才还是个待毙的死囚，现在却已经是自由之身了。

马谡顾不上表达自己的欣喜，他趁四周还没什么人，赶紧卸下马的鞍具，从狱卒身上摸出一些钱与食物，然后毫不犹豫地趁着黎明前最黑暗的天色朝阳平关而去。这个时候的他其实是别无选择的：回南郑面见丞相绝对不可能，那等于自投罗网，而自己的家人又远在成都，唯有去勉县才或能有容身之处。

重要的是，他想要活下去，要自由，而不是背负着一个屈辱的罪名死去。一路上清冷的风吹拂在脸上，路旁的野花香气弥漫在空气中，加上纵马狂奔的快感，这一切让他沉醉不已，尽情享受着挣脱了藩篱的轻松感觉……

忽然，马谡听到官路对面传来急促的马蹄声，他急忙一拨马头，想避到路旁的树林里去。不料这匹拉辕的马不习惯被人骑乘，它被马谡突然的动作弄得一惊，双蹄猛地高抬，发出嘶鸣。马谡猝不及防，"啪"的一声从马上摔到了地上。

这个时候，对面马蹄声由远及近，一队人马已经来到了马谡面前。

马谡穿的是赭色囚服，避无可避，心想自己的短暂逃亡生涯看来就此结束了。就在这时，这队人马的首领却挥挥手，让手下向后退去，然后自己下了马，来到马谡面前，颤声道："幼常，果然是你……"

马谡听到有人叫他的字，急忙扭头去看，正是他的好友长史向朗。

"……巨达……是你……"

两个人互相抱住胳膊，眼眶一瞬间都湿润了，他们万没想到与自己的好友竟然会在这样的情况之下会面。

"巨达，你……你怎么会在这里……"马谡问。

向朗擦擦眼泪，说道："我是奉了丞相之命去外营办事，今天才回南郑。幼常你这是……"他看了看马谡的赭衣，又看了看旁边烙着"五兵曹属"印记的马，心里一下子全明白了。

"我本想速速赶回南郑，好替幼常你在丞相面前争取一下，却没想到……已经弄到这地步了吗？"

"唉，既然今日遇到巨达，也是天意，就请将我绑回去吧，能被你抓获，我也算死得瞑目。"

马谡说完，就跪在了他面前。向朗急了，连忙扶他起来，大声道："古人为朋友不惜性命，难道我连他们都不如吗？"

说完向朗从怀里取出一只钱袋，塞到马谡手里，然后将自己的马的缰绳递给他。马谡愣在那里，不知道向朗要做什么。

向朗红着眼睛，表情充满了诀别前的悲伤，急声道："还在这里耽搁什么，还不快上马离开这里？难道还等人来抓吗？"马谡犹豫地抓住缰绳，翻身上马，却仍旧注视着向朗不动。

"丞相那边我去求情，幼常你一定要保重啊！"向朗说完猛拍了一下马屁股，骏马发出一声长嘶，飞奔出去。马谡伏在马背上，握着缰绳一动不动，只把头转回来，看到向朗保持着双手抱拳的姿势，最后消失在晨雾之中。

两位好友的最后一面就这么匆忙地结束了。马谡一边任凭自己的眼泪流出，一边快马加鞭，朝着勉县的方向跑去。

诸葛亮时代的蜀汉官僚体系相当有效率，整个汉中的军政系统在事发后以最快的速度做出了反应。南郑向各地发出了十几道紧急公文，命令各关卡郡县缉捕在逃军犯马谡。这一切仅仅是在马谡出逃后的半天之内。

他们的工作效率也令人感到吃惊，五天之后，马谡即告落网。

马谡被捕的过程很简单：勉县的县属搜缉队在边界地带发现了一名可疑男子并上前盘问，正巧队伍中有人曾经见过马谡，于是当场就将他捉住了。

当诸葛丞相听到马谡再度被捕的消息时，毫不犹豫地下令将其关进军正司的天字监牢。他对马谡彻底失望了。

"马谡畏罪潜逃"，无论是正式的公文还是人们私下的议论，马谡的这一举动都会被视作对他罪行的承认——这是可以理解的，如果不是内心有愧的话，为什么不申辩，反而要逃跑呢？他原本还对马谡存有一丝信心，结果马谡的逃亡将这最后一点可能性也粉碎了。

诸葛丞相自己都不得不接受这样一个事实：马谡是有罪的。于是，他立刻公开了费祎的调查文书，并且在非正式的会议上，检讨了自己在街亭守将人选决策上的失误。

马谡的结局很快就确定了，死刑，由诸葛丞相亲自签署。

这个结果在汉中得到了不错的反响。将领们普遍认为这是个可以接受的处置，丞相府中的文官们虽然对马谡的遭遇表示同情，但在政治大环境下也不敢说什么。只有长史向朗一个人向诸葛丞相提出了异议，不过他也拿不出什么证据，只是恳求丞相能够赦免马谡的死刑。

提出类似请求的还有特意从成都赶来的蒋琬与费祎，不过都被诸葛丞相回绝了。这一次，诸葛亮似乎是决意与马谡彻底断绝所有关系。而对向朗，诸葛亮格外愤怒，因为有人揭发，他在发现马谡逃跑时不仅没有立刻举报，反而将自己的马交给马谡协助其逃亡。当诸葛丞相召来向朗质询的时候，向朗只是平静地回答："我是在尽一个朋友的责任，而不是一位长史的职责。"

处于这旋涡中的马谡对这些事情浑然不觉，他被关在了天字监牢中，与世隔绝，安静地等待着死亡的到来。

鉴于上一次逃狱的教训，这一次的天字号监牢戒备异常森严。有四名狱卒一天十二个时辰不间断地看守在门前，内侧则另有十几名守卫分布在各要点处，军正司还特意派遣了三十名士兵在监狱外围巡视，可以说是滴水不漏。

负责视察警卫工作的是镇北将军魏延，这也反映出军方对这件事的重视程度。面对这位大人物，典狱长既兴奋又紧张，他走在魏延旁边，拍着胸脯对这个板着脸的将军保证说："除非犯人是左慈或者于吉，否则他是绝不可能逃出这个监狱的。"

魏延"嗯"了一声，把头偏过去偷偷窥视在牢房中的马谡。马谡正躺在牢房的草床上，保持着蜷缩的姿势，似乎已经放弃了所有的抵抗，一动不动。

"别放松警惕，说不定什么时候那家伙又会逃掉。"

魏延冷冷地对典狱长说，后者连连点头，将牢房的铁栏柱和大锁指给他看。他用手握了握，那锁足有三斤重，需要同时用两把钥匙才能开启；牢房四壁及地板则完全是石制的，石块彼此之间严丝合缝，没一点松动；唯一的气窗只有一尺多宽，还被六根铁栏柱分隔开来。他确实看不出任何可供囚犯逃跑的破绽。

"三天之后就会公审，可千万别出什么差池。"

"小的明白，尽可放心。"

"下午押到的还有李盛、张休两个人，你也不能掉以轻心。"

"两间牢房都准备好了，加派的人手也已经到位。"

两人一边说着话，一边离开牢房，两名狱卒立刻补上他们两个的位置，严密地监视着那个犯人。马谡趴在床上，脸压进草里，看上去似乎已经睡着了，其实他正在紧张地思索着刚才魏延与典狱长的对话。

李盛和张休也被抓进来了？但是费祎那日对他说，他们两个与黄袭、陈松二人一起供认马谡有罪，那么他们为什么也会被抓进死牢？

马谡轻轻摆动一下脑袋，换了个姿势，继续回忆那日与费祎会面的情况，忽然意识到自己只看到了黄袭和陈松的供词，李盛和张休的却没有，这是一个疑点……不，整个街亭事件，就是一个最大的疑点，马谡隐约觉得有一张网笼罩在自己的头上，要将自己拖进阴谋的泥沼。

经历了这几番出生入死、出死入生的折磨后，马谡的激愤已经被销蚀一空。置身于这死牢，他已经不再像开始那样疯狂抗拒，绝境下的冷静反而让他恢复了一度被怒火冲昏的理智；作为蜀汉军界首席军事参谋的缜密思维又悄然回到了他身上。

不过即使他有再多的疑点，也不可能得到澄清了。在这样的死牢里，无论他的求生欲望和怀疑多么强烈，也无法穿越厚厚的石壁传递到外面去。他的生命，就剩最后三天了。

他保持着俯卧的姿势思考了半个多时辰，觉得头有点晕，于是打算坐起身来。但当身体直立的瞬间，头一下子变得异常沉重，迫使他不得不变换一下姿势，重新躺了下去。这一次头感觉稍微好了一点，肺部却开始憋闷起来，火辣辣地疼。

"大概是在逃亡的时候染了风寒吧。"

马谡不无自嘲地想，即将被处死的人还得了风寒，这真讽刺。他这么想着，同时把身体蜷缩得更紧了，觉得有点冷。

到了晚上，开始还微不足道的头疼却越来越严重了，他全身发寒，不住地打着冷战，体温却不断上升。狱卒从门上的小窗送进晚饭的时候，他正裹着单薄的被子瑟瑟发抖，面色赤红。

这种异状立刻被狱卒觉察到了，不过出于谨慎，他并没有急于打开牢门，而是隔着栏杆喊马谡的名字。马谡勉强抬起头，朝门挥了挥手，然后剧烈地喘着气，头晕目眩。

狱卒看到他这副模样，连忙叫同事分别前往典狱长和巡更两处取钥匙来开门，然后端来一盆清水和一碗稀粥送进牢房。马谡挣扎着爬起来，先咕咚咕咚喝了半盆清水，一阵冰凉入肚，热气似乎被暂时压制住了。他又捧起了稀粥，刚喝了几口，就觉得胃里一阵翻腾，忍不住"哇"的一声张口呕吐出来，稀粥混杂着胃液濡湿了一大片草垫。

马谡是公审的重要犯人，干系重大。听说他突然得了重病，典狱长不敢怠慢，立刻从家中温暖的被子里爬出来，赶到了天字牢房，同时到达的还有一名临时召来的医者。

到达监狱后，典狱长趴在门口仔细地观察了半天，认为马谡不像是装病，这才让人将牢房门打开。接着，几名守卫先冲进屋子守在一边，然后才叫那名医者走近马谡。

医者先为马谡把了脉，查看了一下他的舌苔颜色，随后叫守卫将马谡扶起来，把上衣脱掉，让他赤裸上身。当他的衣服被脱掉之后，在场的人一下子注意到，马谡的上半身满布着暗红色的小丘斑，胸前与腹部相对少些，四肢却很多，这些小斑点已经蔓延到了脖子，看样子很快就会冲上面部，那情景看起来令人十分骇异。

医者一看，一时间大惊失色，腾地站起身来，挥舞双手，大声叫牢房里的人都退出屋子去。守卫们见医者神态异常，以为出了什么大事，一个个惊慌地跑出门去。医者最后一个离开牢房。

"病人情况怎么样？"在门外守候了很久的典狱长急切地问道。

医者擦了擦汗，结结巴巴地回答："大人，适才小的替此人把脉，所得竟是一麻促脉。脉如麻子之纷乱，细微至甚，主卫枯营血独涩，属危重之候。此人苔燥黄剥脱，面色无华，四肢枯瘦，更兼身受牢狱之苦，饮食不调，刑具加身……"

"究竟是什么病？"典狱长不耐烦地打断他的话，喝道。

"是虏疮……"

牢房内外一瞬间被冻结。典狱长和守卫们都下意识地后退了几步，仿佛对这个名字无比畏惧。这种心情是可以理解的："虏疮"是一种几天内可以毁灭一个村庄的可怕疾病，很少有人能在它的侵袭下幸存。两百多年前，大汉伏波将军马援和他的士卒们就是在征讨武陵蛮的时候染上此病而死的，从此这种病就流传到了中原，成了所有汉朝人的噩梦。

而现在"虏疮"就出现在与他们一墙之隔的马谡身上。

典狱长的脸色都变了，他咽了咽唾沫，勉强问道："那……那怎么办？可以治好吗？"

"恕我直言，这是不可能的……现在最重要的，是千万别让'虏疮'演变成大疫，否则整个汉中就完了。"

"那这个病人……"

"以我个人的看法，越早烧掉越好。"

这句话，在场的每一个人，包括烧得有些昏迷的马谡，都听得一清二楚。

诸葛丞相接到监狱的报告后，皱起了眉头。"虏疮"意味着什么他很清楚，去年蜀汉讨伐南部叛乱，这种病也曾经在军中暴发过，几乎致使全军覆没。丞相没想到，它会忽然出现在汉中，得病的人还是一名即将要被公审的死刑犯——更具讽刺意味的是，这名死囚还曾经是南征战役中的功臣。

"文伟啊，你觉得如何处置为好？"丞相看着文书上"马谡"的名字，向站在一旁的费祎问道。

费祎稍微思索了一下，回答说："以幼常……哦，不，以马谡现在的情况，恐怕已经不适合再做公审了……万一再引起疫病，可就难以处置了。"

丞相点了点头，说实话，他从内心深处也并不希望公开审判马谡，那不仅意味着死刑，还意味着名誉的耻辱。他已经决定放弃马谡，但总有一种挥之不去的歉疚萦绕心头——马谡毕竟是他多年的亲信，他曾经委其重任，也曾经无比信赖马谡。

"幼常啊，最后就让我为你减少一点痛苦吧。"

诸葛亮提笔悬在空中许久，最终还是在文书末批了四个字——准予火焚，然后拿起印章，在文书上印了一个大大的红字。与此同时，两滴眼泪从他的脸上流了下来。费祎看在眼里，轻轻地叹息了一声，稍微挪动了一下脚步。

既然丞相府批准了对马谡秘密施以火焚的处置办法，下面的人就立刻行动起来。马谡的牢房无人再敢靠近，监狱还特意调来了一大批石灰撒在牢房四周；另外，军正司派人在南郑城外找了一处僻静的山区堆积了一个柴垛，用来焚烧尸体——最初是打算在城里焚烧，但是医者警告说如果焚烧不完全同样会引起疫病。

一切工作准备就绪，接下来唯一需要等待的就是马谡的死亡了。

从目前的情况来看，他们并不需要等多久。马谡自发病起就不停地颤抖、呕吐，而且高烧不退。虽然监狱仍旧按每天的定额提供食物，但他吃得非常少。据送饭的狱卒说，那些小丘斑已经蔓延到了他的全身，并且逐渐形成了水疱，甚至开始化脓。

这种情况持续了两天，第三天早上，前来巡查的狱卒发现前一天的晚饭丝毫没有动过。当他小心地朝牢房里张望时，发现原本应当裹着毯子颤抖的囚犯，现在却平静地躺在床上一动不动，任凭被单盖在脸上。

他是否已经死于"虏疮"，这是一个关键问题，但是并没有人足够勇敢到愿意踏进牢房去确认这件事，包括典狱长在内。

这是一个颇为尴尬的技术性难题。它很困难，以至于典狱长无法做出囚犯是否死亡的判断；但是它又显得很可笑，所以典狱长不可能拿这个作为理由向上级请示。

这种局面持续了很久，大家都把视线投到了典狱长身上。典狱长擦了擦额头上的汗水，下了决心一样地说道："虏疮可是致命的疾病，已经过了三天，什么人都不可能活下来吧？"

他的话本来只是一个探询口气的问句，但周围的人立刻把它当作一个结论来接受，纷纷点头应和。马谡躺在床上一动不动，从另一个角度证明了典狱长的话是正确的。

于是结论就在没有医生确诊的情况下匆匆得出了。按照事先已经拟订好的计划，典狱长一边派人向军正司和丞相府报告，一边命令盛殓尸体的马车准备好出发。

运输马谡的尸体是件麻烦的事，两名狱卒在极不情愿的情况下被指派负责搬运。他们穿上最厚的衣服，在衣缝中撒满了石灰粉末，嘴和鼻子都包上了蜀锦质地的围罩，以防止被传染，这都是汉军根据过去的经验所采取的必要措施。

当两名狱卒战战兢兢地踏进牢房的时候，他们发现马谡在死前用被子蒙住了全身，可能是因为死者在最后时刻感到了寒冷。这很幸运，因为他们不必直视死者全身那可怕的脓疮了。于是他们就直接拿被子裹住马谡，将他抬上了盛殓尸体的马车。

很快军正司负责验明正身的官吏赶到了，不过他显然也被房疮吓到了，不敢靠近。狱卒掀起被子的一角，他远远站着看了一眼马谡的脸，连忙点了点头，把头扭了过去。

"房疮病人用过的衣服、被褥也会传染，所以我们不得不将那些东西一起烧掉。"典狱长对这位军正司的官员解释道。

后者接过文书，在上面印了军正司的大印，随口问道："焚烧地点准备好了吗？"

"嗯，在城南谷山的一个山坳里。"

"那里可不近啊，在这么冷的早上……"官吏抱怨道。

"是啊，不如您就和我在这里喝上几杯，等着他们回报就是了。"

"这样不太好吧？"官员这样说着，眼光却朝屋子的方向瞟去。

"其实人已经死了，现在又验明了正身，用不着您亲自前往。何况房疮厉害，去那里太不安全了。"

官员听到这些话，眉开眼笑，合上文书连连表示赞同。

结果典狱长与军正司的官员都没有亲临焚烧现场，只有事先搬运马谡尸体的两名狱卒驾着马车来到谷山的焚烧场。

焚烧场的木料都是事先堆好的，为了确保充分燃烧，柴垛足足堆了两丈多高，宽两丈，中间交错铺着易燃的枯枝条与圆粗木柴，垒成一个很大的方形。两名狱卒下了马车，先将随车带来的油一点一点浇到柴火上，接着合力将马谡的尸体放到柴垛的顶端。

最后马车也被推到了柴火的边缘，准备一起焚毁。其中一名狱卒抬头看看天色，从怀里掏出火石与火镰，俯下身子点燃了柴垛。

火势一开始并不大，从易燃的枯叶子、枝条烧起，浓厚的白烟比火苗更先冒出来。两名狱卒跑出去二十余丈，远远地望着柴垛，顺便互相检查对方是否也长出奇怪的脓疮。

就在这时候，躺在柴堆中的尸体的右手上的指头忽然动了动，整条胳膊随即弯了弯，然后嘴里发出一阵如释重负的喘息。

马谡还活着。

天字监牢里的马谡和之前在兵狱曹里的马谡有着微妙的不同。他不再颓丧失意，而是充满了因绝望而迸发的强烈求生欲望，那五天的自由逃亡点燃了他对生存的渴望并一直熊熊地燃烧下去。一只曾经逃出囚笼的飞鸟是不会甘心再度被囚禁的。

从进了牢房的那一刻开始，他就一直想着如何逃出去。就在这个时候，他得了虏疮。马谡对虏疮有一定了解，他虽然不知道该如何治疗，但很清楚虏疮大概的症状与汉军处理死于虏疮的人的尸体的办法。

所以当那名医者在牢房外提出将其焚化的建议时，一个计划就在马谡心里形成了。在接下来的几天里，马谡一直努力将身罹虏疮的痛苦夸张了几倍，以便给人留下深刻印象；然后在第三天时，他停止了进食，并且忽然变得寂静无声，用被子蒙住全身，装作已经死去的样子，等着被人搬出监狱。

　　其实这并不能算是计划，而是一次彻底的赌博。只要有一个人扯下被子为他诊脉、测试心跳或者呼吸，他就会立刻被发现还活着，那么他就输了。

　　他赌的，就是人们对疬疮的普遍恐惧心理。他们畏惧疬疮，生怕自己靠近会被传染，因此并不会认真检查尸体。显然他赢了，但是这个胜利的代价是多么大啊！当马谡被狱卒抬走的时候，他必须忍受体内的煎熬，要保持极度安静，不能出声，不能颤抖，甚至连呻吟与喘息都不可以。

　　很难想象一个正常的人可以忍受这样的痛苦，要知道，身体的内伤比外伤更加痛彻心扉，也更加难挨。已故的汉寿亭侯关羽曾经刮骨疗伤，谈笑风生；而魏国太祖武皇帝曹操仅仅因为头风发作就难以自持，头晕目眩。以此足见马谡需要承受的内伤之痛是多么巨大，古代的孙膑与司马迁和他比起来都要相形见绌。

　　一直到狱卒们走远以后，置身在易燃柴火中的马谡才敢于喘出第一口粗重的气息。他整个人仍旧在承受着疬疮的折磨，一点也没减轻。如果不是有强烈的求生欲望支撑，他很可能已经真正地死了。

　　马谡谨慎地翻了一个身，尽量不碰到周围的柴火。幸好现在白烟滚滚，而树枝也烧得噼啪作响，能更好地掩饰他的行动。然而逐渐大起来的火势对马谡来说仍旧是一个危机，他开始感觉到身体下面一阵灼热，再过一小会儿，这种灼热就会演变成炙热。

　　但是他不能大动，狱卒还在远处站着。他必须等火势再大一点才能逃离柴堆。于是他在烟熏火燎之中咬紧牙关，保持着仰卧的姿势，一点一点地朝着柴堆的相反一侧移动，手掌乃至全身的皮肤承受着烫烧的痛楚。

　　这不过几尺的距离，却比哪一次行军都艰苦。他必须在正确的时机做出正确的抉择，早了不行，狱卒会发现他；晚了也不行，他会被火苗吞没，成为真正的火葬。

火势已经蔓延开来，浇过油的木柴燃烧得极快，同时阵阵烟雾也扶摇直上。马谡身上的衣服燃烧起来，他觉得自己已经快到极限了……这个时候，一个画面忽然出现在他脑海里，是街亭！他想起了身旁的那名士兵被飞箭射穿了喉咙，更远处有更多的士兵倒下，四周生与死的海洋翻腾着；他恐惧这一切带走生命的洪流，于是拔出佩剑，瞪着血红的眼睛，竭尽全力地大吼："我不能就这么死掉！"

"我不能就这么死掉……"马谡喃喃自语，同时强忍着全身的疼痛又做了一次移动。终于，他的一只手摸到了柴堆的边缘。他闭上眼睛，在确信自己已经真正燃烧起来的同时，用尽最后一点力气撑起自己的身体，朝着柴堆外面翻了下去。

马谡先感觉到的，是清冷的风，然后是青草的香气，最后是背部剧烈的疼痛，耗尽了体力与精神的他终于在强烈的冲击下晕了过去。

原来火葬柴堆的另外一侧是一处断崖，悬崖的下面则是一片厚厚的草坪。

马谡缓缓醒过来的时候是当天晚上，首先映入眼帘的是满天的星斗。他左右动了动，发现身体陷在茅草之中，皮肤的烧伤与灼伤感觉稍微好了点，但是痔疮的痛苦依旧存在，而且经过那一番折腾后，更加严重起来。他伸了一下右腿，一阵刺骨的疼痛自脚腕处传来，可能是落下来的时候骨折了。

他勉强打起精神，拖着残破的身体从杂草堆里向上边爬去。二十步开外的地方恰好有一条真正意义上的小溪细流，马谡趴在水边"咕咚咕咚"喝了几大口水，然后靠着一棵大树坐起来。现在天色很黑，周围什么动静都没有，树林里静悄悄的。看来狱卒并没有发现这死囚竟从火葬堆中逃了出来，因此监狱没有派大队人马进行搜捕。

换句话说，现在在蜀汉的官方记录里，马谡已经是一个死人了。

人造的禁锢已经被他侥幸破除，但是自然的考验还不曾结束。马谡的头、咽喉与四肢依旧钝痛难忍，浑身打着寒战，遍布全身的痘疮不见任何消退。

所幸马谡神志还算清醒，他知道自己的处境仍旧很危险：这里距离南郑太近了，如果有军民偶尔经过并发现他的话，即使认不出他是马谡，也会把他当作患有疫病的病人通告给军方。他必须尽快离开这一地区，然后找到补充食物的落脚之地。

他是否有这种体力坚持到走出谷山，都还是未知数。

马谡环顾四周，捡了一根粗且长的树枝当作拐杖，然后凭借着惊人的毅力支起身子，一瘸一拐地朝着一个模糊的方向走去——这种毅力是以前的他所不曾拥有的。每走几步，都会因为内病和外伤的煎熬而不得不停下来喘息，他却一直坚定地沿着溪水向着上游走去；一路上渴了就喝点溪水，饿了就摘几个野果子果腹。曾经数度连他自己都觉得不行了，不过每一次都奇迹般地撑了过来。

就这样过了整整一天，在逃出牢笼的第二天下午，他走到了谷山的山腹之中，找到了一条已经废弃很久的山道。

这条山道是在两个山包之间开凿的，宽不过刚能容一骑通过。因为废弃已久，黑黄色的土质路面凹凸不平，杂草丛生，原本用来护路的石子散乱地搁在路基两侧，快要被两侧茂盛的树林遮蔽。

马谡沿着这条路走了两三里，翻过一个上坡，转进了一片山坳。就在他感觉自己差不多达到极限的时候，他注意到在远处树林荫翳之中，有一座似乎是小庙的建筑。

"会不会有人在那里居住？"

马谡首先想到的是这个问题，他谨慎地躲进树林，仔细观察了一会儿，觉得没什么人居住的痕迹，于是就凑了过去。当他来到这小庙的前面时，看到了庙门口写着两个字：义舍。

十几年前，当时汉中的统治者是张鲁。这个人不仅是汉中地区的政治首脑，而且还是当地的宗教领袖。他以"五斗米教"来宣化当地人民。作为传教的手段之一，张鲁在汉中各地的道路两旁设置了"义舍"，里面备办着义肉、义米，无人看守，过路人可以按照自己的饭量随意取用。如果有人过于贪婪，据说鬼神就会使其生病。

这是一种公共福利设施，而马谡现在看到的这一个，显然就是属于张鲁时代的遗迹。

马谡走进去的时候，惊奇地发现这间义舍里居然还有残留的粮食。当然，肉与酒已经彻底无法食用了，但是储存的高粱与黄米还保存完好，柴火、引火物、蜡烛、盐巴与干辣椒也一应俱全，甚至还有几件旧衣服。大概是因为这条道路已被人遗忘的关系吧，这些东西在历经了十几年后仍旧原封不动，只是上面积了厚厚的尘土。舍后有一条沟渠，里面满是腐烂枯叶，不过清理干净的话，应该会有活水重新进来。

"苍天佑我不死，这就是命数啊。"

马谡不由得跪在地上，喃喃自语。他并不信任何神明，因此就只向苍天发出感慨，感谢冥冥中那神秘的力量在他濒临崩溃的时候拯救了他的生命。

于是这位身患重病的蜀汉前丞相府参军就在这座意料之外的世外桃源居住了下来。虽然虏疮的威胁让马谡的身体日渐衰弱，但至少他有了一个安定的环境来静息——或者安静地等待死亡。

时间又过去了三天，他全身的疮疹开始灌浆，渐成脓疱，有种鲜明的痛感，周围红晕加深，本来消退的体温再度升高。高烧一度让马谡连床都下不来，只能不断地用凉水浇头。在这种高热状态下，他甚至产生了幻觉，看到了自己死去的兄长马良、好友向朗，还有其他很多很多人，但是唯独没有诸葛丞相。在马谡的幻觉里，诸葛丞相总是一个缥缈不定的存在，难以捉摸。

这期间，马谡只能勉强打起精神煮些稀粥作为食物，他破烂的牙床和虚弱的胃容不下其他任何东西。

高烧持续了将近十天，才慢慢降了下去。他身体和脸上的脓疱开始化脓，然后凝结成脓痂，变成痂盖覆盖在脸上。马谡觉得非常痒，但又不敢去挠，只能静待着它脱落。就这样又过去了十天，体温恢复了正常，再没有过反复，头和咽喉等处的疼痛也消失无踪，屡犯的寒战也停止了肆虐；马谡的精神慢慢恢复过来，食欲也回到了正常水平。这个时候，马谡知道自己已经熬过了最危险的阶段，他奇迹般地从"虏疮"的魔掌之下幸存下来了。

这一天，他从床上起来，习惯性地用手拂了一下脸庞，那些痂盖竟一下子全部自然脱落，化成片片碎屑飘落到自己的脚下。他很高兴，决定要给自己彻底地清洗一下。于是马谡拿起水桶，走到外面的沟渠里去取水。他蹲下身子的时候，看到了自己在水中的倒影，异常清晰。

那张曾经白皙纯净的脸上，如今却密密麻麻地满布着疱痕。在这些麻点的簇拥之下，他的五官几乎都难以辨认，样貌骇异。这就是"虏疮"留给马谡最后的纪念。

不知为什么，马谡看到自己的这副模样，第一个感觉却是想笑。于是他索性仰起头，对着青天哈哈大笑起来，附近林子里的鸟被这猝然响起的声音惊飞了几只。笑声持续了很久，笑到马谡上气不接下气，胸口起伏不定，那笑声竟变得仿佛哭号一样。大概是他自己也被这种颠覆性的奇妙命运困惑住了吧。

寻找幕后黑手

就这样又过了三四天的时间，马谡的体力慢慢恢复，而义舍里的储备已经快要见底了。一个非常现实的问题随即摆到了马谡面前，那就是今后该怎么办。

他已经不可能再以"马谡"的身份出现了，整个蜀国恐怕都没有他的容身之处，他只能远走他乡。吴国相距太远，难以到达；至于魏国，那只是国家意义上的"敌国"，现在已经是"死人"的马谡对其不会有那么多的仇恨。雍凉一带屡发战乱，魏国的户籍管理相当混乱，如果他趁这个机会前往，应该能以假身份混杂其中不被识破。

不过在做这些事情之前，马谡必须找到一个疑问的答案——

他为什么会落到这样的地步？

从西城被捕开始，他就一直在思考这个问题，可惜一直身陷囚笼，有心无力。现在他自由了，若就这样毫无作为地逃去魏国，马谡这一辈子都不可能甘心，因为他已经牺牲了太多的东西。最起码，他要知道陷害他的人究竟是谁。

于是，马谡决定先回南郑。即使冒再大的风险，他也得先把事情弄清楚。至于如何开始调查，他心里已经有了一个计划。

现在马谡的形象可以说是大变：头发散乱不堪，脸上满是密密麻麻的斑点，一圈乱蓬蓬的胡子缠绕在下颌，和以前春风得意的"丞相府参军"名士马幼常迥异，更像是南中山里的蛮夷野人。

这样一副容貌，相信就算是丞相站在对面都未必认得出来。

马谡换上义舍中的旧衣物，给自己洗漱了一下，然后拄着拐杖离开了他藏身半个多月的地方。走出谷山以后，他径直去了南郑城。他沿途又弄到了几条束带、草鞋和斗笠，这样看起来就像是一个普通的汉中农民了。

南郑城的守卫对这个一脸麻子的普通人没起怀疑，直接放他进了城。正巧一队汉军的骑兵自城里疾驰而出，马蹄声震得石子路微微发颤。马谡和其他行人一起退到了路边，他把斗笠向下压了压，心中涌现出无限感慨。

进了城之后，马谡首先去了南郑治所。比起丞相府，治所门前明显清冷了很多，一座灰暗的建筑前立着两根木制旗杆，旗杆之间是一块有些褪色的黄色木牌，上面贴着几张官府和朝廷发布的告示，两名士兵手持长矛站在两侧。

马谡走到告示牌前，仔细地阅读这些告示，想了解这十几天里究竟发生了什么事情。贴在最醒目的地方的是一张关于北伐的责任公告：丞相诸葛亮自贬三等，为右将军，行丞相事，其余参与军事的各级将领也各降了一级。

另外一份则是关于军内惩戒的通报，里面说街亭之败的几位主要责任人——马谡、李盛和张休——被判以死刑；黄袭被削去将军之职；陈松被削去参军之职，受髡刑；向朗知情不报，罢免长史之职，贬回成都；后面换成朱笔，说马谡已经在狱中病死，故以木身代戮，并李盛和张休两人于前日公开处斩。

最后一条告示是关于王平的，说他在街亭之时表现优异，临败不乱，加拜参军一职，统五部兼当营事，进位讨寇将军，封亭侯。

马谡"嘿嘿"冷笑一声，从告示牌前走开，这些事几乎全在他的预料之内，只是向朗被贬回了成都这件事令他觉得非常愧疚，这全是因为自己。现在看来，向朗已经是被贬回成都不在南郑了——不过就算他在，马谡也绝不会去找他，他不想连累朋友第二次。

他也曾经想过去找费祎，但是治所旁的卫兵说费祎已经回成都去复命了，不在南郑。

马谡转身离开治所，走到一处僻静的地方，从怀里拿出些吃的，蹲在那里慢慢嚼起来。一直到了夜色降临，他才不紧不慢地站起身，朝着南郑城的书佐台走去。

书佐台是丞相府的下属机构，专门负责保管各类普通档案、文书。在没有紧急军情的情况下，到了日落后，书佐们就各自回家休息了，只有一名眼神不好的老奴守在这里，因为反正不是什么要害部门。

马谡走到书佐台的门前，敲了敲兽形门环，很快老奴颤巍巍地走了出来，将门打开。

"你是谁？"

老奴眯着眼睛抬头看马谡。

"我是何书佐家里的下人，我家主人说有些屯田文书他需要查阅一下，就吩咐我来取给他。"

"哦……"

老奴点点头，把门打开，让马谡进去。马谡跟在他背后，庆幸自己对书佐台的情况比较熟，知道有一位姓何的书佐经常喜欢半夜派人来取文书，被人称为"三更书佐"，这才轻易骗过了老奴。

老奴到了屋前，递给他一支蜡烛，然后说道："喏，屯田文书就全在这间屋子里了，取好后赶紧出来，小心火烛。"

"多谢了。"

马谡接过蜡烛，谢过老奴后，转身走进大屋。这间屋子有平常屋子的三倍那么大，里面摆放的都是历年来过往汉中的文书与档案，三分之二的空间都被这些卷帙充满，散发着一股陈旧的蠹味。马谡曾经来这里找过文件，不过他那时并没想到自己竟然会以这样的身份和形象再次到来。

他看四周无人，越过屯田类属的文书架，来到了刑狱类的架子前。借着蜡烛的光芒，他开始一卷一卷地翻检，希望能找到街亭调查文书和相关人员的口供。

但很可惜的是，马谡仔细翻了一圈，都没有找到相关的资料。看来那些文书属于保密级别，直接被丞相府的专员密藏，没有转存到只保管普通档案的书佐台来。马谡失望地叹了口气，这个结果他估计到了，但没想到如此彻底，连一点都查不到。

就在这时候，马谡忽然看到一份文书有些奇怪，他连忙把那卷东西抽出来，转身在桌上铺开，小心地用手笼住烛光，俯下身子仔细去看。

作为前丞相府参军，马谡熟知蜀汉那一套官僚运作模式，也了解文书的归档方式，眼前这一份普通的文书，在他眼里隐藏着很多信息。

这是一份发给地方郡县的缉捕告令，时间是马谡第一次逃亡的那天，内容是饬令捉拿逃犯马谡。真正令马谡怀疑的是这封文书的抬头，文书第一句写的是"令勉县县令并都尉"，这个说法非常奇怪，因为马谡逃跑的时候，南郑并不清楚他的逃跑路线，因此发出的缉捕令应该是送交所有汉中郡县，抬头该写的是"令汉中诸郡县太守县令并都尉"。

而这一份文书中明确地指出了"勉县"，说明起草的人一定知道马谡逃亡的落脚处就是勉县，所以才发出如此有指向性的明确命令。

文书内容里更写道："逃犯马谡于近日或抵勉县，着该县太守并都尉严以防范，勤巡南郑方向边隘路口，不得有误。"口气简直就像是算准了马谡会去那里一样。

按照蜀汉习惯，这类缉捕文书的命令虽然以五兵曹的名义发布，但实际上是出自丞相府。因此在文件落款处除盖有五兵曹的印章以外，还要有丞相府朱笔签押，由主簿书佐以火漆点封以示重要。这一封文书有丞相府的朱笔签押，封口却没有火漆点封，说明这是密送五兵曹的文书，而有权力这么做的除了诸葛丞相本人，就只有拥有副印的费祎了。马谡记得在兵狱曹的监狱里，费祎为他录完口供，就是拿的这方印按在后面。

换句话说，导致马谡第一次逃亡失败的原因，正是这份费祎亲自发出的缉捕令。

这怎么可能?!

马谡在心里大叫，这太荒谬了，他的逃亡明明就是费祎本人策划的，逃狱的策划者又怎么可能会去协助追捕?

但是那卷文书就摆在那里，而且是真实存在的事实。

这时候，老奴在外面叩了叩门，叫道："还没查完吗？"马谡赶紧收回混乱的思绪，手忙脚乱地把这卷缉捕令揣到怀里，然后从屯田文书里随便抽出几卷捧到怀里，走出门去。

大概是因为这里存放的都是无关紧要的东西，老奴也没怀疑马谡私藏了文卷，只是简单清点了一下他手里捧的卷数，就让他出去了。

他离开了书佐台，外面已经完全黑了下来。只见头顶月朗星明，风轻云淡，南郑全城融于夜幄之中，偶尔有几点烛影闪过，几声梆子响，更衬出其静谧幽寂，恍若无人。

马谡知道南郑落日后一个时辰就会实行宵禁，平民未经许可不得随意走动；如果现在他被巡逻队撞到就麻烦了，搞不好会被当成魏国的间谍抓起来。正在他想自己该去哪里落脚才好的时候，忽然听到前方拐角处传来一阵哭声。

哭声是自前面两栋房屋之间的巷道里传来的。马谡走过去一看，原来是个小孩子蹲在地上哭泣。那个小孩子五六岁模样，头上还梳着两个发髻，怀里抱着一根竹马。他听到有人走近连忙抬头来看，被马谡的大麻脸吓了一跳，一时间竟然不哭了。

"你是谁家的孩子，怎么在这里不回家？"马谡问道。小孩子紧张地看着这个麻脸汉子，不敢说话，两只手死命绞在一起，端在胸前。马谡呵呵一笑，把语速放缓，又说道："不要害怕，我不是坏人。"

小孩子后退了两步，擦擦眼泪，犹犹豫豫地回答说："天太黑，路又远，我不敢回家。"马谡心中一动，心想如果我把这孩子送到他家大人手里，说不定能在他家中留宿一晚，免去被巡夜盘查的麻烦。于是他蹲下身子，摸了摸小孩子的头，注意到其脖子上挂着一只金锁，借着月光能看到上面写着一个"陈"字。

"哦，你姓陈？"马谡拿过金锁看了看，笑着问。

小孩子一把将金锁抢回去，紧紧攥到手里，点了点头。

马谡又问："你爹叫什么？住哪里？我送你回去吧。"

小孩子咬住嘴唇，怀疑地打量了一下他，小声答道："我爹叫陈松，就住在城西申字巷里。"

"陈松……"

听到这名字，马谡大惊，双手扶住小孩子肩膀，问道："你爹可是在军队里做官的？"

"是呀，是做参军的呢！"

小孩子露出自豪的神色，马谡略一沉吟，站起身来拉住他的手，说："那可真巧，我和你爹爹是朋友。"见那小孩子不信，马谡又说："你爹叫陈松，字随之，白面青须，爱喝谷酒，平时喜欢种菊花，家里的书房叫作涵阁，对不对？"

"你怎么知道的？"

"因为我是你爹的朋友嘛。"马谡面露微笑，拽着他的手朝陈松家的方向走去。小孩子半信半疑，但手被马谡紧紧攥着挣脱不开，只好一路紧跟着。

两个人一路避开巡夜的士兵，来到陈松家的门口。马谡深吸了一口气，伸出手去拍了拍门板。屋里立刻传来急促的脚步声，然后是陈松焦虑的声音："德儿，是你回来了吗？"

"是我，爹爹。"

"哎呀，你可回来了，把我急坏了……"陈松一边念叨着一边打开门，先看到的却是黑暗中一个戴着斗笠的人影。他一怔，低头看到自己的孩子被这个奇怪的人拉着手，便有点惊慌地说道："请问阁下是哪一位？"

"令公子迷路了，我把他送了回来。"

说完马谡把小孩子交到陈松手里，后者松了一口气，赶紧将儿子揽到怀里，然后冲马谡深施一礼道："有劳先生照顾犬子了，请问尊姓大名？"

"呵呵，陈兄，连我都认不出了吗？"

马谡摘下斗笠来，陈松迷惑地眯起眼睛看了又看，举起灯笼凑到马谡脸边仔细端详，还是没认出来。马谡笑了，笑容却有些悲戚。

"随之啊随之，当日街亭之时，你说此战值得后世史家大书一笔，如今却忘记了吗？"

陈松猛然听到这番话，不由得大惊，手里一颤，灯笼"啪"的一声摔到地上，倒地的蜡烛将灯笼纸点燃，整个灯笼立刻毕毕剥剥地燃烧起来。

"快……快先请进……"陈松的声音一下子浸满了惶恐与震惊，他缩着脖子踩灭灯笼火，转过身去开门，全身抖得厉害。马谡看到他这副模样，心里涌现出一种报复的快感。

三个人进了屋子，陈松立刻将他儿子陈德朝里屋推，哄着他说："德儿，找你娘早些歇息去吧，爹和客人谈些事情。"小孩子觉得自己父亲的神情和语调很奇怪，他极不情愿地被他父亲一步一步推到里屋去，同时扭过头来看着黑暗中的马谡，马谡觉得这孩子的眼神异常闪亮。

等小孩子走进里屋后，他焦虑的父亲将门关上，转身又将大门关严，上好了门闩。马谡坐在椅子上，冷冷地看他做着这些事情，也不说话，斗笠就放在手边。陈松又查看了一遍窗子，这才缓缓取出一根蜡烛放到烛台上面，然后点燃。

就着烛光，马谡这才看清楚陈松的面容：这个人和在街亭那时候比起来，像是苍老了十几岁，原本那种儒雅风度全消失了，取而代之的是一种凄苦沧桑的沉重。马谡还注意到他头上缠着一根青色宽边布带，布带没遮到的头皮露出生青痕迹，显然这是髡刑的痕迹。

马谡一瞬间有些同情他，但这种情绪很快就消失了；比起自己所承受的痛苦，这算得了什么。

陈松把蜡烛点好之后，退后两步，"扑通"一声，很干脆地跪在了马谡的面前，泣道："马参军，我对不起您……"

"起来再说。"马谡一动不动,冷冷地说道。陈松却不起来,把头叩得更低,背弓起来,仿佛无法承受自己巨大的愧疚。马谡不为所动,保持着冰冷的腔调,进一步施加压力。

"我只想问一句,你为什么要这么做?"

"我……我是迫于无奈,您知道,我还有家人……"陈松的声音充满了无可奈何的苦涩。

马谡听到他的话,眉毛挑了起来。

"哦?这么说,是有人威胁你喽?是谁?王平吗?"

"是……是的……"陈松嗫嚅道。

马谡却从鼻子里发出一声冷哼。"陈兄,不要浪费你我的时间了。以王平的能力和权限,根本不可能欺瞒过丞相,那个威胁你的人究竟是谁?"

陈松本来就很紧张,一下子被马谡戳破了谎言,更加慌乱不已。后者直视着他,让他简直无法承受这种锐利无比的目光。已死的人忽然出现在他面前,这本身就是一种强大的压力,更何况这个人是因他的供词而死的。

"……是……是费祎……"

马谡听到这个名字,痛苦地摇了摇头。他最不愿意知道的事实终于还是摆在了自己面前。其实从很早以前他就有了怀疑:街亭一战的知情者除了马谡、王平、陈松、黄袭、李盛和张休等高级军官以外,还有那两万多名士卒,就算只有少部分的人逃回来,那么知情的也在五六千人以上,这么多人不可能全部被王平收买,假如真的认真做调查,不可能一点真相都查不到。

而事实上,没有一个证人支持马谡的供词。换句话说,调查结果被修改过了,刻意只选择了对马谡不利的证词。而唯一有能力这么做的人,就是全权负责此事的费祎本人。

"我是从街亭随败兵一起逃出来的,一回到南郑,就被费……呃……

费长史秘密召见。他对我说，只要我按照王平将军的说法写供词，就可以免去我的死罪，否则不但我会被砍头，我的家人也会连坐……"陈松继续说着。

马谡闭上眼睛，努力抑制住自己的激动情绪，问道："所以你就按照王平的说法修改了自己的供词？"

"……是，不过，参军，我实在也是没办法呀。我儿子今年才七岁，如果我出了什么事……"

"黄袭也和你一样受了胁迫，所以也这么做了？"

"是的，黄将军和我一样……不过李盛和张休两位将军拒绝了。"

"所以他们被杀了，而你们还活着。"马谡阴沉地说道。陈松为了避免谈论这个，赶紧转换了话题。

"听我在监狱里的熟人说，李盛和张休两个人在与费祎见面后，就得了怪病，嗓子肿大，不能说话，一直到行刑那天都没痊愈。"

"这也算是变相灭口，费祎是怕他们在刑场上说出什么话来吧……"马谡心想，如果自己不是在被关到军正司后立刻得了"虏疮"，恐怕也难逃这样的厄运。

但是还有一个疑问马谡没有想明白，那就是为什么费祎要帮他逃亡，直接将他在兵狱曹里灭口不是更好吗？

陈松见马谡没说话，又接着说道："开始我很害怕，因为参军您是丞相的亲信，丞相那么英明，假如他了解到街亭的真相，我的处境就更悲惨了……不过费长史说过，过不了多久，参军您就会'故意'认罪的，所以我才……后来有人在邸吏房看到了调查的全文，接着参军您又逃亡了……我才松了口气……"

马谡听到这里，"啪"地一拍桌子，唬得陈松全身一激灵，以为他怒气发作了，急忙朝后缩了缩。

不错，马谡的确是非常愤怒，但是现在的他也非常冷静。综合目前所知道的情报，他终于把费祎设下的阴谋差不多看穿了。

虽然费祎依仗自己的权限操纵了调查结果，硬是把马谡和王平的责任颠倒过来，不过这样始终冒着极大的风险。诸葛丞相并不糊涂，又一直事必躬亲，他不可能不对这个"马谡有罪"的结果产生怀疑，说不定什么时候就会亲自再调查一次，到时候费祎辛苦布置的局面就毁于一旦了。要避免让丞相产生怀疑，并杜绝二次调查，就只能让马谡亲自认罪。

于是，在费祎第二次见马谡的时候，他耍了一个手腕，谎称陈、黄、李、张四个人都做了不利于马谡的证词，丞相看到调查文书后决定判马谡死刑，借此给马谡制造压力；于是灰心丧气的马谡相信不逃亡就只能等死——事实上那时候丞相根本还没接到这份调查报告；接下来，费祎制造了一个机会，让别无选择的马谡确实逃了出去；然后他刻意选择在监狱方报告马谡逃亡的同时，向丞相上交了调查报告，还故意通过邸吏房把报告泄露给外界。这样在丞相和南郑的舆论看来，马谡毫无疑问是畏罪潜逃，这实际上就等于他自己认了罪。

接下来的事情就简单了，只要密发一封公文给勉县，让他们擒拿马谡归案就可以了。费祎唯一的失算就是"虏疮"，他不知道马谡非但没被烧掉，反而大难不死活到了现在。

这就是马谡推测出的费祎编织的阴谋全貌。

马谡想到那个人笑吟吟的表情，只觉得一阵寒意升到胸中。这个家伙的和蔼笑容后面，是多么深的心计啊。亏马谡还那么信任他，感激他，把他当作知己，原来这一切只是他让马谡进一步踏进沼泽的手段。

不过，为什么，为什么费祎要花这么多心思来陷害他？马谡不记得自己跟他有什么私怨公仇，两个人甚至关系相当融洽。

马谡对这一点实在是百思不得其解，他把这些想法告诉陈松。陈松犹豫了一下，对马谡说道："参军，有句话，不知当讲不当讲……"

"说吧。"

"其实，丞相府内外早就有传言了，只是参军您自己没察觉而已。您今年三十九了吧？"

"正是，不过这有什么关系？"

"您三十九，费长史三十七，一位是丞相身边的高参，一位是出使东吴的重臣。综观我国文臣之中，正值壮年而备受丞相青睐的，唯有你们二人……"

"……"马谡皱起眉头。

陈松继续说道："如今朝廷自有丞相一力承担，不过丞相之后由谁接掌大任，这就很值得思量。您和费长史都是前途无量……"

陈松后面的话没有说，马谡知道他想说的是什么。以前在丞相身边意气风发的时候，自负的马谡只是陶醉在别人羡慕的眼光之中，不曾也不屑注意这些事情；现在他一下子沦落到如此境地，反而能以一个客观的视角冷静地看待以往没有觉察到的事情。

"铲除掉潜在的竞争对手……"马谡摸摸下巴，自言自语道，脸上露出一丝说不清是苦涩还是嘲讽的笑容。想必费祎在得知马谡身陷街亭一案的时候，一定是大喜过望，认为自己得到了一个彻底打败对手的机会吧。

"那……参军，您现在打算怎么办？"

其实陈松想问的是"您打算把我怎么办"，他一方面固然是表达自己的关心，另一方面是下意识地防备马谡暴起杀人……他现在无法捉摸马谡的恨意到底有多大，尤其是他并不知道马谡究竟是怎么逃脱，又是怎么变成这副模样的，这种未知让人更加恐惧。

"报仇，就像伍子胥当年一样。"

马谡笑了，他抬起手，对陈松做了一个宽慰的手势。现在的他很平静，平静得就像是一把剑，一把刚在熔炉里烧得通红，然后放进冰冷水中淬炼出来的利剑。这剑兼具了温度极高的愤怒、刚度极强的坚毅，还有冷静。

"呵呵，不过我想找的人并不是你。"马谡见陈松脸色又紧张了起来，微微一笑，补充道。现在的他面容虽然仍旧枯槁，却涌动着一种不同寻常的光辉。

刚从死亡边缘逃出来的马谡是茫然无措的，失去了地位和名誉的他不知道何去何从，也不知道该如何是好。那时候，他的心态就好像是刚刚从笼子里逃出来的野兔，只是感受到了自由，但对自己的方向十分迷茫，未来究竟如何，他根本全无头绪。不过现在他的人生目标再度清晰了起来，他知道自己该做什么了。

"不过费长史已经回到了成都，以参军您现在的身份，几乎不可能接近他啊，恐怕还没到成都就会被抓起来。"陈松提醒他说。

"嗯，现在还不可能……"

马谡闭上眼睛，慢慢地用手敲着桌子，发出含混的声音。烛光下的他表情看起来有些扭曲，不过只一瞬间就消失不见了。过了很久，他仿佛下了一个很大的决心，抓起斗笠戴在头上，缓缓站起身来，朝外面走去。

"参军……您，您这是去哪里？"

陈松从地上爬起来，又是惊讶又是迷惑。马谡听到他的呼喊，停下了脚步，回答的声音平淡却异常清晰："去该去的地方……这是天数啊。"

说完这句话，马谡拉开门走了出去，步履坚定，很快就消失在了外面的黑暗之中。未及掩住的门半敞着，冷风吹过，灯芯尖上的烛光不禁一个激灵，蜷紧了身形。昏暗的光亮之下，室内的人影蓦地模糊起来。陈松呆呆地望着门外的黑幕，只能喃喃自语道："是啊，这是天数，是天数啊……"

汉军北伐的失败虽然造成了不小的震动，但对于蜀汉的既定国策并没有任何影响。在诸葛丞相的倡导下，蜀汉在随后的六年时间里先后在陇西地区发动了四次大规模的攻势，将战线推进到了渭水一线。这种攻势一直持续到了蜀汉建兴十二年（234年）。

建兴十二年春，诸葛亮率领的汉军第五次大举进攻，主力兵团进驻到了武功县的五丈原，与司马懿隔着渭水相望——曾经在街亭之战击败马谡的张郃将军已战死。魏、汉两支军队对峙了多月，在所有人都认为这场战事要持续到秋天的时候，汉军的核心人物诸葛丞相却忽然病死在了军中，汉军不得不匆忙撤退。

诸葛亮的突然病殒对蜀汉政局产生了很大的震荡，甚至在他病故后不久，撤退途中的汉军内部就立刻爆发了一次叛乱。叛乱的始作俑者是征西大将军魏延，平定叛乱的功臣则是长史杨仪、讨寇将军王平和后来升任到后军师的费祎。

不过这个是朝廷的官方说法，具体内情如何则难以知晓，因为功臣之一的杨仪很快因为诽谤朝政而被捕，然后自杀。这起叛乱处理完之后，蒋琬出任尚书令，随后升为大将军，尚书令的职位则由费祎接替；诸葛亮生前备受器重的姜维则被拔擢为右监军辅汉将军，朝野舆论都认为这是他继承诸葛丞相遗志的第一步。至于王平，则被指派协助吴壹负责汉中的防务。

诸葛亮之死意味着蜀汉北伐高潮的结束，此后魏、蜀两国的边境一直处于相对平静的态势。大将军蒋琬本来打算改变战略重心，从水路东下，通过汉水、沔水袭击魏国的魏兴、上庸。但是这个计划刚刚启动，他就于蜀汉延熙九年（246年）病死。于是费祎顺理成章地接任了大将军之职，录尚书事，成为蜀汉的首席大臣；而王平也在前几年出任前监军、镇北大将军，成为蜀汉军界最有实权的军人之一。

这两个人掌握了蜀汉的军政大权，意味着蜀国战略彻底转向保守。

以北伐精神继承者自居的姜维激烈地反对这种政策，但他无论是资历还是权力都不足以影响到决策，因此只能在边境地区进行意义不大的小规模骚扰。一直到王平在蜀汉延熙十一年（248 年）病死，姜维在军中的权力才稍微扩大了一点，但他的上面始终还有一个大将军费祎，像枷锁一样套在他脖子上。

于是时间就到了延熙十五年（252 年），距离那场街亭之战已经过去二十四年了……

死士

南郑城。

姜维叹了一口气，搁下手中的毛笔，将凭几上的文书收作一堆。他随手拨了拨灯芯，不禁生出一阵感慨。时间比那渭水流逝得还快，他跟随丞相出征仿佛还是昨天的事，今年却已经五十出头了。从一个意气风发的年轻人变成头发斑白的老将，其间的波折与经历一言难以尽数。

每次一想到这些事，姜维总能联想到卫青和霍去病，然后就会觉得自己简直就是冯唐和李广。虽然他如今已经是堂堂的蜀汉卫将军，但如果一个人的志向未能实现，再高的爵禄又有什么意义呢？

这时候，窗外传来三声轻轻的叩击，姜维立刻收起忆旧的沉醉表情，恢复到阴沉严肃的样子，沉声说道："进来吧。"

门"吱呀"一声开了，一个三十多岁的小吏走进屋子来。他两只眼频繁地朝两边望去，举止十分谨慎。

"小高，这么快就找到死士了吗？"姜维问道。

被叫作"小高"的小吏露出半是无奈半是犹豫的表情，吞吞吐吐地说道："回将军，找是找到了，可是……"

"可是什么？"

姜维把脸沉下来，他十分厌恶这种拖泥带水的作风。

"可是……那个人有六十三岁了。"小高看到姜维的脸色越来越难看，连忙补充道，"他坚持要见将军，还说将军若不见他，就对不起蜀汉的北伐大业……"

"哦？好大的口气！你叫他进来吧，我倒想看看他是个什么人物。"

姜维一听这句话，倒忽然来了兴趣。他挥了挥手，小高赶紧跑出屋子去，很快就领进一位戴着斗笠的老者。

老人进屋之后，一言不发，先把斗笠摘了下来。

姜维就着烛光，看到这个老头穿着普通粗布青衣，头发与胡须都已经斑白，脸上满是皱纹，渗透着苦楚与沧桑，然而那皱纹仿佛是用蜀道之石斧凿而成，每一根线条都勾勒得坚硬无比。这个人一定在陇西生活了很久，姜维暗自想。

姜维示意小高退出去，然后伸手将烛光捻暗，对着他盯视了很久，方才冷冷地说道："老先生，你可知道我要召的是什么人？"

"死士。"老人回答得很简短。

"老先生可知死士是什么？"

"危身事主，险不畏死，古之豫让、聂政、荆轲。"

姜维点了点头，略带讽刺地说道："这三位都是死士，说得不错。不过老先生你已经六十有三，觉得自己还能胜任这赴难之事吗？"

"死士重在其志，不在其形。"

"死士重的是其忠。"姜维回答，同时将身体摆了一个更舒服的姿势，"这么说吧，我可不信任一个主动找上门来效忠的死士，那往往都以欺骗开始，以诡计结束。"

面对姜维的单刀直入，老人的表情一点变化都没有。

"你不需要信任我。你只要知道，你想要做的事情，也是我想要做的事情，我们的目标是一致的，这就够了。"

"哦？"姜维似乎笑了，他身体前倾，仿佛对老人的话产生了兴趣，"你倒说说看，我想要做的事情是什么？"

"杀费祎。"

姜维听到这三个字，霍地站起身来，怒喝道："大胆！竟然企图谋刺我蜀汉重臣，你好大的胆子！"

老人似乎早就预料到姜维的反应，他抱臂站在屋子的阴影里，不疾不徐地慢慢说道："这不就是将军想要做的吗？"

"可笑！文伟是我蜀汉中流砥柱，我有什么理由去自乱国势？"

"这一点，将军自己心里应该比我清楚。是谁屡次压制将军北伐的建议，又是谁只肯给将军一万老弱残兵，以致将军在陇右一带毫无作为？"

"政见不合而已，却都是为了复兴大业，我与文伟可没有私人仇怨。"

"哦……将军莫非就打算坐以待毙，等着费祎处置将军吗？他为人如何，您应该知道。"

老人的这番话让本来摆出愤怒表情的姜维陷入沉默。费祎在外界素有沉稳亲和之名，但是他的真正为人如何，在蜀汉官场上经历了几十年的姜维也是深知的。

丞相逝世之后，本来爆发的矛盾只是魏延与杨仪的节度权之争，结果打着调停之名的费祎先骗取了魏延的信任，又借杨仪之手以平叛的名义除掉魏延；随后密奏了杨仪的怨言，迫使其自杀身亡；接着排挤掉吴壹，让属于自己派系的王平坐镇军方。这些姜维都是看在眼里的。从此，费祎不动声色的阴狠手段就给他留下了深刻印象，从此他再也不敢小觑这个笑眯眯的胖子了。

姜维虽然依仗着丞相继承者的身份没受什么打击，但也一直被费祎刻意压制。他屡次要求北伐，但上的奏表都语气恳切，言辞不敢稍微激烈，生怕挑战费祎的权威以致被迫害。

现在这老人说中了姜维的痛处，他不得不把那表演出的气愤收起来，重新思考这个老人所说的话。

"……好吧，这个暂且不说……"姜维抽动一下嘴唇，摆了摆手，重新坐了回去，"那么，老先生你又是为什么要杀他？"

"我杀他的理由比你更充分……我之所以在陇西苟活到现在，就是为了杀他。其实我要杀的还有王平，可惜他已经病死了。"老人毫不犹豫地说道。

姜维注意到他的眼神一瞬间变得更加锐利，同时对他如此浓郁的仇恨产生了兴趣。

"把你的理由告诉我，我想这是我们互相信任的基础。"姜维说道。

老人点了点头，走到凭几前面，拿起毛笔，在铺好的白纸上写了两个字，把它拿给姜维。

"我想这两个字应该足够了。"

姜维接过字帖儿一看，悚然一惊，急忙抬头重新审视老人的脸，这一次他模模糊糊地想起来了，许多年前，他似乎是见过这个人的，在西城前往南郑的路上，那时候他还年轻……而老人接下来的故事也是从那里开始的。

当老人将那两个字所包含的故事讲完之后，姜维瞠目结舌，几乎无法相信。他没想到那件事的背后还隐藏着这样的事，也没想到那个早已"死去"的人今天会突然出现在自己面前。

本来摆出一副高姿态的他，现在却变得手足无措。他伸出手去拍了拍老人的肩，想了半天才找出一句自认为比较合适的话来："我想如果没发生那样的事情，也许今天在这个位子的人就是你……"

"呵呵，这都是天数，天数。"老人似乎对这些已经完全不在意，"怎么样，姜将军，现在是否可以信任我了？"

"是。"姜维点了点头，同时像是在给自己的行为辩解一样郑重地申明，"这是为了丞相的北伐大业。"

"是的，为了丞相。"

老人的表情似乎有所变化，但姜维不知道隐藏在那皱纹和麻点后的究竟是哪一种情感。

蜀汉延熙十五年四月，沉寂已久的蜀魏边境掀起了一阵小小的波澜。由汉卫将军姜维率领的一支汉军深入魏境，在羌人的配合之下袭击了魏国西平郡，然后在魏军增援之前就匆忙撤退了。在这次袭击中，魏国一位名叫郭循的中郎将被蜀军擒获，他的随从则全部被杀死。

这一次的军事行动并没有什么实质性的收获，但令蜀汉官员喜出望外的是，这位被俘的魏国中郎将表现出极大的诚意，主动对蜀汉表示恭顺。

一直以"正统"自居的蜀汉朝廷，对于投诚的敌国将领一向极为宽容。之前的魏国大将夏侯霸就受到了隆重的招待，因此郭循也得到了殊遇。

郭循虽然相貌不佳，满脸都是麻点，但是态度谦和，且谈吐不凡，颇得蜀汉百官的好感。他在受到了皇帝刘禅的接见之后，立刻被加封为左将军。要知道，这是已故斄乡侯马超曾经的职位。

随后郭循就被留在了成都。他行事低调，举止沉稳有度，对于各位官员的脾性、爱好却都一清二楚，更难得的是，他对于官僚政务相当熟悉，就好像他已经在蜀国住了十几年一样。这样的人没有理由不被重用，很快驻屯在汉寿的大将军费祎就注意到了这个人。

郭循能力出众又不居功，与费祎的性情相投；另一方面，他对于卫将军姜维似乎有着不浅的敌意。这对费祎来说是一枚上好的棋子，不罗织到帐下实在是可惜。于是他便开始有意识地拉拢郭循，先后写了几封书信给他，畅谈天下大事，而后者也一一回复，信中所显露出的政见和文笔令费祎赞赏不已。

这一年的年底，费祎终于获得了开府的许可，成了继诸葛亮和蒋琬之后蜀汉第三位开建府署的人。他立刻列了一份想要征辟的幕僚名单上奏朝廷，其中就有郭循的名字。

蜀汉延熙十六年（253 年）早春，郭循和其他十几名被征召的官员风尘仆仆地从成都赶到了费祎开府所在的汉寿，卫将军姜维和其他高级军官也在同一时间抵达，专程向这位春风得意的大将军道贺。于是大为高兴的费祎决定举办一次宴会，以显示自己开府的荣耀。

这一次宴会规模很大，而且级别相当高，因为出席的都是蜀汉举足轻重的人物。宴会相当热闹，主人在汉寿治所内外的空地上摆开了几十张桌子，坐满了各地前来道贺的宾客。别说高级官僚，就连普通的小吏都有一席之地，得以享受这次难得的飨宴。几十名仆役在席间穿梭不停，不断地将美酒与食物抬进端出，异常忙碌。

数十名美艳舞姬在乐班的伴奏下翩然起舞，跳起了自汉代以来就流行于两川的七盘乐。只见她们穿梭于七盘之间，红鞋合着拍子踏鼓点，双手摇摆，长袖挥若流云，飘逸不定，恍如昆仑山的仙子下凡。观众一边喝着酒，一边毫不吝惜地施舍他们的喝彩与赞美。

"呵呵，伯约啊，这次我开府理事，以后还要请你多多协助啊。"费祎坐在席间，对着姜维说道。

姜维也露出笑容，举杯别有深意地回答说："文伟这一次是众望所归，我等只有叹服的份，期待今后能在将军麾下有更大发展。"

"嗯，那是自然，将军和我不是一向合作很愉快吗？"

费祎哈哈大笑，端着大觥起身，走下台去。如今的他是真正的一人之下，万人之上，和当年的诸葛丞相一样。当他看到席间姜维、董允等人的表情时，这种成就感显得更真实、更令自己快意了。

他漫步在一片喧闹之中，频频向宾客们致意。每到一处，宾客们都纷纷起身，向他敬酒，而他也乐呵呵地每敬必回，不知不觉间喝得脸色涨红，脚步也有点浮了。不过他的心情却愈加高兴起来，一直到身体实在无法承载醉意，他才蹒跚着找了一把空椅子坐了下去。

就在这时候，一个人走近了。

"费将军？"那个人对他说道。

费祎睁开眼睛，拼命想坐直身子去看，但是怎么也坐不起来了，只好含糊地问道："嗯……嗯……尊驾是……"

"哦，在下是郭循。"

"郭循……哦，就是你啊，哎呀哎呀，真是有失礼数，幸会。"

"哪里，一直到现在才来拜会大将军，是我不对。"

郭循一边说着，又走近了三步。费祎很高兴，挣扎着想起来说话，可惜力不从心。郭循笑了笑，来到这位喝醉了的大将军面前，俯下身去。这时候，周遭依旧热闹非凡，宴会进行到了高潮，宾客们的喧闹声也达到了顶峰。大家的兴致都在于行乐，宴会的主角费祎倒反而暂时被忽略了，只有姜维一个人透过来往的人群朝这边冷冷地看过来。

费祎忽然听到郭循在自己的耳边说了一句话，声音很轻，他没听清楚，于是迷茫地把头转过去，示意再说一次。郭循又一次低下头去，重复了一遍自己的话。

这一次，费祎听清楚了，他的瞳孔一瞬间放大，全身僵硬在那里。这一半是因为那句话对他的神经产生了刺激，另外一半原因则是郭循用一把尖刀刺进了他的胸膛。

最先发现这一变故的是一位仆役，他看到郭循慢慢从费祎胸膛里拔出刀，然后再一次刺了进去，不禁惊慌地大叫了起来。郭循把刀留在费祎胸膛内，慢慢退后两步，仿佛想要仔细欣赏这个杰作，满是麻点的脸上浮现出一种奇妙的笑容。

宴会的欢乐气氛一瞬间被打断，一些人端着酒杯不知所措，一些人则随着舞姬们的尖叫向外逃去，喧闹一下子演变成了混乱。这时候，姜维在贵宾席上猛然站起来，厉声高叫道："不要惊慌，保护费将军！"

如梦初醒的卫兵们纷纷拿起武器，朝费祎和郭循二人扑过去。他们惊讶地发现，有四名姜维将军的亲兵比他们的速度还要快，手持大刀已经将郭循围了起来。

郭循平静地转过脸去，望了望贵宾席上的姜维，点了点头。姜维面无表情地做了个手势，四名亲兵立刻大吼一声："为费将军报仇，不要放过刺客！"手起刀落，将毫不反抗的郭循砍翻在地，剁成肉泥。

没人知道郭循那个时候究竟想的是什么，除了姜维。

这一起刺杀事件震动了蜀汉朝野，皇帝刘禅和很多官员对费祎的死痛惜不已。大家都认为这毫无疑问是伪魏的阴谋，因为郭循本来就是魏国人，而费祎实在是对人太没有警惕心了。负责调查工作的卫将军姜维后来上书，说郭循本来有心行刺皇帝，只是因为皇帝身边戒备森严，所以才将目标转向费大将军。听到这番话，刘禅在伤心之余，又感觉到庆幸。

蜀汉朝廷授予了费祎谥号"敬侯"，意思就是合善法典，以表彰其生前的功绩，然后这位不幸遇刺的大将军的遗体被风光大葬，葬礼的规格非常之高，连盟友东吴都特意派人前来吊唁。在葬礼上，卫将军姜维代表百官致辞道："从来没有过一位官员像您一样为我们带来这么长久的和平。"

魏国听到这个消息后，先是大感不解，然后大喜过望，立刻追封郭循为长乐侯，并让他的儿子继承了他的爵位。在这之后数月，陇西有一份上奏朝廷的公文指出：一具疑似郭循本人的尸体在西平附近被发现，尸体死亡时间似乎至少有一年以上。

这份与官方说法相矛盾的文书没有受到任何人的注意，因为那个时候，魏国上下的注意力正被另外一件事吸引。

边境急报，蜀汉卫将军姜维忽然对陇右地区发动了攻击，其规模是自诸葛亮死后最大的一次。

后诸葛亮时代的陇西攻防战正式拉开了帷幕。

A 面

　　晋，太康三年（282 年）。虽然现在还是深秋，但冷峭的寒风早早地就纵横于关中大地，整个洛阳被笼罩在一片清冷的雾霭之中。

　　在洛阳城内一间略显简陋的木制小屋里，一个身穿单薄官服的人正伏案奋笔疾书，他不时挪动一下身体，以期能稍微暖和些，手中的笔却不停地写着。他的身旁堆满了文书典籍，这些东西杂乱地摆在屋子四处，仿佛是主人所拥有的唯一财产。门外挂着一块木牌，上面写着"著作郎陈寿"。

　　门忽然响了，然后一个身着大袖宽衫、头戴白幅巾的中年人走进了屋子。他看看仍旧沉迷于书写的年轻人，笑了笑，走到他背后拍拍他肩膀，说道："承祚，竟然入迷到了这地步啊！"

　　年轻人这才觉察到他的到来，连忙搁下笔，转过身去低头行礼。

　　"张华大人，失礼了……"

　　"呵呵，不妨。我这次来，是想看看你的进度如何了。"

　　"哦，承蒙大人襄助，魏书已经全部写就了，现在正在撰写蜀书的部分。"

　　"现在在写的是谁？"张华饶有兴趣地拿起凭几上的纸张，慢慢念道，"……而亮违众拔谡，统大众在前，与魏将张郃战于街亭，为张郃所破，士卒离散。亮进无所据，退军还汉中……"

　　"哦，是马谡的传吗？"

"是的，这是附在他哥哥马良的传之后的。"陈寿立在一旁，毕恭毕敬地回答。

"马谡啊……"张华似乎想到了什么，转头问陈寿，"我记得令尊曾经也是马谡部下吧？"

"正是，先父当时也参加了街亭之战，任参军，因为战败而被马谡株连，受过髡刑。"

张华"嗯"了一声，似是很惋惜地抖动了一下手里的纸。"可惜啊，这写得稍显简略了点，如果令尊健在，相信还能补充更多的细节。"

"先父也曾经跟我提过街亭之事，他说若我真的有幸出任史官，他就将他所知道的告诉我。不过很可惜，他已经过世了，那时候我还不是著作郎。"

陈寿说得很平静，张华知道他这个人就是这样子，和他的文笔一样简约，而且不动声色。

"不过……"陈寿像是又想起来了什么，"家兄陈德倒也听过一些传闻……可惜他在安汉老家，不及询问了。"

张华点点头，也并不十分把这件事放在心上。他把稿纸放回到凭几上，笑着说："好了，我也不打扰你了，继续吧。以后这《晋书》恐怕也是要你来写呢，呵呵。"

然后他和陈寿拜别，推门离去。陈寿送走了张华之后，坐回到凭几前，抚平纸张，呵了呵有些冻硬的笔尖，继续写道："……亮进无所据，退军还汉中。谡下狱物故，亮为之流涕。良死时年三十六，谡年三十九。"

写到这里，他忽然心有所感，不由得转头看了看窗外阴霾的天空；不知为什么，整个人陷入了一种奇妙的沉思。

附记

关于街亭

街亭之战发生于蜀汉建兴六年、曹魏太和二年，战役的大背景是诸葛亮第一次北伐中原。

当时蜀汉的战略是以赵云、邓芝的佯攻部队在箕谷吸引住曹真军团，蜀军的主力则在诸葛亮亲自指挥下从祁山一线向魏国军事力量薄弱的陇西地带展开突袭，以此达到声东击西、出其不意的效果，力求在魏国做出反应之前占领整个陇西地带。

从地图上来看，东西走向的秦岭和南北走向的陇山形成一个倒立的"丁"字，将陇西、汉中与关中三个地区彼此分割开来。隔离在魏国关中地区与陇西地区之间的是陇山山脉，如果曹魏要从关中向陇右派出增援，就势必经过位于陇山中段的略阳，也就是街亭的所在地。从蜀军的角度来说，也必须控制住街亭，才能确保魏军增援部队无法及时进入陇西战场，从而争取到时间清除掉魏军在陇西的势力。

《汉书·扬雄解嘲》云："（陇山）响若坻颓。应劭曰：天水有大坂，名陇山，其旁有崩落者，声闻数百里，故曰坻颓。又曰：其坂九回，上者七日乃越，上有清水四注。"称陇山其坂九回，上者七日乃过，上有清水四注而下，足见陇山之险峻。以三国时代的技术、能力，大兵团不可能直接翻越，只能取道街亭，反证街亭位置之重要。

蜀军对街亭给予了足够的关注。诸葛亮自祁山进入战场后，就将整个兵团分成了三部分：魏延、吴壹负责攻打上邽、冀城、西城，其任务是尽快平定陇西；马谡、王平、高翔则被派往街亭及周边，以防备魏军的增援部队威胁蜀军侧翼；诸葛亮则作为战略总预备队驻屯在西城附近。

任命马谡为阻援军团的统帅，这个人事决策在当时引起了很大的争议。《三国志·蜀书·马谡传》里记"时有宿将魏延、吴壹等，论者皆言以为宜令为先锋，而亮违众拔谡，统大众在前"，说明诸葛亮有意提拔这位亲信，希望马谡能借此次机会立下实战功绩。但是可以想象，一线将领们对于这样一位空降而来的指挥官必然是会心怀不满的。

据洪亮吉、范文澜等史地学家考证，确认街亭即在今天水秦安县东北部。具体处所，如《秦州志》所述，即今日之龙山——"断山，其山当略阳之街，截然中处，不与众山联属，其下为连合川，即为马谡覆军处。乾隆十四年，知县蒋允焄嫌名不祥，改称龙山"。

现今龙山脚下的陇城镇即为当年的街亭。陇城镇位于距秦安县城东北四十多千米的一条宽两千米、长五千米左右的川道沿岸开阔处。由于镇西河谷中雄峙八方的龙山山高谷深，形势险要，又有清水河挡道，关陇往来只能通过固关峡，翻越陇坂；沿马鹿、龙山、陇城镇一线行走，是由长安到天水唯一较坦荡的路。当年马谡的驻地海拔二百多米，方圆数千平方米，顶部能容万人，形似农家的麦草堆；在距其西北约两千米的薛李川中，曾发现过铸有"蜀"字的弩机，现存甘肃省博物馆。

当时蜀军在街亭附近的具体部署是：马谡、王平、李盛、张休、黄袭等人率约两万人封锁关陇大道，高翔则率一支偏军驻扎在街亭北方的列柳城，防止马谡部侧翼被袭。

关于两位主帅马谡与王平之间的矛盾，史书并无明文记载。但是马谡作为丞相身边的高级参谋兼亲信、从来不曾参与过实战的精英人士，一下子空降为老将王平的顶头上司，难免会引起"性狭侵疑"（《三国志·蜀书·王平传》）的王平的不满，进而产生矛盾。从心理学角度来说，这种可能性很大。

对于蜀汉的进攻，曹魏在最初的震惊过去之后，立刻做出了反应，派遣右将军张郃及五万步骑前往增援。而张郃的部队经过街亭的时候，恰好碰到了前来阻击的马谡。

关于街亭之战，史书记载都十分简略。《三国志·魏书·明帝纪》只说："右将军张郃击亮于街亭，大破之。亮败走，三郡平。"《三国志·魏书·张郃传》："（郃）遣督诸军，拒亮将马谡于街亭。谡依阻南山，不下据城。郃绝其汲道，击，大破之。"《三国志·蜀书·诸葛亮传》："亮使马谡督诸军在前，与郃战于街亭。谡违亮节度，举动失宜，大为郃所破。"《马谡传》："（谡）统大众在前，与魏将张郃战于街亭，为郃所破，士卒离散。"《王平传》："谡舍水上山，举措烦扰，平连规谏谡，谡不能用，大败于街亭。众尽星散，惟平所领千人，鸣鼓自持，魏将张郃疑其伏兵，不往逼也。"《资治通鉴》所载材料不出前引内容。

综合上面各项记载，可以整理出街亭之战的大致脉络：对于张郃大军的出现，马谡并没有选择依城死守，而是将部队移往南山，也就是海拔二百米的麦积崖，进行防守。王平屡次进行规劝，但是马谡并没有听从，结果被张郃切断了水道，导致全军崩溃。幸亏王平在后摇旗呐喊，张郃怕有埋伏而没有深入追击，蜀军才免于被全歼的命运。

这里就有几个疑点。首先一点，马谡"依阻南山，不下据城"的决策其实并不能说是完全错误的。街亭位于魏国纵深之地，本身又是小城，可以想象其规模和坚固程度并不适合固守，何况狭窄的关陇通道到了街亭这一段霍然变宽到两千米左右，以马谡的兵力，在这种宽阔地带难以与张郃的五万大军相对抗。如果他不舍城上山，而是当道扎营，无险可守，很可能会输得更惨。

《明帝纪》注引《魏书》："是时朝臣未知计所出，帝曰：'亮阻山为固，今者自来，既合兵书致人之术；且亮贪三郡，知进而不知退，今因此时，破亮必也。'乃部勒兵马步骑五万拒亮。"也就是说，张郃自洛阳开出的时间，与诸葛亮自祁山进入陇西的时间大致相当。洛阳距离街亭约七百千米，而祁山距街亭约四百千米；但是魏军走的是境内的坦途大道，蜀军则是在敌境之内，要花时间占领西城并确保该地区无残余的魏军干扰补给线，然后方能继续北进，所以张郃和马谡抵达街亭的时间相差应该不会太久。换言之，马谡未必有时间去构筑坚固的防御工事——而这对于坚守是绝对必要的。

于是可以想象，马谡抵达街亭后数日之内，张郃的增援部队就已经逼近街亭。马谡认为没有足够的时间来构筑工事，于是果断决定全军移往麦积崖——或者说他从一开始就预见到在街亭大道驻守的难度，直接将大营扎到了山上。

这并不意味着让道于敌。即使马谡在大道旁的山上扎营，张郃也不敢继续朝陇西进军，马谡随时可以切断他的后路，并威胁他的侧后翼。因此张郃唯一的选择就是先消灭马谡，然后再西进——但是马谡驻守在麦积崖，有险可守，想消灭他绝非易事。也就是说，马谡"依阻南山，不下据城"只是选择了一个更容易防守的地点罢了，对于"阻援"的战略目的并无什么不利影响。

唯一的问题，就出在水源上，这个是马谡失败的关键。《张郃传》说是"郃绝其汲道"，《王平传》说是"谡舍水上山"，两段记载略有些矛盾。按照后者的说法，马谡是舍弃水源而跑到山上去——很难想象身为军事参谋这么多年的马谡会忽略水源问题。从陇山"上有清水四注"的地理特点来考虑，或许在其驻扎的高处或者不远处存在着水源，因此马谡才放心上山扎营。本小说中就选取了这种可能性，历史上真实情况如何则难以确证。

无论是"舍水上山"还是山上本来就有汲水之道，总之在街亭战役一开始的时候，这条水道就被张郃切断了。张郃究竟是如何切断的，以及马谡为什么对此没考虑周全，无法从史书上查到。小说中我将其设计为王平与马谡有矛盾，他非但没有保护水源反而自己逃走，导致全军覆没。这是基于一种可能性的想象，没有史料予以佐证。

总之，马谡在街亭被击败了，张郃的大部队进入了陇西地带，对蜀军形成了极大的威胁，而且关陇通道畅通之后，曹魏的后续部队可以源源不断地开进。蜀军倾国之兵不过十万，若形成消耗战的局面就等于必败；因此诸葛亮一得知街亭战败，便不得不下令全军撤退，避免使陇西成为蜀军的绞肉机。蜀汉的第一次北伐就此落下帷幕。

关于马谡的结局

马谡的结局在《三国志》中的记载有些疑点。《诸葛亮传》载"戮谡以谢众"。《资治通鉴·卷七十一》云"（亮）收谡下狱，杀之……亮既诛马谡及将军李盛，夺将军黄袭等兵"。这两处记载与一般的看法相同，认为马谡是因街亭之败而为诸葛亮所杀。

而《马谡传》里却说"谡下狱物故"。有网友文章考证：《汉书·苏武传》载"前以降及物故，凡随武还者九人"。注："物故，谓死也。言其同于鬼物而故也。"王先谦补注引宋祁曰："物，当从《南本》作殁，音没。"又引王念孙曰："《释名·释丧制》：汉以来，谓死为物故。言其诸物皆就朽故也。"《史记·张丞相传》《集解》："物，无也；故，事也。言无所复能于事。按：宋说近之，物与殁同。"《说文》："殁，终也。或作歾。歾、物声近而字通。今吴人言'物'字，声如'没'，语有轻重耳。殁故犹言死亡。"可见这里对"物故"的解释就是死亡，囊括诸死因。

至今日本仍旧有"物故"一词，特指去世，也是古汉语遗留下来的一点痕迹。《三国志·蜀书·向朗传》中却写道："朗素与马谡善，谡逃亡，朗知情不举，亮恨之，免官还成都。"

也就是说，马谡的结局光是在《三国志》中就有三种说法：处死、狱中死，以及逃亡。

不过仔细推敲来看，这三者并不矛盾。这三种说法也许是同一件事在不同阶段的发展。马谡可能是先企图逃亡，被抓，然后被判处了死刑，并死在了监狱中。

从"朗知情不举，亮恨之"这一点来看，马谡逃亡的时间是在蜀军从陇西撤退之后，而且他逃亡的目的并不是私下去找诸葛亮——也许他打算北投曹魏，或者准备直接南下成都找后主与蒋琬说情，不过这一点现在已经无法确知。总之马谡非但没有主动投案自首，反而绕过了诸葛亮企图逃亡。

虽然有向朗帮忙，马谡最后还是被抓住了。接下来就是诸葛亮的"戮谡以谢众"。文中说是"谢众"，但未必意味着公开处决。考虑到马谡的身份，诸葛亮也许采用的是"狱中赐死"这类比较温和的做法，然后将死亡结果公之于众。

当然，也有另外一种可能：马谡首先被公开判处了死刑，但是"判罪"和"行刑"两步程序之间还有一段间隔的时间。就在这段间隔时间里，马谡因为疾病或者其他什么原因"物故"。因此在法律程序和公文上他是"被戮"，而实际是因病"物故"（小说中就采用了这一种可能性）。

无论是病死还是赐死，根据前面考证，都可以被称为"物故"。

关于费祎

吾友叶公讳开对于费祎其人有专题文章论断，此处就不赘言，请参看《暗流汹涌——也谈费文伟》。小说中费祎的性格就是参考此文而成的。

关于费祎遇刺事件

《费祎传》云："（延熙）十六年岁首大会，魏降人郭循在坐。祎欢饮沈醉，为循手刃所害……"

费祎被刺是蜀国政坛的一件大事，它标志着蜀国自诸葛亮死后所采取的防御性国家战略再起大变动，蜀国鹰派势力抬头。这件事单从《费祎传》来看，只是一次偶发事件。但是如果和其他史料联系到一起，这起被刺事件就不那么简单了。

刺客郭循的履历是这样的。《魏氏春秋》说他"素有业行，著名西州"。《资治通鉴·嘉平四年》载"汉姜维寇西平，获中郎将郭循"，就是说姜维进攻西平，虽然西平没打下来，但抓获了时任魏中郎将的郭循。后来郭循归顺蜀汉，官位做到左将军。要知道，这可是马超、吴壹、向朗曾经坐过的位置，足见蜀国对其殊遇之重，不亚于对待夏侯霸。

但是这个人并不是真心归顺，他终于还是刺杀了费祎。魏国得知以后，追封郭循为长乐乡侯，使其子袭爵（《资治通鉴·嘉平五年》）。

这起刺杀事件仔细推究的话，疑点非常之多。就动机来说，这不可能是魏国朝廷策划的阴谋。费祎是出了名的鸽派，他在任期间是蜀魏两国最平静的一段日子，几乎没发生过大规模的武装冲突。魏国正乐享其成，不可能刺杀掉他而让鹰派姜维上台，自找麻烦。

这也不可能是私人恩怨，郭循跟费祎就算有仇，他也不是神仙，不可能算出姜维什么时候会攻打西平，自己会不会被俘，被俘以后会被直接杀掉还是受到重用，等等。即使真的是因私人恩怨而欲刺杀费祎，郭循也不可能将整个计划建筑在这么多偶然之上。

这两个可能都排除，剩下的最有动机杀费祎的人，就是姜维。

姜维与费祎不和是众所周知的，前者是主伐魏的鹰派，后者则是坚持保守战略的鸽派。在费祎当政期间，"（姜维）每欲兴军大举，费祎常裁制不从，与其兵不过万人"，可以说姜维被费祎压制得很惨。费祎死后，能够获得最大政治利益的，就是姜维。事实上也是如此，陈寿在《三国志·蜀书·姜维传》里很有深意地如此记录道："十六年春，祎卒。夏，维率数万人出石营……"短短一行字，使姜维迫不及待的欣喜心情昭然若揭，路人皆知。

换句话说，费祎的死，姜维是有着充分动机的。

而姜维究竟是个什么样的人呢？《姜维传》裴注里有载："傅子曰：

维为人好立功名，阴养死士，不修布衣之业。"就是说，姜维这个人对功名很执着，并不像《三国演义》里描述的那样是个愣头青，反而很有城府，好"阴养死士"。而郭循在众目睽睽的岁首大会上刺杀了费文伟，摆明了要拼个同归于尽，不想活着回去，这是标准的死士作风。

再回过头来仔细研究郭循的履历，我们会发现，西平战役的发动者是姜维，捉住郭循的是姜维，捉住不杀反而将其送回朝廷的还是姜维。换句话说，郭循看似是偶然被俘才入蜀的，实际上这些偶然是完全可以被姜维控制的——姜维有能力决定发动战役的时间、地点，以及对俘虏的处置，这一连串偶然只有姜维能使其成必然。

这几条证据综合在一起推测，再加上动机的充分性，很难不叫人怀疑姜维在这起刺杀事件中是有重大干系的。

我们这些生活在后世的人，凭借残缺不全的史料尚且能推断出姜维有杀人的动机和嫌疑，当时的蜀国肯定也有人会怀疑到他。但是在史书的记载中姜维是完全无辜的，和这事丝毫没关系，这是为什么呢？

《资治通鉴·嘉平四年》载有这样一件事："循欲刺汉主，不得亲近，每因上寿，且拜且前，为左右所遏，事辄不果。"这一条记载很值得怀疑，因为如果真是郭循在上寿时想刺杀后主而"为左右所遏"，那他的意图早在拜见后主前就会暴露出来，当时就应该被拿下治罪，怎么可能还会放任他到蜀汉延熙十六年年初去参加岁初宴会并接近费祎呢？

更何况，刺杀蜀国后主对魏国来说是没什么好处可言的。那时候刘禅的儿子刘璿在蜀汉延熙元年（238 年）就被册封为太子，而且朝内并无立嗣之争。也就是说，刘禅的死不会导致蜀汉局势混乱。一个魏国降人有什么理由对蜀国后主痛恨到屡次企图刺杀他的地步呢？

所以这一条记载不像是对郭循拜见后主的情景的描述，倒像是在刺杀事件发生后为了充分证明郭循"存心不良"而后加进去的补叙。这条补叙看起来似乎只是蜀汉群臣深入揭批郭循刺杀行径的一份黑材料，但仔细推究便不难发现它大有深意。它给人一个暗示："郭循原本是打算刺杀后主的，因为太难下手，所以不得不退而求其次，转而刺杀后主的首席重臣费祎。"

只要蜀国相信那条记载是真实的，那姜维的嫌疑就可以澄清了——"我总没动机杀我朝皇帝吧"，进一步推论，也许这条记载就出自姜维或者他授意的某位朝官。

最后要提的是郭循的身份。以郭循在魏国的地位和名望，他与姜维合作的可能性并不大。进入蜀国的郭循，也许只是姜维用一名死士做的替身罢了，而真正的郭循也许已经死于西平战役。以姜维的地位，想要藏匿特定的敌人的尸体，以自己的亲信代替，是轻而易举的事情。

综合上述种种迹象不难发现，整个刺杀事件的经过可能是这样：最初是姜维拿获或者杀掉了魏中郎将郭循，并拿自己豢养的死士冒了郭循的名字，公开宣称俘获了郭循；接着"郭循"被押解到成都，在表示忠顺后，以及姜维在一旁的推动下，取得蜀国信任，拜左将军之位；然后在蜀汉延熙十六年年初大会上，策划已久的郭循杀了费祎，完成了他死士的使命；姜维为了澄清自己的嫌疑，在事后授意近侍官员对皇帝刘禅说郭循脑后有反骨，好几次想刺杀皇帝都被左右拦下了，以此来防止别人怀疑到自己身上。

虽然历史资料只给出了残缺不全的几点，缺乏最直接的证据证明姜维与这起刺杀事件有什么牵连，但从动机、能力、条件和其一贯作风中仍旧推测得出姜维与费祎之死有着千丝万缕的关系。小说中就部分借用了这一种可能性。

关于虏疮

虏疮实际上就是我们今天所说的天花。葛洪《肘后备急方》中云"以建武中于南阳击虏所得，仍呼为虏疮"。东汉伏波将军马援征交趾（一说武陵蛮）之时，将士多被当地人传染，班师回朝时，又将这种传染病带回了中原，号称"虏疮"。

所以文中马谡得此病，应属可能。

关于陈寿父子

《晋书·陈寿传》云："寿父为马谡参军，谡为诸葛亮所诛，寿父亦坐被髡……"陈寿的父亲既然为马谡的参军，应该也参加了街亭之战，小说就据此而写；不过陈父的名字于史无证，书中所写"陈松"是编造出来的。而《华阳国志·陈寿传》载："兄子符，字长信，亦有文才……"提到他有个哥哥，但是名字也不详，小说里姑且将其称为"陈德"。

按《晋书·陈寿传》，陈寿卒于晋元康七年（296 年），据此回溯，他应该是生于蜀汉建兴十一年（233 年）。小说中马谡在南郑见到陈松是在建兴六年，其兄陈德时年五岁，比陈寿大十岁，年龄上设定尚属合理。

关于本文的最后说明

严格来说，这并非严谨的历史小说，而是将不同历史时间点的数种可能性连缀到一起的一种尝试。这种可能性未必是史实，但确实有可能曾经发生过。或者这样说，史实的事件是固定的，但是事件彼此之间的内在联系存在着诸多可能。如果将正史视作 A 面，那么隐藏其后的这些发生概率不一的"可能性联系"就属于 B 面。

街亭的失败是确定的，马谡的逃亡是确定的，费祎的遇刺是确定的，这些都是属于 A 面的正史。但是，在这些史实事件背后，有可能隐藏着联系：马谡可能在街亭替王平背了黑锅；费祎可能处心积虑地陷害了马谡；姜维可能与马谡合作刺杀了费祎……这个故事，其实就是对这种可能性的一次探讨，所以我觉得称这个小说为"可能的"历史小说更为恰当。

写作的时候特意选择了比较西式的文字风格，也算是一种对三国的另类诠释吧，请原谅我的恶趣味。

最后感谢叶公讳开、禽兽公讳大那颜两位在写作期间给予的史料、史学见解，以及创作技巧的支持。事实上我的灵感和对三国史的心得，全赖他们两位平日的教诲。如果说这篇小说有什么成功之处的话，那全因我站在他们二人肩上的缘故——当然，这是 A 面的说法，从另一个历史角度来说，我将他们二人踩在了脚下⋯⋯

‹白帝城之夜›

刘备应该不会改变立嗣的心意，但躺在永安的他已经病入膏肓，动弹不得。白帝城的神秘沉默，或许是某些人为了隔绝天子与外界联系而竖起的帷幕，而诸葛亮和李严匆匆赶到白帝城后再无消息传回，说不定也已身陷彀中。

刘禅密令

杨洪用两根指头从木制鱼筒里拈出一根竹签，这暗青色的竹签顶端被削成了尖锐的剑形，看上去阴沉肃杀，如同一把真正的利剑。他略抬手肘，把它轻轻地抛了出去。

竹签划过一道弧线，跌落在铺满黄沙的地面上。不远处的刽子手大喝一声，双手紧握宽刃大刀猛然下挥。铁刃轻易切开血肉，砍断颈骨，把整个头颅从一具高大的身躯上斩下来。那个头颅在地上打了几个滚，滚到了杨洪的脚边。死者的眼睛仍旧圆睁着，满是不甘和愤懑，与杨洪漠然的双眸对视，形成鲜明对比。

杨洪喟叹一声，把视线从地上移开。旁边的数名军士一齐大声喊道："正身验明，反贼黄元伏诛！"声音响彻整个校场。这时一名小吏不失时机地递来监斩状，杨洪抬手在上面签下自己的名字，想了想，又加了一个名字：马承。

这时有人殷勤地端来一只铜盆，里面盛着清水和几片桃叶。蜀中习俗，见血之后要用清水洗手，桃叶的清香可以遮掩气味，不然会被死魂循着血腥味来索命。杨洪从来不信这些，但也没特殊的理由去反对。

他一边洗着手，一边抬头望天。今日的成都天空阴霾密布，大团大团铅灰色的阴云聚集在城头，一丝风也没有。这样的天气不会下雨，却极易起雾。一旦大雾笼罩，整个城市都会变得白茫茫一片，什么都看不清，让人心浮气躁。

"真是个应景的好天气啊。"杨洪暗自感慨道。

自从前将军关羽在荆州败亡之后，这天下的局势一下子变得比蜀道还要蜿蜒曲折。先是曹丕篡汉，然后是汉中王称帝。就在大家猜测新的天子会不会讨伐曹魏伪帝时，他却率先与孙吴开战，打出了为关将军报仇的旗号。去年，也就是蜀汉章武二年（222年）的六月，夷陵一战，汉军被陆逊打得一败涂地，天子一路败退到白帝城才停住脚。

这个局势很糟糕，但更糟糕的还在后头。去年年底，就在汉孙两家好不容易重开和谈时，白帝城突然传出了天子病重的消息。这下子，整个益州都震惶不安起来。无论是入蜀的中原勋贵还是新附的土著仕人，都开始在心里盘算起这个新兴朝廷的前途。

到了今年二月，丞相诸葛亮和辅汉将军李严突然离开成都，匆匆赶往白帝城，这让天子驾崩的谣言尘嚣日上，不稳情势一下子达到了高潮。

眼前这个死者名叫黄元，本是汉嘉太守。他在去年年底听说天子病笃后，立刻闭城不出，拒绝接收来自成都的任何指示。当他所痛恨的诸葛亮离开成都以后，黄元立刻起兵叛乱，大举进攻临邛。可黄元没料到的是，诸葛亮在出发之前已经留下了对付他的人。

这个人就是杨洪。

杨洪的籍贯是犍为武阳，土生土长的益州人。他门第低微，才干却十分出众，从诸郡小吏扎扎实实地干起，沉稳镇定，逐渐得到诸葛亮的赏识，如今已贵为益州治中从事、丞相幕僚。

黄元进攻临邛的消息传到成都以后，杨洪立刻按照诸葛亮的布置调动兵马，进行平叛。他除了调动成都陈曶、郑绰等部以外，还特意去拜访了太子刘禅，请求调拨太子府栩卫校尉马承及麾下百名甲士以助军势。

马承只是个二十出头的年轻人，但他有个闻名遐迩的父亲——骠骑将军，领凉州牧，进封氂乡侯的马超。马超已于前一年病逝，马承继承了氂乡侯的头衔，在太子府负责宿卫。

黄元没料到成都的反应如此迅捷，更没想到连马超之子也亲自上阵，他毫无心理准备，一战即败。叛乱转瞬即被镇压，黄元也被抓到成都处斩，露布诸郡。只要平叛露布上出现马承的名字，所有人就会联想到他背后的太子府和关西名门马氏，进而明白那位年仅十七岁的太子对蜀中拥有着强大的控制力，收起小觑之心。

想到这里，杨洪唇边露出一丝不易察觉的微笑。杀的是黄元这只蠢鸡，儆的是那些心思动摇的诸郡长官和朝廷中的某些人，还顺便卖了一份人情给太子。诸葛丞相果然是算无遗策。

在刑场上，无头的尸身仍旧保持着跪姿，鲜血从脖腔中喷涌而出，泼洒在地，洇成大片大片的暗红颜色，好似一只看不见的手在黄沙上勾勒着蜀中山川地理图。

杨洪正要转身离开，忽然旁边一个声音响起："杨从事，请留步。"杨洪回头一看，发现居然是马承。

马承是个标准的关西武人，脸盘狭长，眼窝深陷，和他的父亲一样鼻头高耸尖挑，颇有羌人风范。拜杨洪所赐，他在黄元之乱里拿了不少功劳，于是他对这位治中从事态度颇为恭敬。

"马君侯，你刚刚回城，怎么不去歇息片刻？"杨洪问道。马承虽然只是太子府的栩卫校尉，但他还有个氂乡侯的头衔。杨洪这么说，是表达对马氏的尊敬。

马承上前一步，低声道："杨从事，太子宣你去府上，问询黄元之事。"

杨洪皱了皱眉，平定黄元的详细过程他早写成了书状，分别给白帝城、成都衙署与太子府送去了，为什么太子还要特意召见他呢？杨洪观察着马承的表情，忽然意识到，这恐怕只是个借口，太子找他大概是有别的事情，只是不方便宣之于口。

"好的，我明白了，请马校尉在前头带路吧。"杨洪露出微笑，这让马承长长舒了一口气。

太子府坐落在成都城正中偏西的位置，紧挨着皇宫，原本是刘璋用来接待贵客的迎宾馆驿。刘备登基以后，库帑空虚，光是修建新的皇宫就耗去了不少钱粮，所以太子府没怎么好好改建，只是刷了一层新漆，整体还是显旧。好在刘禅对这些事并不在意，他还赢得了"俭朴""纯孝"之类的好评。

此时这位大汉太子正跪坐在正厅上首，膝上盖着一条蜀锦薄毯，年轻而略显肥胖的脸颊黯淡无光，似乎内心有着许多忧思。杨洪则不紧不慢地汇报着自己的工作："殿下，臣刚刚监斩了黄元，首级已交由军中处置。一俟传首各地，诸郡必不敢再有轻动，成都稳若泰山。"

"嗯，你做得很好。"刘禅心不在焉地褒奖了一句，眼神有些疲惫。杨洪注意到，他的眼睑隐隐透着青黑之气，昨天晚上定然是没有安睡。

刘禅又随便问了几句无关紧要的话，杨洪一一作答，气氛很快陷入无话可说的窘境。刘禅抓着毯边犹豫片刻，忽然身体前倾，特别认真地说道："杨从事，你是忠臣。现在在这个城里，本王能信任的人只有你了。"

杨洪低下头，没有回话。这位太子跟臣下说话时没什么架子，有时候甚至带着浓厚的讨好味道，但这句话说得实在有欠考虑，倘若流传出去，岂不是在说成都的文武百官都是太子猜疑的对象？你让费祎、董允、霍弋、罗宪那些太子舍人怎么想呢？

刘禅大概也意识到自己失言了，尴尬一笑，改口道："本王最信任的人，就是你了。"

杨洪躬了躬身子，简单地表示荣幸。他何等聪明，可不认为刘禅突然纤尊降贵地奉承他，仅仅是因为平叛时卖出的人情。以杨洪谨慎的性格，在搞清楚境况之前，他绝不会轻易表达意见。

刘禅没得到想象中的回应，有些失望。他做了个手势，守护在旁边的马承知趣地走出去，把整个正厅留给他们两个人。

"丞相离开成都，已经快两个月了吧？"刘禅没头没脑地问了个问题。

"丞相是二月初三离开成都的，二月二十日抵达永安。"杨洪回答。

刘禅双眼飘向殿外，肥胖的指头敲击着几案。"今天是四月初三……算来正好两个月了。本来丞相每隔五日便会发来一封书信，详述父皇病情。可从十五日前开始，本王就再也没收到过丞相哪怕一个字。父皇身体如何、吴贼是否西向，本王全然不知，心中难免有些慌乱……"

杨洪宽慰道："也许是蜀道艰险，驿驰略有延滞。"

刘禅陡然提高了声音："不只是本王，成都的掾曹府署也碰到了同样的事情。三月下旬以来，白帝城没有向外发出一封公文。而从成都发往白帝城的公文，在永安县界就被截下，信使甚至不能进城。"他的眼睛鼓了鼓，焦虑地把手指攥紧。"季休啊，你该知道这有多严重。"

杨洪刚刚押着黄元从临邛归来，还没回署，不清楚居然发生了这么大的事情。他的双眉不自觉地拧在了一起，如果刘禅说的是真的，这可就太蹊跷了。益州如今保持着稳定，全因为天子一息尚存之故，如果中外消息断绝，人心浮动，会有更多的黄元冒出来。

白帝城里不光是天子，还有诸葛丞相和李严将军，这几位巨头齐聚，怎么会让这样的事情发生？在那个突然陷入沉默的白帝城里，到底发生了些什么？

"肯定不会是吴军进袭。"杨洪先否定了这个可能性。如果是吴军突然袭击，即使是最糟糕的状况，也该有败兵逃入蜀中。"……也不可能是天子驾崩，否则殿下该是第一个知道的人。"杨洪否定了第二种可能性。

听到杨洪的话，刘禅脸上浮现出一丝苦笑。他迟疑片刻，缓缓开口道："其实，也不是一点消息没有……数天之前，本王听到了一则流言，说我父皇临终前托孤给诸葛丞相。"

"天子识人明断，诸葛丞相又是天下奇才，天子托孤于彼，此殿下之福分。"

刘禅眼神很奇怪。"那你可知道，流言里父皇对诸葛丞相说了什么？"他挺直胸膛，清了清嗓子，朗声道，"君才十倍曹丕，必能安国，终定大事。若嗣子可辅，辅之；如其不才，君可自取。"

饶是杨洪镇定过人，听到这话嘴角也不由得抽搐了一下。他眼神一闪，毫不客气地驳斥道："这简直荒谬绝伦，以天子之明、丞相之贤，岂会说出这等话来？"

刘禅缩了缩脖子，嘟囔道："我也觉得荒唐……"他的表情却暴露出真正的想法。杨洪抬起头来，语气严厉："殿下，此危急存亡之秋，岂能让谵语窜于都城？以臣之见，应使有司彻查流言源头，不可姑息！"

这流言竟把诸葛丞相与王莽等同起来，用意之刻毒，令人心惊。杨洪是丞相幕僚，若不对这种危险言论予以迎头痛击，尽快消除刘禅的疑惑，日久必生大患。

刘禅疲惫地摆了摆手，示意杨洪少安毋躁。"诸葛丞相的忠诚，无可指摘。只是白帝城之事一日不得廓清，流言便无从根除，还是要先搞清楚那边的事情才好啊——"说到这里，他深吸了一口气，两道细眉不经意地抖了抖。"——白帝城孤悬在外，邻近兵锋，什么凶险都有可能发生。本王的亲族除了父皇之外，还有鲁王和梁王在那里，他们年纪还小，实在挂心。"

杨洪听到这一句，心中这才恍悟。刘禅虽然稚嫩，在这方面的心思却并不笨拙。他拐弯抹角地转了这么多圈子，终于把自己的意图表达出来了。

刘禅真正担心的，根本不是诸葛丞相，而是鲁王刘永和梁王刘理。

鲁王和梁王是天子的次子与三子，刘禅同父异母的庶出兄弟，今年一个十一岁，一个十岁。他们的母亲皆是川中大族女子，是刘备入川时所纳。

自古的规矩从来都是立长不立贤，立嫡不立庶。刘禅是嫡长子，又是钦定的太子。如不出什么大意外，他的地位安如泰山，鲁、梁二王根本毫无威胁。

如果不出大意外……但现在白帝城的状况对刘禅来说，足可以被称为"大意外"了。

刘备应该不会改变立嗣的心意，但躺在永安的他已经病入膏肓，动弹不得。白帝城的神秘沉默，或许是某些人为了隔绝天子与外界联系而竖起的帷幕，而诸葛亮和李严匆匆赶到白帝城后再无消息传回，说不定也已身陷彀中。

鲁、梁二王不过是小孩子，没这样的手段，可他们背后还站着许多益州大族。刘备入川以后，中原、荆州两系人马霸占了朝廷要津，益州备受挤压，许多人都心生不满。如果有机会，保不准会有野心家铤而走险，把天子控制住，矫诏易嗣夺取帝位——比如李严，他虽然籍贯在南阳，却是地地道道的益州人。

要知道，刘备新得益州，根基不稳，近几年来关羽、张飞、黄忠、马超、庞统、孙乾、糜竺、刘巴、马良等一批心腹去世，中原、荆州出身的元老们凋零不堪，正是朝廷最虚弱的时候。身在白帝城的李严若有异心，囚禁天子和诸葛亮，未必不可成事。

想通了此节，杨洪不由得冷汗涔涔，背后一阵冰凉。他虽然是益州人，却是寒门出身，被诸葛亮一手提携上来，跟那些豪族根本不是一路。倘若他们当权，自己恐怕连容身之地都没有了。

看到杨洪的眼神发生了改变，刘禅知道他的目的达到了，微微露出讨好的笑意。"杨从事讨伐黄元有功，本王想派你去白帝城亲自禀报父皇。兵威可冲煞，捷报能辟邪，这份喜报可以祛除父皇沉疴也说不定。"

"臣出身穷州寒地，才学驽钝，恐怕有负殿下所托。"杨洪刻意提醒了一句。他的籍贯是犍为武阳，地道的益州人，原本也该是刘禅需要提防的对象。

"本王刚才已经说过了，成都城里我最信任的就是你，就像信任诸葛丞相一样。"刘禅缓缓说道，把眼睛瞪得更大，真诚地望着杨洪。

杨洪是益州本地人，与太子平素没有来往，他前往白帝城不会引起别人怀疑。如果是一名太子舍人出现在白帝城，刘禅的意图一下子就会暴露。这其实还有更深的一层意思：杨洪曾经是李严的下属，但两人闹得很不愉快，杨洪甚至愤而辞职，如果李严是这次白帝城沉默的主谋，那么刘禅至少不用担心杨洪会跟他沆瀣一气。

杨洪看了刘禅一眼，看来这位太子对这个安排是动过了心思的。在权力面前，即使是再平庸的人，也会变得敏锐起来。

刘禅追问道："杨从事可愿意为本王跑这一趟？"杨洪略微不安地转动身体，这个差事可不容易做，可他没的选择——既然投了诸葛亮，而诸葛亮支持刘禅，那他就只能在这条路上走下去。

"臣即日动身。"杨洪伏地叩头。刘禅的脸色好看了一些。作为太子，他驭使一名治中从事都要花这么大的力气，实在是有些可怜。

"除了传捷，殿下可还有什么嘱托？"杨洪想知道刘禅希望他做到什么程度。他无兵无权，单骑入城，想赤手空拳去挫败一场阴谋是不可能的。

刘禅略做思忖便答道："只要带上眼睛和耳朵就够了，本王只想知道白帝城为何沉默至今，其他的事不必勉强。"刘禅说到这里的时候，脸色罕有地闪过一丝厉色，稍现即逝。

"谨遵殿下吩咐。"

"我让马承陪你去，他可以保护你。"刘禅说完，挥了挥袖子，又露出一个腼腆的笑容，"这可不是什么监视。"

"您还不如不补充。"杨洪在心里想道，有点哭笑不得。

谈话结束以后，杨洪离开正厅，马承正守在门口。杨洪把白帝城的情况说了一遍，马承却没有发表任何评论，只说他去负责准备马匹。杨洪知道马承的难处，关西马家曾经显赫一时，可如今人丁寥落，在蜀中的只有马承和他的族叔马岱，夹在中原、荆州与益州几派之间，地位尴尬。所以马承言行非常谨慎，甚至有些过分木讷。他唯一的生存之道是为刘禅尽忠，以便为马家未来在蜀中的地位求得一个机会。

于是杨洪也不多说什么，先回家稍事准备。一个时辰不到，马承已经找上门来，说马匹和行李都已备好，甚至连沿途要用到的通关文书都从衙署里开具妥当，手脚麻利得很。

马承挑选的马不是西凉骏骑，而是匹个头矮小的蜀马。这种马跑得不快，但适用于狭窄险峻的山路。杨洪叮嘱了家人几句，然后和马承骑上马，带上使节旌旄，离开成都。

他们沿着官道一口气走了十几里路，雾气慢慢升腾起来，周围的一切像是被罩上了一层蜀锦，迷茫而不可见，道上的行人也越来越少，终于只剩他们两个人。他们不得不放慢了速度，在白雾中缓慢地穿行，以免跌落悬崖。

杨洪忽然挽住缰绳，侧过脸去对马承说道："关于这次的使命，你想听听我的意见吗？"马承愕然望向杨洪，似乎对这个问题全无心理准备。杨洪抓住马鞭，指向被雾气吞噬了尽头的官道说："无论我们多么努力，最终也是一无所获。"

白帝城困局

从成都到白帝城并非一条坦途。杨洪与马承先取道江州，然后坐船沿江水顺流而下，到了瞿塘峡弃舟登岸。一路辛苦自不必说，他们终于在十天之后抵达了永安县。

永安本名鱼复，天子败退到此之后，不再后退，将其改名为永安，寄寓不言而喻。它的县治所叫白帝城，相传是新莽之时公孙述所筑。

当时公孙述听说这里有一口白鹤井，常有龙气缭绕。他以为这是化龙登基之兆，遂自称白帝，建起一座城池，名之曰白帝城。

杨洪一路上把这些掌故说给马承听，还顺便给这个西北汉子简要分析了一下形胜之说。永安紧扼瞿塘峡口，为长江锁钥，地势极为险峻。而白帝城就设在江北伸入江心的长滩之上，背倚峡壁，独据江中，三面临水。只要天子选择在白帝城据守，吴军便无法溯江逆流进入蜀中——这就是为什么刘备败退到此便不能再退了，再退就等于把蜀地的门户交与他人之手，国亡在即。

刘备伐吴本是一意孤行，如今大败亏输，他无颜回成都。天子在白帝城守国门，一是形势所迫，二来也未尝不是愧疚赎罪之举。

"老子有云，治大国若烹小鲜，诚哉斯言。"杨洪说到这里，不由得发出感慨。

"这是说治国容易还是难？"马承读书不多，在马上露出不解的神色。

杨洪笑道："马君侯长在北地，不知这烹鱼是个精细活，剖脏去鳞，火候、调料稍有疏失这鱼就煮烂了。治国也是如此，不急不躁，张弛有度，不可随兴肆意，让百姓无所适从。《毛诗》里说：烹鱼烦则碎，治民烦则散。知烹鱼则知治民，就是这个道理。"

马承"哦"了一声，随即沉默下去。这个话题再说下去，难免要涉及对天子的评价，他谨守父亲临终前的嘱托，莫谈国事。

杨洪知道他的心思，也不强求，把注意力放在前面的路上。这里已经接近永安县境，距离他们的终点不远了。

前方的窄路忽然出现一处哨卡，一架木制拒马将道路牢牢锁住，几名士兵手持环首刀站在旁边。杨洪注意到，这些守兵的褐皮头盔上都盘着一圈白氅（毦），颇为醒目，远远就能望见。

白旄是用白牦牛毛编成的辫带,这种东西只有青羌出产。在杨洪的印象里,益州军中只有天子近卫才有这样的装饰——可天子近卫难道不该是守在永安宫前吗,怎么跑到边境来守哨卡了?

　　杨洪心中带着疑惑,驱马上前。一名白旄兵举手拦住了他,面无表情地说:"如身携文书,请拿出来放在这里,我们自会转交城中。你们即刻回转,不得停留。"

　　杨洪明白为何白帝城陷入沉默了,这个哨卡就像是一个筛子,把信使拦回去,只筛出文书送进城去。

　　这时马承掏出象征着自己的爵位的银乌符节:"我是髳乡侯马承,这位是益州治中从事杨洪,我们要去觐见陛下,通报军情。"

　　白旄兵听到这两个头衔,眉毛只是略微抖动一下,却没有什么敬畏的神色。他们都是天子侍卫,见惯了大人物,这两个身份唬不住他们。"我们接到的命令是,任何人不得进入永安县境内。"

　　"即使有紧急军情也不行?"马承不满地反问道。

　　"我们可以转达。"

　　"如果是秘情呢?你确定你有资格与闻?"杨洪眯起眼睛,语带威胁。

　　白旄兵道:"你们可以准备公函密封、胶泥锁牍,我们会直接送进宫去,不会有泄露的危险。"

　　"如果那样可以,我们就不必亲自来了。"杨洪迈上前一步,双眼咄咄逼人,"一名侯爷和一位从事亲自赶过来,你该知道这件事有多重要。"

　　杨洪的态度让白旄兵有些迟疑,但他们到底是天子近卫,不会那么轻易松口。白旄兵把队长叫过来,两人低声商议了一阵,白旄兵行了个军礼,转身跑步离开,队长代替他走过来,拱手道:"两位稍等,我已派人去请示上头了。"

　　马承有些不满,但对方礼数周全,又挑不出什么错,只得悻悻下马。杨洪倒没什么架子,跟队长嘻嘻哈哈地聊着天,很快就混熟了。话题很快就转到猇亭、夷陵之败，队长摇头叹息说，当初兵败之后，吴兵一路猛追，蜀兵跑了个漫山遍野，根本组织不起抵抗。

"那时候，乱得一塌糊涂。天子全靠我们几百名白眊兵持矛抵抗，这才在白帝城稳住阵脚。那些吴兵以为咱们都吓破了胆，根本不加防备，就这么沿着江边道冲过来，却不防我们一矛一个，扎了个透！尸体直接扔江里漂走，顺流直下，嘿嘿，把吴人都吓得不敢前进。"

队长说到这里，得意之情溢于言表。他的话里不乏吹牛的成分，杨洪却没点破，反而顺着恭维几句，把队长捧得大为高兴。看到时机差不多，杨洪装作不经意地问道："你们既然是近卫，怎么给派到边境来了呢？而且这还是不靠吴一端的防线，而是靠益州一侧。"

队长抓了抓头，表示这是上头的命令，自己也不清楚。如今所有的白眊兵都被打散，布置在永安县四周，说是为了防止贼人进入。不过明眼人都看得出来，把堂堂近卫白眊兵撒出去布防，这是杀鸡用牛刀。而且若是宫中有事，没个半天时间他们都无法聚合。

"拳头捏不到一起，这支天子亲卫算是废了，到底是谁安排的？实在是有点居心叵测。"杨洪心想，连忙又问如今在永安城中担任宿卫的是谁。队长说是陈到将军，如今白帝城里里外外的防卫工作，都是他来负责。

杨洪听到这个名字，疑惑更为浓厚了。陈到是刘备的亲随，从豫州那会儿就一直忠心耿耿地跟随，由他负责宿卫倒也没什么问题。可杨洪总觉得味道有些不对，这不是什么基于事实的判断，而是一种直觉。

"就是说，信使不许进城的命令，是陈到将军下达的喽？"

"是的，我们被分散调配到此，也是陈到将军签发的。"

"奇怪……他到底想做什么……"杨洪正在疑惑，忽然看到刚才那白眊兵跑回来了。他跑得上气不接下气，队长赶紧给他递了一碗水，他一饮而尽，这才喘息着对杨、马二人道："上头有指示，允许你们两位入城觐见，不过……"

"不过什么？"

"进城以后，不允许离开。"

杨洪和马承对视一眼，表情都有些凝固。这就等于把他们两个当成活的案牍公文，只许送进去，不许送出来。

"这个命令是陈到将军下的？"杨洪问。

"是……"白眊兵被他的眼神盯得有点害怕。

杨洪眼神一凛，没再逼问。队长吩咐把拒马搬开，让出一条道路，放他们进去。

杨洪和马承重新上马，慢慢朝前走去。永安县境内的民居与附近的树木已经被拆除砍伐一空，这是为了避免被攻城的吴军利用，老百姓不是逃走就是被逼入城。所以他们放眼望去，沿途处处断壁残垣，竟无一丝生活气息，也没一个人影，安静异常。

他们沿着江边徐行数里，终于看到远处白帝城的轮廓。此时正值清晨，江面上升起一片惨白色的苍茫雾气，好似一只无形大手正在把整个城池用裹尸布包起来准备下葬。

就在两人即将入城之时，杨洪忽然对马承说道："马兄，在进城之前我想与你谈谈。"

"谈什么？"马承有些意外。

"老君侯生前在益州，其实日子过得很不如意吧？"杨洪平静地问道。

马承不明白杨洪为什么突然提到自己的父亲马超，而且还用如此不客气的语气。他略带不满地回答："我父亲深荷天子大恩，君臣相知，如鱼得水。"杨洪自嘲地笑了笑："既然马兄这么不坦诚，就当我没说，咱们进城吧。"

杨洪这么一说，马承反而疑惑起来。他连忙拽住杨洪衣袖，歉然道："季休，你别这样。我父亲他……他确实是郁郁而终——大仇未报，人之常情啊。"

马超全族几乎都死在曹操和张鲁手里，投奔益州以后一直矢志北上报仇，这是人人都知道的事。听到马承这么说，杨洪只是笑了笑，反问道："彭羕之事，莫非老君侯全不放在心上？"

马承闻言，肩膀一颤。彭羕是益州的一位狂士，前几年专程去拜访马超，劝诱他造反，结果被马超反身告发，下狱诛死。这件事处理得很干净，马超的地位丝毫没受影响，可现在看马承的反应，应该没那么简单。

"彭羕死后，父亲日夜吁叹，身体垮得很厉害。我曾问他，彭羕之事已跟朝廷说清楚了，为何还如此忧虑。父亲什么也没说，只是叮嘱我以后要慎言慎行。"马承答道。

杨洪明白马承的言外之意，也明白马超到底在忧虑些什么。彭羕虽死，可大家不免都有疑问——为何彭羕不去找别人，偏偏要找你马超呢？要知道，马超原来可是关西枭雄，若不是孤身入蜀，本该是与刘备平起平坐的诸侯。刘备对马超虽厚加封赏，提防之心却从不曾消退，此事一发，猜疑更重。马超在益州全无根基，本就是仰人鼻息，彭羕事件以后，他行事更是如履薄冰。马超的去世，恐怕与他的抑郁之心大有关系。

"所以你才如此沉默寡言，为免走老君侯的覆辙？"杨洪说得毫不委婉。

"是的……"马承认输般地松弛肩膀，叹了口气，算是承认了。他的谨慎和他父亲临终前的心境有着直接关系。他是马家唯一的骨血，想要在益州生存下去，只能尽量小心。

"这正是我所担心的……"杨洪道，"从现在开始，你需要做一个抉择。"

"为什么？"

"你还记得那个天子托孤给诸葛丞相的流言吗？若嗣子可辅，辅之；如其不才，君可自取。"

"这跟我的抉择有什么关系？"马承还是不明白。

杨洪朝白帝城的高大城墙看了一眼，表情有些异样。"乍一听，这句话是天子欲行禅让之事，但其实诸葛丞相不可能代刘而起，所以这句话真正的重点，是落在'如其不才'四字上，也就是说，天子对太子是有不满的。"

马承的表情登时僵住了。

"既然诸葛丞相不可能代汉，而天子又觉嗣子不才，那么君可自取，取的是什么？当然不会是取益州。所以这句话潜藏的意思，是让诸葛丞相另外找一位子嗣来取代。"

马承一下子想到了鲁王和梁王。看来刘禅听到这流言，很快就读懂了其寓意，这才心急火燎地把他们派到白帝城来。

"可这只是流言，真伪莫辨。"马承的嗓子有些发干。

"我原来也这么觉得，可白帝城的奇怪状况你也看到了，先是单向封城，然后天子亲卫居然被分散布置，宿卫却换了陈到所部。种种迹象，莫名诡异。"

"你是说陈到有问题？"

杨洪苦笑着摇摇头说："这绝不是陈到一个人能做到的，他一定是得了什么人的授意。你想想，可能是谁散布的这种更易嗣子的流言？是谁在封锁白帝城天子的病情？又是谁把天子宿卫全都换掉的？"

"有人要矫诏篡位。"马承差点大声脱口而出，旋即意识到不妥，改为小声。

"这就是为什么在进城前我要与你谈谈。"杨洪的脸色变得严肃，"我们代表的是太子殿下，进城以后，处境可能会非常艰难。你如果还保持着从前那种谨小慎微的暧昧作风，就只有死路一条。"

"何至于此，何至于此……"马承嗫嚅道，汗水从额头细密地沁出来。

"就至于此！关乎帝位，谁都不会手软。我们既然选择了太子，就只能豪赌一把，一条路走到黑，毫不犹豫地摆明立场，容不得一点暧昧和犹豫。若是败了，难免身死；若是胜了，从此一片坦途。你们马氏便可摆脱危惧之局，挺起胸膛了。"

杨洪语气严厉，眼神如同两柄长戟，直直刺向马承的内心。马承怔怔地盯了杨洪一会儿，终于抱拳一拱道："听凭季休做主，在下唯君马首是瞻。"

杨洪松了一口气，他即将面对一个异常艰难的局面，可不想唯一的同伴有所动摇。这个时候需要的是决断、执着、敏锐，以及可以放心托付后背的战友。

两人刚谈完，白帝城的城门忽然开始缓缓开启，最后露出一个黑漆漆的城门楼，有如巨兽的口器。一名头戴铁盔的卫兵走了出来，他的盔顶两侧垂下红色的垂旄，看来是陈到的部下。白眊兵说得果然不错，他们连进白帝城的资格都没有了。

卫兵查验了两人的身份后，要他们下马，牵着坐骑往城里走去。白帝城本身是一座要塞式的城池，范围并不大，常住居民也不多，城中街道狭窄曲折，两侧都是鱼鳞式的仓库与砖堡，层叠相倚，逼仄不堪。杨洪抻长脖子，发现只能勉强看清头上的一线天空。马承告诉杨洪，这是为了防止敌人在巷战时展开兵力而设计的，一夫当关，万夫莫开。杨洪"哦"了一声，眼神闪烁。

卫兵带着两人转来转去，最后将他们带到一处衙署模样的地方，让他们进去。杨洪却站在原地不动，说这次来是要觐见陛下的，军情紧急，耽搁不得。

"陛下病重，不能视事。"卫兵面无表情地回答。

"那么我们要见诸葛丞相。"杨洪坚持道。

"诸葛丞相正在永安宫议事，不允许外人进入。请两位暂时在此安歇，随时听候召见。"卫兵的口气很大，杨洪和马承的身份对他来说毫无影响。

马承面色一沉，正要发作，杨洪却示意他少安毋躁，向卫兵问道："那么李严将军呢？"

"同样在宫中议事。"

"宫中还有谁？"

"此等大事，自然只得诸葛丞相和李将军与闻。"卫兵回答。

"也就是说，他们暂时都无法见到喽？"

"没错，至于何时离宫，在下不知道。"卫兵警惕地封死了所有的可能性。

"很好，很好。"杨洪似笑非笑，"既然如此，那我们先拜访一下别人也不妨事了。"

说完他就要往外迈，卫兵这才觉得有些不妙，连忙伸手阻拦。杨洪眼睛一瞪，厉声喝道："滚开！陈将军只说不允许我们离开白帝城，可没说我等在城内也要被禁足！我等也是朝廷官员，又不曾作奸犯科，连这点自由都没有了？"

"吴兵未退，城内戒备，无关人等不得擅走。"卫兵有些狼狈地解释道。

"你是说我和马君侯有细作嫌疑喽？你敢当着诸葛丞相、李将军和陈将军的面再说一遍吗？"

卫兵被杨洪的气势压倒，往后退了几步。杨洪趁机迈出门去，马承连忙紧随而出，挡在卫兵面前。卫兵结结巴巴地说道："至少您得告诉我去哪里。"

杨洪从怀里掏出一封密封的信函，晃了晃上头的大印说："这是太子府发出的信函，是太子送给两位兄弟的问候。所以我们要去鲁王和梁王的居所，请你带路吧。"

卫兵脸色奇差，他有心说鲁、梁二王也在宫中，但刚才已经被杨洪把话堵死了，如今改口已经来不及。何况杨洪手里握有刘禅的信，棠棣之华，太子关心自己兄弟，谁敢阻拦？

"还请你带路。"杨洪几乎要把刘禅的信贴到卫兵脸上。卫兵没有任何办法，只得带着他们朝着鲁、梁二王的府邸而去。

马承心中大为钦佩。杨洪这一手，可以说是别出心裁。他们在白帝城里孤立无援，与其在逼仄狭窄的街道里慢慢被敌人逼到死角，不如手持重锤破开房屋杀出一条路来。

白帝城内的黑手若要矫诏篡位，必然要依托于鲁、梁二王之一，所以杨洪直接去二王府邸拜访，正是直击要害，攻敌所必救。如果能惊出幕后黑手，杨洪的任务就算是完成大半了。

"说不定他真的能把这个局破开。"马承心想，原本快要熄灭的信心火苗变得旺盛了一些。

鲁、梁二王的府邸在白帝城中靠近永安宫的一处三进宅子内，这是为了便于随时进宫觐见父皇。此时府邸前站着甲士，戒备比平时要森严许多。卫兵将他们送到门口，立刻告辞，估计是跟陈到汇报去了。

杨洪也不在乎，他有刘禅的信件在手，这些甲士都不敢阻拦。只是略做交涉，他们就顺利地走进了宅院。不过他们被告知二王正在会客，要稍微等一下才行。杨洪问府内管事是什么客人，管事说是吴国来的使者，叫郑泉。杨洪一愣，又问作陪的是谁，管家说是昭德将军简雍。

天子与孙吴的和谈一直在低调地进行着，这不算是什么秘密。可为什么郑泉会来拜访鲁、梁二王？这于礼制不合。难道说，白帝城之事的策动者来自孙吴？他们想趁天子驾崩之际扶一个有利于东吴的新君上位？这个念头划过杨洪的脑海。

他们等了大约半个时辰，郑泉才告辞离开。这位儒雅的使者走过杨洪和马承身旁，只是淡淡地扫了他们一眼，眼神旋即移开，神情倨傲地朝府邸大门走去——这可以理解，东吴刚刚击败了益州的十几万大军，逼得天子困守白帝城，不得不主动求和，使者实在没必要太过谦恭。

紧跟在郑泉身后的，是简雍和他的一名亲随。简雍泰然自若地与郑泉聊着天，那名亲随却时刻注意着周围的动静，浑身紧绷，仿佛整个府邸里都杀机四伏。

简雍走过来，注意到了杨、马二人，冲他们做了个"等我回来再说"的手势，然后跟着郑泉走了出去。

"怎么会是他？"马承问。

"还能是谁？"杨洪反问道。

简雍是天子在微时就追随其左右的耆宿老臣，整个朝廷没人比他资格更老。不过这个人除了生性滑稽以外，没什么特别的本事，所以天子登基以后他只得了个昭德将军的名衔。他如今在白帝城的职责，应该是辅佐鲁、梁二王，类于国相。不过二王无藩可就，所以他这个国相也是可有可无——位高权虚的职位倒是最适合安置简雍这种老臣。

没过一会儿，简雍回转过来，亲热地跟两个人打了个招呼："季休、继文，什么风把你们两个吹来啦？"跟简雍相比，无论杨洪还是马承都是后辈，但他一点架子也没有。

两人连忙起身，把来意说了一遍。简雍笑了笑道："多事之秋，还劳烦你们跑来这里一趟，真是辛苦了。"杨洪趁机问道："天子病守国门，我等人臣岂敢惜身？"简雍指指府邸大门道："其实也不用那么急着过来，东边不是派人来了吗？我看很快就不用这么辛苦了。"

"要议和了？"杨洪装作不经意地随口问道。

"还能做什么？"简雍回答，"今年都往返好几轮使者了，两边都没什么打的心思，再加上北边还有个新登基的愣头青盯着，议和势在必行。喏，你们看，这次郑泉来白帝城，还特意给鲁王和梁王捎来了孙夫人的礼物。"

"原来是用的这个理由。"杨洪心想。刘备曾经娶了孙权的妹妹，后来两家交恶，孙夫人回归江东。但名分上她也算是鲁王、梁王的母亲，郑泉用这个理由接近二王，谁也说不出什么来。

但这样一想，事情越发蹊跷了。白帝城对益州严密地封锁了消息，对东吴却没限制，这白帝城到底是谁家的势力？

问题的关键，始终在于天子和诸葛丞相。而这两个人，恰恰都是杨洪现在无法见到的。白帝城永安宫如今在陈到的宿卫控制之下，杨洪不知道这究竟是天子的授意，还是别的什么人……

"简将军最近可曾觐见过天子？"杨洪决定主动一点，问了一个比较敏感的问题。

简雍脸上浮现出一丝自嘲的笑意。"我的职责，就是看顾好二王，其他的事情都管不着。以后有机会，朝廷应该给我专设个官位，叫作国相洗马，哈哈哈哈……"

简雍对自己的这句玩笑话很满意，笑得很开心，不过杨洪和马承都没什么心情笑。简雍这么说，意味着他最近其实也见不到天子，只能安心在府邸伺候二王。

简雍催促说："趁二王如今还在正堂，咱们去拜见吧。"然后吩咐随从守住厅门，不要让任何人进去。

鲁王今年只有十一岁，梁王只有十岁，不过是两个黄口稚子。杨洪把刘禅的信交给鲁王，二王依礼拜谢，一丝不苟，看来被简雍教得很不错。刘禅的信里没什么实质内容，无非是问候身体、劝诫勤学之类。两位王子也回了几句场面话，整个过程冗长无趣。

看着两位王子略显呆滞的神情，杨洪忍不住想拿刘禅做比较。若以皇帝而论，刘禅要比他们成熟得多；但若是要扶起一位傀儡，鲁、梁二王的年纪倒真是正好。汉家历代天子里幼儿众多，殇帝、安帝、顺帝、冲帝、质帝乃至后来的少帝、献帝，无不沦为木偶任人摆布，这个诅咒，不会到了这一代还在继续吧？

二王年纪尚幼，杨洪跟他们没什么好说的，简雍反而是个突破口。这个人资历老，对益州诸势力都熟稔得很，地位也不敏感，所以很多话可以放开来说。

告别二王以后，杨洪问简雍最近有没有什么人也来拜会过，简雍想了想，回答道："除了郑泉以外，李严将军和陈到将军都来见过，不过待的时间都不长。"

"他们是为什么来的？说过什么事？"

"都是普通拜会。二王都还只是孩子，跟他们能说什么正经事？"简雍忍不住笑出声来。

"那么诸葛丞相呢？"

"诸葛丞相只来过一次，后来再也没来过。"

"那么天子召见过两位王子没有？"

"年初还挺频繁，不过最近倒没再召见过。"

杨洪暗暗心算了一下，这与白帝城封锁的时间是吻合的。不过当杨洪再问简雍其他问题，后者就答不出什么了，毕竟他的视线只在二王府邸范围内。

他们一边说着，一边朝大门口走去。简雍的亲随忽然匆匆迎面走过来，对简雍道："陈到将军到了门口。"

"陈到？他来做什么？"简雍眉头一皱。

"没说，不过他不肯进府，只说让您出去。"亲随回答。

简雍看了眼杨洪和马承，笑道："这家伙难得擅离职守，走，出去看看新鲜去。"

三人走到门口，马承突然"咦"了一声，抢先挡在杨洪身前。杨洪抬眼看去，一队全副武装的士兵站在前头，一个将军打扮的长脸大汉正冷冷看着自己，一身皮甲披挂，目光如刀。马承感受到了这股杀气，这才第一时间做出了反应。

好在陈到的视线只在杨洪和马承身上停留了数息，就很快转向了简雍。

"简将军。"陈到的声音很低沉，表情很是奇怪。

简雍似乎意识到了什么，原本笑眯眯的脸色"唰"地阴沉下来。

"陛下驾崩了。"陈到说。

新帝人选

天子驾崩？

这个消息一下子让府前所有人都变成了石像。

那个纵横中原多年、终于偏安一隅称帝的枭雄，就这么死了？听到这个消息的人，一下子都难以接受。杨洪和马承对视一眼，都在对方眼里看出了异样的情绪。如果天子就这么死了，那他们两个人的处境可就很微妙了。

简雍上前一步，嘴唇颤动了一下，勉强抑制住自己的情绪，问道："何时之事？"

陈到答道："就在刚才，李中都护从宫中传来的消息，陛下病笃不治，召你等带两位公子从速入朝。"简雍愣了愣，回头让亲随赶紧入府去叫两位王子出来，自己则放声大哭起来。

在一旁的杨洪却突然眯起眼睛，嘴角流露出一丝冷笑。

李严入白帝城时，只是个犍为太守、辅汉将军，后来加了一个尚书令的头衔，那是天子为了平衡益州势力而做出的安抚。而这时候李严居然升到了中都护，这其中的意味，可就不一般了。

中都护是什么官？那是能统领内外军事的要职。天子临死前给李严这个职位，意味着把最重要的军权交给了他，让李严一跃成为朝廷举足轻重的托孤重臣。

这种安排，置诸葛丞相于何地？

而且刚才陈到也说了，是李严从永安宫传出的天子驾崩的消息，那么诸葛丞相在哪里？按照顺位，有诸葛丞相在，怎么轮得着李严来宣布这等重大的消息？

有问题，这绝对有问题！

亲随带着两位王子匆匆从府邸里钻出来，两个孩子脸色都是煞白。简雍收起眼泪，和他们一起登上一辆事先备好的马车，朝着永安宫风驰电掣而去。陈到送走了简雍，重新把冰冷的视线挪到杨洪与马承身上。

杨洪意识到事情有些不妙，率先从怀里掏出太子府的印信道："我等奉陛下之命，进宫恭领遗训。"

从法理来说，刘备一死，太子刘禅自然就变成皇帝了。杨洪不称太子殿下，改称陛下，是一个试探手段。如果陈到承认，那就说明刘禅地位不会有变化，余下的事情好说。如果陈到对这个称呼反应消极，那就……

果然，陈到对这句话恍若未闻，一指杨、马二人，说："兹事体大，不可轻言，两位还是先待在衙署吧，待得诸事底定，再议不迟。"他非但没对"陛下"做正面回应，连"恭领遗训"都不肯答应，只说"再议"。这说明了什么？

几名膀大腰圆的士兵不怀好意地围了过来。马承犹豫了一下，大喊一声，抽出佩刀挡在杨洪身前，让他快走。杨洪拍了拍马承的肩膀，二话不说，转身就跑。几名卫兵见状连忙扑过来，马承佩刀一卷，整个人把街道封锁得严严实实。关西马家虽然凋零，但一身军中的搏杀功夫还在，加上白帝城街道狭窄，马承这一挡，士兵们一时间居然无法突破。

陈到对太子的态度昭然，马承正如在城门前对杨洪做出的承诺，一改平时的谨小慎微，果断地选择了站在太子这边，一条路走到黑——而此时此刻，效忠太子最好的办法，就是保护杨洪，让他逃出白帝城，把消息传递给太子。

杨洪撒腿在白帝城的小巷里飞跑起来。他从小出身寒门，生在山地，踏入仕途以后又一直忙于民生，体格锻炼得十分健壮，速度丝毫不逊于军中健儿。只要他能抢在陈到通知守军关城之前跑出去，获得白眊兵的保护，就有机会把消息递到成都，让太子早做反应。

他一边跑，脑子一边飞快地转动起来。

刘备身边的臣子分为三派：中原派系、荆州派系和益州派系。益州新降，不被信任；中原派系人才凋零；只有以诸葛亮为首的荆州一系日渐兴盛——这势必会引发其他两个派系的不满。

眼前的情况很明显了，诸葛丞相不知为何被软禁隔绝起来，如今控制整个白帝城的是李严、陈到、简雍三个人。前一个是益州人氏，后两个是刘备的原从僚属。他们三个人除了籍贯出身，还有一个共同点——在新朝都是郁郁不得志。

如今一人掌兵权，一人掌宿卫，一人控制着两位王子，只要天子一死，他们就能架空诸葛丞相，强行篡改遗诏改嗣。说不定如今在永安宫里，一份墨汁淋漓的诏书已经草草写就……

想到这里，杨洪突然停下脚步，抑制住令肺部火辣辣的喘息。不对，太子刘禅在益州尽人皆知，虽无高望，却也无失德之处，仅凭天子一份暧昧不清的遗诏就废长立幼，势必会引发强烈反弹。就算诸葛丞相被架空，荆州派也绝不会坐以待毙，势必会拥立刘禅为帝。届时永安一帝、益州一帝，最好的结果也是益州四裂。

李严、陈到、简雍何德何能，他们哪里来的信心能控制局面？

这时候，郑泉那趾高气扬的身影突然浮现在杨洪脑海中。

倘若幕后真正的黑手是孙权，这一切就都可以得到解释了。李严等人先拥立一帝，引陆逊以为奥援，打开白帝城放吴兵入蜀，许以割地。只是这等开门揖盗的手段，难保那些贪得无厌的吴人不会得寸进尺。

杨洪想到这里，突然转了个弯，不再向着城门，而是朝着白帝城的深处奔去。

刘禅让他只带着眼睛和耳朵来，但杨洪知道，如果这事里还有吴人插手，就算把消息送出去也无济于事。他现在不能只靠眼睛和耳朵，而是必须更加主动才行。

现在陈到肯定加派了不少人手到城门去围堵，杨洪反其道而行之，重新逃回到城中来，追兵一定想不到。杨洪简单整理了一下思路，决定去找那个吴国的使者郑泉。

　　如果陈到他们真的跟吴人勾结的话，那么郑泉的住所他们一定不会去搜查，反而成了最安全的地方。

　　至于郑泉住在白帝城哪里，这根本不是问题。那个好招摇的吴使唯恐别人不知道他进城议和，把带来的"孙"字白边浅黄色遣使的牙旗高高竖起，在一片低矮的迷宫巷道中显得格外醒目。

　　杨洪把长袍脱下来卷好藏到一处石下，然后拿出自己在蜀汉崇山峻岭里攀岩的功夫，像壁虎一样攀到房屋顶端，慢慢朝那牙旗挪动而去。

　　白帝城是个要塞城市，为了御敌，城内的房屋很少有坡顶覆瓦，大部分是平顶，一来方便守军据高防御，二来防止瓦片四溅伤人。宿卫士兵在下面巷道里气势汹汹地来回奔走，杨洪在上头悄无声息地爬动，很快就接近了郑泉的住所。

　　此时这个小院很是喧闹，显然吴使也收到刘备驾崩的消息了。杨洪偷偷探起头，看到为数不多的几名吴人来回忙碌着，准备吊唁用的各类事物。郑泉站在院中叉着腰指挥他们做事，他的情绪高涨，兴奋到脖子都变红了。

　　"你们手脚利落点，今晚可不要给我丢人。喂，小心点，别把箱子里的玉琮弄碎了，砍你十次脑袋都赔不起！"郑泉喝道。

　　杨洪听在耳朵里，为之一愣。玉琮？那是重大祭祀时才用的礼器，从来都是朝廷自己准备，没有用外人的道理。郑泉连这玩意儿都替新皇帝拿来了，未免也太越俎代庖了吧？而且听他的口气，似乎今晚这件大事就会发生。

　　除了新帝登基，杨洪想不出更重大的事情。

　　鲁、梁二王中的一个将会在李严、陈到和简雍的拥立下登基，然后吴军进入白帝城，开始向成都进发。这是最坏的一种情况，看来最迟到今晚，白帝城的迷雾就会尘埃落定，现出它的本来面目。

"希望雾后面的真相，不要像我想的那样。"杨洪暗自心想。

他把身体尽量平伸，巧妙地嵌在郑泉头顶上的屋顶与邻屋的夹缝里。今日江风很大，那一面孙字牙旗被吹得呼呼作响，伸展的旗面正好把夹缝挡住。陈到的人除非爬上房顶，公然把吴使的旗帜拨开，否则肯定无法发现他的藏身之处。

杨洪就在这里蜷缩了数个时辰，静等着黑夜降临。可惜郑泉没再多说什么，而是返回到屋子里，不知在做些什么。

到了太阳即将落山之时，郑泉终于再度从屋子里走了出来。他换了一身正式的赤色官服，头顶平梁，看起来一副要去觐见天子的模样。郑泉踌躇满志地环顾四周，迈步正要朝外走去，忽然背心一凉。他回头一看，杨洪正站在他的背后，一身尘土，手里握着一把匕首，刀尖正顶在他的脊梁上。

"你是谁？"郑泉略带惊慌地问道。

"杨洪。"杨洪简单地回答，旋即把刀一逼，让郑泉身子挺直，"你是要去永安宫吊唁？"

问到这里，他自己都忍不住笑了。郑泉穿的是赤色官服，无论如何都不像是要去吊唁的意思。于是他换了个问题："今晚白帝城要有大事，到底是什么？"

郑泉听到这个问题，轻蔑地笑了。"原来你就是那个潜逃的治中从事啊，成都是真着急了。"看来陈到也派人来向他通报这件事了。

"不错，快说！今晚白帝城的大事到底是什么？"杨洪追问。

"这似乎与你无关吧？"

"也与你无关。"杨洪沉着脸道。一个东吴使者在白帝城说这种话，实在是欺人太甚。

郑泉略抬起头来，望着城头的雾气，忽然笑了。"也是，跟我也没什么关系，反正是益州的内斗罢了。我只是个使者，既然汉中王已薨，我与新君主继续和谈便是。"

"哼，反正哪里都少不了你们吴人。"杨洪道，他注意到郑泉说的是"汉中王"不是"天子"，是"薨"不是驾崩，故意把用词降格，说明东吴拒绝承认益州朝廷的正统地位。这从一个侧面说明，吴国对接下来益州朝廷的变动很有信心，已经开始对蜀中的新统治者指手画脚了。

郑泉无法回头，看不到杨洪闪烁的眼神。他索性背起手来，把脊梁彻底亮给杨洪。"既然你这么想知道，不妨跟着我去看看，马上就能明白了。"

郑泉说的话别有深意。面对他出乎意料的合作，杨洪有些不适应。但他身处绝境，没有什么选择，只得硬着头皮答应下来。杨洪不敢离开郑泉，没有换衣服的余裕，只得弄来一块方巾缠在头上，勉强能遮掩住脸部。

郑泉身旁的人对这个突然出现的家伙都很警惕，不过郑泉挥手让他们少说话，迈步朝前走去。杨洪亦步亦趋，不敢稍离。他们一出门，周围已经聚集了不少陈到的宿卫士兵，他们自动把郑泉和他的手下围起来，簇拥着朝前走去。

不过这并不是去永安宫的方向，反而是朝着城外走去。杨洪纵然心中一万个疑惑，在卫兵环伺下也是不敢声张，只得闭上嘴打起精神，紧贴着郑泉朝外走去。

他们穿过狭小的街道，来到白帝城城门口。在这里，城门外侧环绕着一圈拱形瓮城，敌人即使打破城门，也要面临瓮城之上弓弩手的威胁。郑泉和杨洪走到瓮城与城门之间的小广场上，这才停下脚步。杨洪注意到，白帝城的城门已经完全敞开。

这是个很耐人寻味的细节。白帝城以东是吴军咄咄逼人的兵锋，按道理，城门在吴人撤兵之前是绝不允许完全开启的，这是个防御的措施，也是个姿态，其象征意义大于实际意义。

而现在城门打开，郑泉又作为吴使站在这里，其意义不言自明。

"果然是要引吴军入城吗？"杨洪心想。

他转动脖颈，看到广场附近早有许多人在等候，其中为首的是李严和陈到，还有简雍。

此时太阳已落山，天空灰蒙蒙的一片，气氛紧张而压抑。李严和陈到均骑在马上，面色严峻。看到郑泉来了，李、陈、简三人都施了一礼，不过看得出来，他们三个都有点心不在焉。其中数李严的神色最为复杂，一张方正的脸上似乎涌动着什么情绪。

杨洪望着这个黑脸膛的男子，百感交集。李严对他算是有知遇之恩，当他还是一个普通小吏时，李严独具慧眼，把他提到功曹的位子，晋升中层官吏，这对一个寒门出身的人来说，是一个极为难得的机会。可惜后来因为徙郡治舍的事，杨洪与李严发生矛盾，杨洪愤而挂印辞官。但李严不计前嫌，仍推荐他去做蜀部从事，这才有了接触诸葛亮的机会。

他十分了解李严，知道这个人一向自命不凡，自信能在刘备的益州朝廷中做出一番大事业，若不是诸葛亮从中压制，李严的头衔早已不是辅汉将军这么寒酸了。所以当杨洪看到李严参与到这次阴谋中来时，虽然感慨万分，却也不怎么意外。

"为了制衡诸葛丞相，您竟然愿意向吴人低头？"杨洪感慨地想。

这时郑泉问道："两位王子呢？"

"他们在官中。"李严简单地回答道。他的声音有些嘶哑，似乎之前说过太多的话。

"很好，我想他也已经在路上了，快到了。"郑泉说得没头没脑，杨洪完全听不懂。

李严却一抱拳，说："万事俱备，只待明公。"

"希望这一次，吴蜀两家能像从前一样亲密无间。"郑泉呵呵一笑。

杨洪的眉头陡然皱了起来。他原来一直以为，吴人的打算是扶植一个小孩子称帝，然后派兵去平定蜀地。可他们几个主谋如今不急着辅佐其中一人即位，反而把两位王子扔在永安宫内，自己跑来瓮城，不知在打算什么。听李严的口气，似乎明公另有其人，而且还不在城中，而是在城外还没来。

想到这里，他焦虑地扫视了一圈，想努力拨开这些迷雾，郑泉的赤袍一下子映入他的眼帘。

赤袍？对啊，怎么会是赤袍呢？

汉家以孝治天下。如果鲁、梁二王中的一位以刘备继任者身份登基，朝廷一定会为先皇风光大祭，以明孝道，否则会惹来全天下的物议。而在大祭期间，就算是场面上，吴国使者也必须换上丧服以示哀悼。

只有一种可能，吴使才会在这个时候公然穿赤袍而非丧服——他们期待着的登基之人，与刘备并无亲缘关系。甚至可以说，非但没关系，而且还要废除刘备的正朔，以表示两人之间没有继承关系，自然更不可能尽孝了。

并非刘备一系的亲缘，却有自信在益州登基，这样的人，会是谁？

一个名字跳入杨洪的脑海里，他还没来得及消化，远处的官道上就传来一阵车轮碾轧碎石的声音。一辆马车由远及近，在场所有的人都紧张起来。那辆马车慢慢驶入瓮城，停在广场当中，然后一只枯瘦的手掀动门帘，从车厢里探出一个老人的头来。

刘璋？

杨洪握着匕首的手为之一抖，郑泉敏锐地觉察到他的动摇，身体朝前一躲，大声叫道："有刺客。"周围几名卫士飞快地把杨洪按在地上。杨洪对自己的安危毫不关心，他拼命仰起头，要去看清老人的脸。

刘璋！没错，是刘璋。

刘璋，刘焉之子，他曾经是益州的统治者，只因为过于信任刘备，结果变生肘腋，被后者篡取了蜀中河山。刘备称王以后，唯恐刘璋在益州仍有影响力，就把他赶到南郡公安软禁。等到吕蒙奇袭荆州杀死关羽，吴军占领南郡，把刘璋给接了回去，封其为益州牧，驻在秭归。

要知道，刘璋在蜀中经营多年，门生故吏遍布天下。所以吴国一直把他好生供养起来，当作制衡刘备的一枚棋子。

刘备夺取蜀中不过数年，远未到四方宾服的地步。如今天子新死，幼主未立，益州人心惶惶。这时候如果刘璋重新现身益州，一定会一呼百应，让无数当地人士景从。

种种迹象表明，李严是这一次阴谋的主使者。当刘璋一现身的时候，种种疑问全都廓清了。

难怪李严会成为这次阴谋的主使者，拥立故主对他来说岂不是顺理成章之事吗？难怪陈到会封锁白帝城；难怪简雍毫不关心二王的去留；难怪郑泉会穿上赤色朝服！

这一切的答案，就是刘璋。

杨洪——或者说刘禅——从一开始就搞错了方向。二王从来不是威胁，刘璋才是。

几道怜悯的目光投向被按在地上的杨洪，他本来也是川籍人氏，可以在刘璋手下混个从龙之臣，可惜押错了注，以至于成为刘璋复国的第一个牺牲品。

郑泉恶狠狠地瞪了杨洪一眼，拿手一指，尖声喝道："你这个浑蛋，连我都敢挟持，现在知道厉害了？我告诉你，这益州的天气，可是要变了！"他还想过去踏上一脚，却被李严拦住了。

"杀俘不祥，还是先接下刘州牧再说吧。"李严淡淡道，郑泉这才收住手脚，又狠狠瞪了杨洪一眼。

刘璋从马车上走下来了，他整个人老态龙钟，脸上满布暗色斑点，浑身都散发着衰朽的气息。失去权力的他，生命在飞速地流逝着，即使到了这时，也没看出来这老人有多么兴奋。他抬起混浊的双眼，木然扫视四周。李严上前一步，亲热地说："刘州牧，您到家了。"

刘璋仿佛没听到这句话，嘴唇嚅动，喃喃道："刘玄德……他死了？"

"是的，刚刚去世。"郑泉笑道，"我主一直给您保留着益州牧的头衔，如今可算是实至名归了。"

刘璋又问道："怎么死的？"

李严回道："病重。"

刘璋"呵呵"干笑一声，没说什么。郑泉又凑过来。"我家主公说了，若您想称帝，东吴一定鼎力支持。届时东西各有一帝，联手伐魏。"他一拍胸脯，"登基用的礼器在下都备好了，只要您愿意，今天就能在这白帝城里当上皇帝。"

刘璋对郑泉的絮絮叨叨显得很不耐烦，他开口道："吴使节，你可听过北郭先生遇狼的故事？"

郑泉一愣，不明白他为什么突然扯出这么个无关的故事。

刘璋继续道："北郭先生进山遇狼，手中只带着一根大白长蜡烛。北郭先生百般无奈，手持蜡烛作势要打。狼不知蜡烛是何物，以为是棍棒，怯怯不敢靠近。北郭先生见状大喜，真的去拿蜡烛砸狼，结果一下砸断了，狼立刻扑上去将他吃掉。"

郑泉接道："若这北郭先生一直持烛不打，孤狼疑惧，他便不会葬身狼腹了。"

刘璋仰起头来，悠悠道："刘玄德是孤狼，你们东吴是北郭先生，而我，岂不就是那根蜡烛吗？"

郑泉细细一琢磨，面色大变，颤声道："你……你到底在说些什么？"

刘璋露出一丝暧昧不明的笑容，看向郑泉。"烛棒之威，胜在不用。若我一直身在东吴，益州无论谁当权，必然深为忌惮。你们凭此折冲樽俎，无往不利；如今你们把我放了回来，就好比北郭砸烛一般，平白折了一枚好棋子……"说罢他摇摇头，啧啧嗟叹不已。

郑泉愣在了原地，半晌他才发狂似的喝道："胡说！你这个老糊涂，怎么长他们志气，正方，你说说……"说到一半，他去看李严、陈到和简雍，发现他们三个人的神情一改初时的谄媚，都投来怜悯的目光。一道阴寒的印痕从他心中裂开，逐渐延伸到全身，连脚指头都变得冰凉。

劝诱益州人废掉刘嗣，迎回刘璋，这是郑泉一手操作的计谋。他自己对此非常得意，孙权的评价也很高，指示前线全力配合。郑泉苦心经营这么久，就指望着靠这一个不世出的大功劳，跻身东吴高层，与周瑜、鲁肃、吕蒙、陆逊等人齐名——可刘璋突如其来的一席话，把他从仙宫打入黄泉。

原来这一切只是圈套，什么白帝城陷入沉默，这不过是蜀人利用刘备之死玩的一个圈套罢了！他们故意摆出高深莫测的姿态，让郑泉觉得有机可乘，借机把刘璋诱回白帝城，彻底消弭这一个隐患，让东吴再也没什么可利用的棋子。

郑泉回想起来，这才发现自己的这个计划似乎正是在李严、简雍这些人多次暗示之下慢慢形成雏形的——看来自己是彻底被玩弄于股掌之中了……

"你是什么时候看穿这一切的？"郑泉问刘璋。

刘璋望向李严，说："就在你告诉我白帝城中有李严居中配合时——李正方这个人我太了解了，即使整个益州都重新倒向我，他也不会。与他商议迎我回蜀，不啻与虎谋皮。"

李严抱拳道："您还是如从前一样，目光如炬。"

"既然看穿了这一切，为什么不早说？！"郑泉气急败坏地对刘璋吼道。

刘璋负手仰望白帝城的夜空，长长叹了一口气。"若刘玄德能借益州之势夺下中原，恢复汉室江山，对我这汉室宗亲来说也不是件坏事。我已经老了，早没了争雄之心，我唯一的心愿，就是再回一次益州，再看一眼这片土地——若不是答应配合你的计划，孙权又怎么会放人呢？"

老人摇摇头，似乎疲惫至极。李严走上前去，把刘璋搀扶起来，小心翼翼地将他送回到车里。谁都看得出来，刘璋已是油尽灯枯，恐怕不久于人世，对任何人都产生不了威胁了。不管怎么说，他已经完成了最后一个夙愿，遥望到了益州河山。

这时陈到上前一步，鄙夷地看了浑身颤抖的郑泉一眼。"你居然真的以为我等会背叛主公，实在可笑！"

一口鲜血从郑泉嘴里喷出来，他身子晃了晃，几乎倒在地上。他心中的愤懑与恼怒已经达到顶峰，即使是海上的风暴也不能与之相比。

"为了迷人耳目，你还处心积虑地把夺嫡的脏水往两位王子身上泼。若不是我受命要配合你，真想放声大笑。身为一个使臣，居然还幻想搞什么立嗣之争，真是不知你怎么读的书，难道不知道只有嫡长子才有资格即位吗？"

郑泉的身份是东吴特使，就算他参与了这么大的阴谋，陈到也没办法杀他。因此陈到不介意多说两句刺激的话，让这位使者自己吐血而死。

陈到越说越尖刻，这个貌似忠厚稳重的人，嘲讽起人来比他的长枪更毒。郑泉在他一句句嘲弄下，差点瘫坐在地，白皙的面皮几乎涨成紫色。

就在这时，一个声音响了起来："陈将军，你说得对，只有嫡长子才能继承皇位。"

无论刘璋、李严、陈到，还是愤怒的郑泉，动作都滞了一下。他们一起望去，发现说话的人，是一直没有作声的简雍。他就站在瓮城的阴影里，任由这些人表演着。

"宪和，你这是怎么了？"陈到与简雍认识很久，立刻觉察到他的神色有些不对劲。

"我是说，只有嫡长子才能继承皇位，这一点你说得一点错都没有。"

简雍说完这一句，突然闪身，从瓮城的城门溜了出去。然后一阵"哗啦哗啦"的铁索响动，似乎有人从另外一侧用锁链将门拴住了。陈到一愣，大步流星跑过去一推，居然没推开。他愤怒地拍门，大喊道："宪和，你到底在搞什么？"

简雍慢悠悠地登上瓮城的城头，跟他一起上来的还有二十多名弓手，他们各自挽弓持箭，把箭尖对准了瓮城广场中的这一堆人。只要简雍一声令下，这些人谁也活不了。

"宪和！你疯了？"陈到勃然大怒。

"螳螂捕蝉，黄雀在后，你们处心积虑要耍郑泉时，没想过我也在耍你们吧？也是，你们何曾正眼看过我、重视过我呢？"简雍的声音在城头悠然传来，带着些许自嘲和些许复仇的快意。

"难道你真的要给二王争嗣？"李严停下手中的动作，抬头望去。

在他们的计划里，二王争嗣只是一个诱惑郑泉的借口，难道说简雍入戏太深，真以为他辅佐的二王有机会继位登基不成？

"我再说一次，只有嫡长子才能继承皇位，这一点是毫无疑问的。"简雍面无表情地又重复了一次。

"难道你还想给主公变出一个长子来不成？"陈到讥笑道。刘备确实有个大儿子，不过那是义子刘封，而且早已死去。

"不用变，主公的长子就在这里。"

突如其来的篡位者

简雍的身旁忽然多了一个人的身影，广场上的人都认出来了，那是与简雍形影不离的亲随。简雍一改往常的态度，恭敬地冲他行了个礼。那人简单地点了点头，什么都没说。

"好大的胆子！什么人也敢冒充汉室子嗣！"陈到喝道。

李严却没急着叫骂，他沉思片刻，把刘璋从车厢里拉出来。"您认识不认识这人？"

刘璋睁开混浊的双眼，仔细地辨认了一下，枯老的手为之一颤。"竟然是他！"

李严忙问道："是谁？"

刘璋答道："刘升之。"

"那是谁？"李严越发糊涂了。

刘璋笑道："看来益州有许多事情，你也不知道啊……这个刘升之，还真是刘玄德的嫡长子呢。"

"怎……怎么说？"稳重如李严也有点傻了。

刘璋继续道："这是刘玄德刚刚入益州时发生的事情了——当时简雍被派去出使汉中，结果他在汉中看到了一个孩子，称自己的父亲叫玄德。简雍询问了孩子的养父刘括，得知这孩子是刘括在中原买来的，一起带入汉中避难。简雍详细询问了这孩子以前的遭遇，和刘备失散的长子刘升之完全契合，就禀明张鲁，把他带回益州。我当时恰好在张鲁身边有个细作，所以对这事知道得还算详细。"

"居然还有这样的事？为何后来我们一点都不知道？"李严问。

"正方，你怎么糊涂了？刘禅是太子，这时候冒出一个比他年纪还大且是嫡出的大哥，你让刘玄德怎么办？"刘璋的话里带着点幸灾乐祸。

李严拍拍脑袋，刘璋提醒得是。子嗣的承继，关系到朝廷的稳定。倘若突然冒出一个变数，许多人都会受到影响，如何站队，如何应对，可着实要乱上一阵，搞不好还会让百官分裂——这是刘备所不愿见到的，那么最好的办法，就是将这个"刘升之"雪藏起来。大家不知道他的存在，自然也就不会生出什么心思了。

"刘升之是宪和去汉中找回来的，看来他是处心积虑、蓄谋已久啊。"李严感慨道。这次还真是螳螂捕蝉，黄雀在后，他们故意露出破绽诱出郑泉和刘璋，想不到简雍假意配合他们，暗地里却有了这样的谋划。他们以为胜券在握，简雍却轻轻摘走了果实。

这个突如其来的篡位者，可着实是谁都没想到。

简雍这时在城头开口道："我在汉中苦心孤诣为陛下寻回长子，陛下不知感激，反而斥责我多事。那个时候我就明白了，在你们眼中，我只是个老朽的东方朔罢了！但我不是！绝不是！"说到这里，他的眼中升起一种癫狂式的狂热。"我现在带着升之去永安宫，在陛下灵前宣布继位。诸位可以在瓮城里慢慢想想，愿意效忠真正天子的人，可以活着离开白帝城。"

说完，简雍和刘升之从墙头消失了，只有弓箭手一丝不苟地保持着射姿。

白帝城的高级官员们，居然被这么一个简单的设计困在瓮城动弹不得。如今的白帝城，是简雍一个人自由穿行的天下。

"喂，正方，你想想办法啊。"陈到焦虑地催促道。

李严却是好整以暇，坦然坐在地上。陈到再三催促，他才不慌不忙地回道："简雍要去永安宫，你猜他会遇到谁？"

"诸葛丞相？"

"是啊，那你还有什么好担心的？"李严反问。

陈到听到这个名字，略微安心了点。封锁白帝城、故意制造沉默假象，正是这位丞相的授意。在那个人面前，无论变数是什么，应该都不会出什么乱子吧。

"诸葛丞相也真是的，故意搞出这样的假象，骗了敌人不说，连太子也吓得不轻，还派人来打听。害得我不得不假装擒住他们，省得郑泉起疑心。哎，那个杨洪还挺能干的，几乎接触到真相了……咦？"

陈到正想着，突然发现异状。原本被卫兵按在地上的杨洪，居然消失了。

"人呢？"陈到问。

"刚刚跑了。"卫兵一脸沮丧地说。刚才所有人的注意力都被简雍吸引了，没留神手底下的俘虏。

"他打算干吗？"陈到大为疑惑。

杨洪在房屋之间疯狂地奔跑着，跑到胸口几乎爆炸也不敢停。瓮城里一浪一浪的真相扑击过来，让他艰于呼吸。刘禅只让他带耳朵和眼睛过来，但他发现根本不够用！

刘璋的事也就罢了，杨洪已经有了猜测；可刘升之的异军突起，让他彻底陷入惊慌。

简雍居然隐藏得这么深，还握着这么一枚筹码。

刘升之的身份，应该是被刘备承认的，理应留下文书或信物为证，说不定这些就被简雍握在手里。如今天子已死，诸将被困瓮城，若真被简雍得逞，刘禅乃至他杨洪可就彻底完蛋了。有刘升之在，刘禅可就算不上嫡长子了。

绝不能让这种事情发生！

杨洪现在唯一的希望，就是诸葛丞相。杨洪希望自己能比简雍快一些，好让诸葛丞相早一刻知道，着手应对。既然李严迎刘璋是个圈套，那么诸葛丞相被软禁一定也是圈套的一部分。

他一口气跑到永安宫城前，看到陈到的卫兵们仍旧一丝不苟地在巡逻，对瓮城之事浑然不觉。简雍有进入的资格，他杨洪可没有。杨洪眼看着简雍和刘升之大摇大摆进了宫城，心急如焚。

杨洪忽然看到一队巡逻兵，带头的那人的脸似曾相识，他稍微回忆了一下，发现正是带他和马承进城的那个卫兵。杨洪病急乱投医，顾不上多想，从巷道里一下子跳到那人面前。

那卫兵先是吓了一跳，一队人全都下意识地抬起枪尖。卫兵看清杨洪的脸，不禁大怒："原来是你，你在这里做什么！冲撞宿卫，宫城游走，这可是大罪！"

杨洪一把抓住他的衣襟，厉声道："听着，现在主公有危险，我要马上进宫。"

"天子刚刚驾崩，能有什么危险？"卫兵不耐烦地喝道。

"我以益州治中从事的身份，命令你马上让我进去！"

卫兵也火了，反驳道："您官职是比我大，但我是宿卫，职责是保卫宫城。哪怕你是丞相，也得按规矩办。"

"我就是要去里面见诸葛丞相。"

"不行，没有诸葛丞相、李中都护或陈将军的命令，任何人不得进入。"卫兵坚持道。

"让他进去。"一个稚嫩的童声突然响起。

杨洪回头一看，鲁王刘永正站在他身后，不禁一愣。鲁王刘永一扫孩子气，带着深深的忧虑，但表情比起站在简雍身旁时生动了许多。

"殿下，您怎么会在这里？"

"简将军本来是带我们来宫中见父王的，可走到一半，他把我们安置在另外一间屋子里，吩咐我们不要乱动，就出去了。弟弟饿了，附近又没仆人，所以我出来找些吃的。"刘永说得很流利。

杨洪大概明白这是为什么。简雍既然要带着刘升之在刘备灵前做大事，自然不希望节外生枝。这两位王子虽然是庶子，可终究也是两个变数，所以简雍没带他们进宫，而是留在了外头。

"我记得您叫杨洪吧？"刘永问道，"我虽然不认识您，但我相信您。您的眼神和简将军不太一样。"又转向卫兵，"放他进去。"

"可是……"

"放他进去。我有话让他带到父王的灵前。"刘永固执地重复着。卫兵可以不管杨洪，但两位王子的话不能不听。尤其是刘永拿孝道一压，他更是压力陡增。

"殿下，我们有我们的规矩……"

"我记得刚才有人说什么'天子刚刚驾崩，能有什么危险？'，我是个小孩子，记性不太好，不知是不是这么说的？"刘永道。

卫兵一下子僵住了，刚才他脱口而出，根本没多考虑，想不到被这小孩子抓住了把柄。这话若是传出去，一个大不敬的罪名是免不了的，说不定还得杀头。卫兵犹豫了一下，双肩下垂，只得妥协。

按照规矩，他搜了一遍杨洪的身体，确认没有任何利器，才打开宫门，放他进去。

"杨从事，您觉得我该入宫吗？"在杨洪转身要走之前，刘永忽然问。

杨洪回道："以臣之见，还是暂时不要的好。"他现在不清楚宫城内会发生什么，刘永还是个孩子，保险起见还是先不要去比较好。

"嗯，明白了，替我向家人问好。"刘永眼神闪闪，没有坚持。他自始至终都很淡定，稳重得不像是个小孩子。白帝城的这一场乱子，似乎让他束缚已久的睿智全都绽放出来了。

杨洪顾不上问他家人指的都是谁，拱手一拜，然后撒腿就往宫城里跑。

永安宫城并不大，杨洪沿着石道一直向南，绕过两座小殿，便来到了高大巍峨的永安宫前。这座宫殿分为两层，四角的垂脊很短，重檐不是高挑而是垂低，这让整座宫殿看起来十分压抑，透着森森的不祥气息。它的形制，很好地反映了刘备困守在白帝城的心境。

接近永安宫时，杨洪放缓脚步，调匀呼吸，抬眼望去。此时映入眼帘的一幕，让他在很多年后都依然记得清清楚楚。

在丹陛之下，简雍躺倒在地，双目圆睁望着天空，已然气绝身亡，刘升之则倒在一根柱子旁，殷红的血迹涂满了半个柱基。马承半跪在地上，单手执刀，站在两具尸体之间喘息不已。他看到杨洪跑过来，没有说话，只是无力地嚅动了一下嘴唇，脸色有些煞白。

杨洪注意到，站在永安宫殿门前俯瞰这一切的，是一名男子。这男子白衣长髯，身材修长，如同一块璞玉被琢成了人形一般。

"季休。"诸葛亮温和地打了个招呼。

杨洪越过诸葛亮的肩膀，看到殿内停放着梓宫，天子正躺在里面，紧闭着双目，双手握着一把宝剑，两支大白蜡烛立在两侧，如同忠心耿耿的卫士一般。

"丞相，发生了什么……"杨洪觉得自己的力气彻底耗尽了，两条腿连迈上台阶的力气都没有。

"如你所见。天子驾崩，简雍将军悲痛过度，殉死棺前；其仆欲行不轨，马君侯为保护天子灵柩，出手击杀。"

诸葛亮轻轻一句话，给整起事件定了性。杨洪看向马承，后者勉强露出一丝苦笑，说他被陈将军抓走以后，是诸葛丞相派人把他领出来，带入宫中。

杨洪一听这话，立刻明白怎么回事了。简雍是中原派系硕果仅存的几个人之一，刘升之是主公的子嗣，他们两个都是诸葛丞相没办法下杀手的。诸葛亮把马承叫进宫里，就是为了借他之手用粗暴的方式破解这个难题。

斩杀老臣和皇室嫡子，这两件事都是犯了大忌讳的。即使这么做有充分的理由，但为了避免物议，做事的人以后也绝不可能获得什么高位，仕途被彻底堵死。马承确实履行了他的诺言，为了太子一条路走到了黑。

而诸葛丞相能承诺他的，估计就是马氏一族在益州的平安吧。杨洪记得马承在军中还有个叔叔叫马岱，马承这么做，等于用自己的前程换取了马岱未来在军中的地位。

为了家族存续，马承真可算得上苦心孤诣了。

这时候，诸葛丞相又轻轻叹道："宪和真是太傻了。天子去世，新君即位仍需这些老臣辅弼，他怎么连这点耐心都没有，就这么走了呢……"

杨洪抬起头，不知从哪里涌现出一股力量，促使他开口问道："丞相，刘璋和简雍，这一切都是在您掌握中吗？"

丞相摇摇头说："不，我不知道。"杨洪看着丞相，后者的眼神清澈透亮，没有一丝作伪的神色。

"那白帝城的封锁和那则流言……"杨洪欲言又止。

"益州新附，陛下驾崩，背地里不知有多少不安分的人在筹谋打算。不把这些家伙引出来，以后陛下怎么能安心？把木棍上的荆棘拔光，才能握在手中。"诸葛丞相淡淡地对道。

杨洪豁然开朗。白帝城里异乎寻常的举动，以及那则耸人听闻的流言，全都是诸葛丞相和李严、陈到等人故意做出来的，好让那些怀有异心之人觉得有机可乘，一个一个跳出来。黄元、刘璋、刘升之，刘禅新君继位的隐患，就这么被一个个拔除掉。

这到底是诸葛丞相的计策呢，还是天子临终前的遗命？

杨洪没敢再问，他慢慢地走到刘升之的尸身前，蹲下身去看。那张脸如果仔细端详，还真的与刘备有几分相似。这个不幸的家伙大半辈子都在颠沛流离，好不容易回到父亲身边，却落得这样一个结局。

可这又能怪谁？如果他安心隐居，以刘禅的性格，不会对他做出什么决绝的事情来，可他偏偏听信简雍的话，来争这虚无缥缈的皇帝之位，也算得上咎由自取。

"季休，记住，从来没有什么刘升之。"诸葛丞相的声音从身后轻轻传来。

杨洪站起身来，吐了一口气。他把马承从地上搀起来，拍了拍马承的肩膀。马承松开手里的刀，眼神复杂，其中有惊恐、有狠戾、有失意，还有一丝欣慰。

"以后的史官会怎么记录这一段呢……"杨洪问道。

"不设史官就是。"诸葛丞相毫不在意地说。

最后这句话杨洪并没有听见，他抬起头来，看到白帝城上空的江雾慢慢散去，显露出一片璀璨的星空。

章武三年（223 年）夏四月癸巳，先主殂于永安宫，时年六十三。临终时，呼鲁王与语："吾亡之后，汝兄弟父事丞相，令卿与丞相共事而已。"诏敕后主曰："汝与丞相从事，事之如父。"五月，梓宫自永安还成都，谥曰昭烈皇帝。后主袭位于成都，时年十七。尊皇后曰皇太后。大赦，改元。秋，八月，先主葬惠陵。

建兴元年（223 年），诸葛亮封武乡侯，开府治事；李严为中都护，统内外军事，留镇永安。后李严移镇汉中，陈到继为永安都督、征西将军，封亭侯，麾下所督，皆先帝帐下白眊，西方上兵也。

马超卒于章武二年（222 年），时年四十七。临没上疏曰："臣门宗二百余口，为孟德所诛略尽，惟有从弟岱，当为微宗血食之继，深托陛下，余无复言。"追谥超曰威侯，子马承嗣。其族弟马岱位至平北将军，进爵陈仓侯。超女配梁王刘理。而马承从此再不见于任何史书，彻底消失在人们的视野里。

杨洪于建兴元年赐爵关内侯，复为蜀郡太守、忠节将军，后为越骑校尉，领郡如故。六年卒于官上。

至于简雍，则记录湮灭，不知所终。陈寿撰写《三国志》的时候，翻遍了蜀汉的文书，都找不到任何关于他的结局的记录。陈寿没办法，只得潦草地记录了他前半生的些许事迹，聊胜于无。

附记

刘备子嗣考略

在官方记录里，刘备一共有四个儿子：义子刘（寇）封、长子刘禅，以及刘禅的两个弟弟刘永、刘理。刘封是认养的寇家子弟，刘禅是甘皇后生的，刘永、刘理的生母则不明。

在《三国志·蜀书·后主传》下，裴松之附了一条引自《魏略》的八卦：

初备在小沛，不意曹公卒至，遑遽弃家属，后奔荆州。禅时年数岁，窜匿，随人西入汉中，为人所卖。及建安十六年，关中破乱，扶风人刘括避乱入汉中，买得禅，问知其良家子，遂养为子，与娶妇，生一子。初禅与备相失时，识其父字玄德。比舍人有姓简者，及备得益州而简为将军，备遣简到汉中，舍都邸。禅乃诣简，简相检讯，事皆符验。简喜，以语张鲁，鲁为洗沐送诣益州，备乃立以为太子。

简单来说，这条记录是说刘禅在小沛被刘备遗弃，然后逃到了汉中被人当成奴隶给卖了。一直到了建安十六年（211年），他才被一个叫刘括的人收为义子。后来刘备得了益州，麾下有一个姓简的将军来汉中拜访张鲁，碰到刘禅，发现他还记得自己的父亲字玄德。详细查问之下，简将军确定他就是刘备失散多年的儿子。张鲁连忙给送回益州，刘备立其为太子。

裴松之这个人挺有意思的。他给《三国志》做注，加入了大量乱七八糟的史料，然后再一一批驳证明是假的，不知道他到底是图个什么……总之，裴松之引完这段故事以后，自己又在后面批驳考据，说刘禅生于荆州，不可能在小沛被遗弃，时间对不上，可见《魏略》这段记录是胡说。

那么，这个流落汉中的"刘禅"有没有可能确是其人，只是名字写错了？

在回答这个问题之前，要先搞清楚一个问题：刘备除了禅、永、理之外，还有没有亲生儿子？

答案是：有。

《三国志·蜀书·先主传》里记载："布虏先主妻、子，先主转军海西。"这是在建安元年（196年）发生的事情，可见那时候刘备已经有了妻子、儿子，而且这个"子"肯定不是刘禅。

很快刘备和吕布讲和，吕布把刘备的老婆、孩子又送还回来。但这两位枭雄不久便第二次翻脸，高顺"复虏先主妻、子送布"。一直等到曹操亲自出手打败吕布，吕布才把刘备的妻、子交还给他。后刘备偷偷离开许都袭击徐州，斩杀了守将车胄。建安五年（200年），曹操从官渡回军，把刘备打跑，"尽收其众，虏先主妻、子，并禽关羽以归"。

《三国演义》里把这一段演绎成关羽降汉不降曹，千里走单骑，把两位嫂嫂送回刘备身边，而史书里没有关于曹操把刘备"妻、子"送还的记录。关羽在向张辽坦白自己归依刘备的决心时，慷慨激昂，真情流露，却半句不提两位嫂嫂，这是很奇怪的事。关羽离开曹操是高举着大义旗帜的，护嫂归兄是一个辞行的绝佳理由，他为何不利用呢？

《三国志·蜀书·先主甘后传》里提到过"先主甘皇后，沛人也。先主临豫州，住小沛，纳以为妾。先主数丧嫡室，常摄内事"。也就是说，刘禅的生母甘夫人本来是刘备的妾，其上有正妻。因为刘备"数丧嫡室"，她才升到正妻的位子。

再联想关羽在曹营只字不提兄嫂的境况，可以得出一个结论：刘备的这位正妻，很可能被曹操抓走后不久就去世了。想想看，一个柔弱女子，先后被丈夫遗弃三回，被乱兵擒住三次，这么折腾之下，惊惧而死也不是不可能。

曹操擒的是妻、子，妻死了，那么子在哪里？

《魏略》里的那条记载写得很清楚，说"刘禅"是曹公袭击小沛时被刘备遗弃的。这个被错写成"刘禅"的人，应该就是"虏先主妻、子"中的那个"子"了。换句话说，这个"刘禅"才是刘备嫡妻所生的嫡子，若论起继承顺位来，比刘禅要靠前很多——只要他还活着。

这个嫡长子的母亲在曹营亡故，他则趁乱脱离了曹操的掌握，跑去了局势相对平静安全的汉中。在经历过艰苦的十几年平民生活后，终于回归父亲怀抱。

那个捡回刘禅大哥的家伙，《魏略》里记载说是刘备麾下一个姓简的将军。刘备部属里姓简而又有将军头衔的，只有一个昭德将军简雍。

简雍是刘备的老乡，从刘备起事起就跟着他混，一直混到刘备去世，论起资历来很少有人比得过他。不过这个人的才能有限，和糜竺、孙乾一起，只算是刘备的"谈客"，连参谋都算不上。刘备把他们几个当成老朋友优容养着，但不予重用，法正、庞统、诸葛亮等人后来居上，稳稳压过这些老臣一头。简雍唯一立过的功劳，就是先主在成都围城之时，他只身进去劝降了刘璋。

而刘备得了益州以后，给他的奖赏只是一个杂号将军，比糜竺的安汉将军低一等，与孙乾的秉忠将军同级。具体的职责呢？在别人身兼数职忙得不可开交的时候，简雍的职责却是"优游风议"，意思是别人干活你在旁边看着就行，完全是离休老干部的待遇。

史书说简雍这个人"性简傲跌宕，在先主坐席，犹箕踞倾倚，威仪不肃，自纵适；诸葛亮已下则独擅一榻，项枕卧语，无所为屈"。可见这个人心中是有傲气的，对自己的待遇很是不满，所以无论是在刘备面前还是在其他人面前，他都摆出一副高调放荡的姿态，来消解自己心中的不平衡。

《三国志》里说简雍是个滑稽的人，还记下他一个笑话。我觉得这不是他的本性，只是他对仕途失望的一种表现罢了。"跌宕"两个字，很精确地描绘出这个看似滑稽幽默、实则满腔郁闷的人的心理状态。他时而倨傲，时而滑稽卖萌，心情起起落落，正是因为郁愤无处抒发之故。

理解了简雍的这种处境，也就明白为何简雍在汉中要认领刘禅的大哥并将他送回汉中了。

作为一直追随刘备左右的部属，简雍当年肯定见过刘禅的大哥。这次在汉中无意中发现他的下落，简雍想来是欣喜若狂的——为刘备找回失散多年的嫡长子，这该是多么大的一份功劳呀，主公一定会因此而褒奖我吧？

可他的才能毕竟平庸，行事也欠缺考虑。

当刘备见到这个流落多年的儿子时，他会是什么反应？

当已经被确定为继承人的刘禅见到自己的大哥时，又会是怎样的心情？

没人知道，但我们约略推测得出来，那绝不会是兄弟相认抱头痛哭的感人情景。论起血统，他比刘禅更合法统；论起经历，他比刘禅遭遇更丰富；论智力，比刘禅还低也不太容易……所以他真要动了争夺嗣位的心思，刘禅还真拿他没办法，刘备处理起来也很棘手。

关系到皇位更迭，自古以来没人会温良恭俭让。刘备、刘禅父子非但不会高兴，反而只会觉得这个凭空出现的家伙实在是多余，简雍实在是多事。何况刘禅身后已经形成了一个利益集团，他们在刘禅身上的投资很大，绝不会容许出现一个变数。

于是，刘禅的大哥回归益州以后，再也没半点消息，什么记录都没有，彻底湮灭无闻。他遭遇了什么，谁也不知道。而一心把他迎回益州的简雍，结局也特别离奇——关于这么一位耆宿老臣的结局，史书里居然什么也没写。

《三国志·蜀书·简雍传》只有短短几百字，分为三部分：一是简要回顾他早年生平；二是描述他的古怪性格；三是写了一则《世说新语》式的逸事，然后戛然而止。他什么时候死的，怎么死的，是否有子嗣，完全没有提及。

《三国志》对于传主的生卒年都会尽量记下来，还要写明子嗣继统，再简略，也会写一个"卒"字。简雍是刘备麾下的重要臣子，是有资格入史传的人物，而且他一直活到蜀汉建国后，晚年生活稳定，局势平静，没发生任何大的动荡。这样一个人，为何结局没记下来？

究竟是没有结局，还是说他有一个结局但蜀汉官方讳莫如深不敢公开？我们可以模模糊糊地感觉到，简雍的传记恰好在刘备得益州之后不久就结束了——而这恰好是他迎回刘禅大哥的时间。

　　再回想起陈寿评价诸葛亮"国不置史，注记无官"，这其中的奥妙，就是后人难以索解的了。

‹官渡杀人事件›

此时满天星斗灿然，我把怀里揣着的木牍取出来把玩，忽然有一种不真实的奇妙感。次日这里就要拔营，曹公即将接管整个中原大地，成为不可撼动的霸主。

假如徐他能够成功的话，那么这一切将完全颠倒过来，袁本初将率领大军南下许都，我则会变成张郃那样的投降者，或者在某一场战斗中殉难吧。

未遂的杀意

我被曹公叫去的时候，正忙着清点在乌巢缴获的袁绍军粮草。这可是一笔巨大的收入，几十个大谷仓堆满金灿灿的稻谷，装着肉脯与鱼鲊的草筐滚得到处都是，还有两三百头生猪与鸡鸭乱哄哄地嘶叫着，其他辎重更是数也数不清。在饥肠辘辘的曹兵眼里，这些东西比袒胸露乳的女人更有吸引力。

虽然乌巢一场大火烧去了袁绍军七停粮草，可这剩下的三停，也已经足够曹军放开肚皮大吃了。

我和十几名计吏拿着毛笔和账簿，在兴奋而纷乱的人群中声嘶力竭地嚷嚷着，试图把这些收获一个子儿不少地记录下来。

我的副手郑万拽住我的袖子，对我说曹公召见，让我立刻回去。正巧一匹受惊辕马拽着辆装满芜菁的大车冲过来，然后轰隆一声，连马带车侧翻在泥泞的水坑里，溅起无数泥点子，周围的人都大叫起来。我光顾着听郑万说话，躲闪不及，也被溅了一身，活像只生了癫癣的猿猴。

郑万扒到我耳边，重复了一次。我有点不相信，生怕自己听错了，瞪着眼睛问他："你说的是曹公？"郑万斩钉截铁地点了点头。于是我立刻放下账簿，顾不上把衣服上的污泥擦干净，对那群晕头转向的部下交代了几句，然后便匆匆赶回位于官渡的曹军大营。

这时候的官渡大营已经没了前几个月的压抑，每一个人都喜气洋洋。刚打了大胜仗，而且对方还是那个不可一世的袁绍，这让大家都松了一口气。曹军主力在各位将军的率领下，已经出发去追击溃逃的敌人了，现在剩下的只是不多的一些守备军和侍卫。

我见到曹公的机会并不多，他是个让人琢磨不透的人，有时候和蔼可亲，像多年的老朋友，有时候却杀人不眨眼。但有一点是公认的，曹公是个聪明人，而聪明人总有一些奇怪的地方。

我越过几道防守不算严密的关卡，走到曹公的帐前，一名膀大腰圆的卫士走过来。这名卫士就像一头巨大的山熊，几乎遮住了半个营帐。他狐疑地看了看我，估计我这一身泥点装束让他感觉很可疑。

在检查完我的腰牌之后，他瓮声瓮气地说："在下许褚，请让我检查一下你的身体。"我顺从地高举双手，他从头到脚细致地摸了一遍，还疑惑地瞪着我看了半天，好像对我不是袁绍细作这一点很失望。

"让他进来吧。"帐子里传来一个声音。

许褚让开了身子，我恭敬地迈入帐篷。许褚"唰"地从外面把帘子放下去，把整个帐篷与外面的世界彻底隔绝开来。曹公斜靠在榻上，正捧着一本书看得津津有味，他身前的酒杯还微微飘着热气。

"伯达，你来啦？"曹公把书放下，和蔼地说。

"恭喜主公大败袁绍。"我深施一礼，其他什么也没说。面对曹公，绝对不可以自作聪明，也不要妄自揣度他的心思——除非你是郭奉孝。

曹公招呼我坐下，然后问了一些乌巢的情况。我一一如实回答，曹公咂了咂嘴，说早知道的话当初偷袭的时候应该少烧一点，现在能得到更多。我知道他是在开玩笑，不过我没有笑。

曹公忽然把身子挺直了一些，我知道开始进入正题了，连忙屏息凝气。曹公指了指身旁的一个大箱子，让我猜里面是什么。我茫然地摇了摇头，射覆这种事我从来就不很擅长。

曹公自嘲似的笑了笑，说："这是在袁绍大营里缴获的，里面装的都是咱们自己人前一阵写给本初的密信。本初可真是我的好朋友，败就败了，还特意给我留下这么一份大礼。"

从他的口气里，我听不出任何开玩笑的意思。我把注意力重新放到那箱子上，这口木箱子大约长三尺、宽二尺、高三尺，里面装满了各种信函，有竹简，有绢帛的、麻纸的，还有印信。这大概是在官渡对峙最艰苦的那段时间里，我方阵营的人给袁绍的降书吧。但这个数量……还真是有点多啊。

我意识到这件事很严重。曹公不喜欢别人背叛他，从这箱中密信的数量看，少不得有几百人要人头落地；可是从另外一方面想，曹军刚刚大胜，新人未服，新土未安，如果一下子要处置这么多人，怕是会引发一连串震荡，这肯定也是曹公所不愿意看到的。

这大概就是袁绍在崩溃前，故意留给曹公的难题吧？

"若你是我，会怎么处置？"曹公眯起眼睛，好奇地问道。我恭敬地回答："当众烧毁，以安军心。"曹公满意地点了点头，看来他的意见和我想的一样。

"这些东西我明天会拿出去公开烧掉。面对袁绍，连我都曾考虑过撤回许都，别人存有异心，也是正常的。"曹公整个身体从榻上坐了起来，慢悠悠地披上一件大裘，把桌上的酒一饮而尽。他把身子朝箱子倾去，从里面抓出一封信。

这一封信是木牍质地，不大，也就二指见宽，上面密密麻麻地涂着一些墨字。曹公把它捏在手里，肥厚的手指在木牍表面反复摩挲。

"别的我可以装作不知道，可这一封不同。这一封信承诺本初会有一次针对我的刺杀，而且这件事已经发生了。"

我心中一惊，行刺曹公，这可真是件不得了的事情。

曹公看了我一眼，仿佛为了让我宽心而笑了笑。"刺杀当然失败了，可隐患依然存在。别人只为了求富贵，犹可宽恕，但这封信是为了要我的性命——更可怕的是，这枚木牍没留下任何名字，这就更危险了。"

我能理解曹公此时的心情，让一个心存杀机的人留在身边，就像让一头饿虎在榻旁安睡。

"伯达，我希望你能够查出来，这封密信出自谁手。"曹公把木牍扔给我。我赶紧接住，觉得这单薄的木牍重逾千斤。

"为什么会选中我呢？"我小心翼翼地问道。

曹公大笑道："你是我的妹夫嘛。"

我确实娶了曹氏一族的女人，但我知道这不是他的真实理由。我之前一直负责屯田事务，每天就是和农夫与算筹打交道；官渡之战时，我被派来运送军器与粮草到军中，总算没出大疏漏。大概曹公是觉得我一直远离主阵，比较可以信赖吧。

"你们这些做计吏出身的，整天都在算数，脑子清楚，做这种事情最适合不过。"曹公从腰间解下一枚符印递给我。这是块黄灿灿的铜制方印，上面还有一个虎头纽，被一根蓝绦牢牢地系住。

"这是司空府的符令，拿着它，你可以去任何地方，询问任何人。"然后曹公又叮嘱了一句，"不过这件事要低调来做，不要搞得满营皆知。"

"明白了。"

"这次事成，我给你封侯。"曹公说，这次他神色严肃，不像是开玩笑的样子。

我拿着木牍和符令从大帐里走出来，许褚仍旧守在门口。他看到我出来，朝帐篷里望了望，很快把视线转移到别的地方。一旦我脱离了威胁曹公的范围，他大概连看都不会看我一眼。

"许校尉，我想与你谈谈。"

"谈什么？"许褚的表情显得很意外。

"关于刺杀曹公的那次事件。"

许褚的眼神变得凌厉起来，我把符令给他看了一眼。许褚沉吟片刻，说他现在还在当值，下午交班，到时候我可以去宿卫帐篷找他。

我问清了宿卫帐篷的位置，然后告别许褚，走到官渡草料场。

这里是许都粮道的终点，我在整个战事期间押送了不知多少车粮草和军器到这里。草料场旁边有几间茅屋，是给押运官员办理交割手续与休息用的。现在大军前移，这里也清静了不少，场子里只剩下满地来不及打扫的谷壳、牛粪，几只麻雀在拼命啄食；两辆牛车斜放在当中，辕首空荡荡的；为数不多的押粮兵怀抱着长矛，懒洋洋地躺在车上打瞌睡。

我喊起一名押粮兵，命其去乌巢告诉郑万，让他统筹全局，我另有要事。押粮兵走后，我走进一间茅屋，关好门，把曹公让我带走的木牍取了出来，仔细审视。

这是一枚用白桦木制成的木牍，大约两指见宽，长约半尺，无论质地还是尺寸，均是标准的官牍做法。我从事文书工作这么多年，对这种官牍文书再熟稔不过了，即使闭着眼睛去摸也能猜出来。

这让我有些失望。如果密信的质地是丝帛或者麻纸就好了，这两样东西的数量都不太多，不会有太多人能接触到，追查来源会比较容易。而木牍这种东西，充斥着每一个掾曹府衙，每天都有大量的文书发往各地，或者从各地送来，任何人都可以轻易获得。

我没有先去看上面的字。我希望自己能够从木牍上不受干扰地读出更多东西，这样才能减少偏见，最大限度地接近事实。对普通人来说，这些木牍千篇一律，乏善可陈；对一位老官吏来说，却意味着许多东西。我想这大概也是曹公把任务交给我的原因之一吧。

我翻到木牍背面，背面的树皮纹理很疏松，应该是取自十五年到二十年生的白桦树。许都周围出产木牍的地方有五个县，我以前做过典农中郎将，曾经跑遍三辅大半郡县，哪个县有什么作物、什么年成，我心里都大概有数。

木牍的边缘有些明显的凹凸，因为每一个县在缴纳木牍的时候，都有自己特有的标记，以便统计。两凹两凸，这个应当是叶县的标记。

把原木制成木牍的过程不算复杂，无非四个字：选、裁、煮、烤。"烤"是其中最后一道，也是最重要的工序。工匠将木牍放在火上进行烘烤，使其干燥，方便书写。

而我手里的这枚木牍，墨字有些洇，这是湿气未尽的缘故，说明这枚竹牍还没完成最后一道工序，就被人取走了。我用指甲刮开一小截木牍的外皮，蹭了蹭，指肚微微发凉，这进一步证实了我的猜测。

在官渡前线并没有加工木牍的地点，换句话说，这枚半成品的木牍，只能是写信者在前往官渡之前就准备好了的。他很可能去过叶县，顺手从工房里取走了这枚还在制作中的木牍，以为这样做便不会留下官府印记，让人无法追查。

不熟悉这些琐碎事情的小吏，是无法觉察到这些小细节的。

这也从一个侧面证明，这封信的作者早在出征前就已有了预谋，绝不是临时起意。

现在所能知道的，也只有这么多了。接下来我翻开正面，去读上面的字。

木牍上的墨字并不多，笔迹很丑，大概是怕别人认出来，所以写得很扭曲。上面写着："曹贼虽植铩悬�，克日必亡，明公遽攻之，大事不足定。"

一共二十一个字，言简意赅，而且没有落款。

这位写信者的语气很笃定，看来在写信的时候就已经胸有成竹。

不留名字的原因可能有好几种。可能是因为他行事谨慎，不希望在成功前暴露身份；也有可能是因为他压根没打算投靠袁绍，而只是为了向曹公报私仇——曹公的仇家实在不少。

木牍上的好几处笔迹都超出了木牍的宽度，使字显得有些残缺。这是初写者经常犯的毛病，他们掌握不好木牍书法的力度，经常写偏、写飞。

写密信的这人，应该不是老官吏。

看来还是打听一下刺杀曹公的事为好。

我下午如约来到宿卫帐篷。许褚已经交了班，正赤裸着上半身，坐在一块青石上擦拭着武器。他的武器是一把宽刃短刀，在太阳下明晃晃的，颇为吓人。

"许校尉，能详细说明一下那次刺杀的经过吗？"我开门见山地问道。

许褚缓缓抬起头来，短刀在青石上发出尖厉的摩擦声。他很快就磨完了刀，把它收入鞘里，然后从帐子里拿了一件短衫披在身上。每一个路过营帐的士兵都恭敬地向他问好，我看得出他们的眼神里满是敬畏。

许褚的证言

许褚说话很慢，每说一句话都经过深思熟虑，条理清晰，有一种和他的形象不大符合的沉稳风度。以下是他的叙述：

"事情发生在九月十四日。你知道，那段时间是我军与袁绍军最艰苦的对峙时期。袁绍军建起了很多箭楼，居高临下对我军射箭，我军士兵不得不随时身背大盾，营务工作十分危险。

"在这种环境下，曹公的保卫工作也变得棘手起来。曹公的中军大帐是我军的中枢，往来之人特别多，很容易招致袁绍军的袭击。经过审慎的讨论，曹公的营帐最终被安排在大营内一处山坡的下方。从袁绍军的方向来看，那是一个反斜面，弓矢很难伤及帐篷。中军大帐的设立，是在九月十日。"

这时候我插嘴问道："那么当时营帐的格局是怎样的？"

"按照曹公一贯的生活习惯，中军大帐分成了两个部分。在帐篷最内侧是曹公寝榻，紧贴着山坡阴面的土壁。寝榻大约只有整个营帐的六分之一大小，刚刚够放下一张卧榻与一张案几，与外侧的议事厅用一道屏风隔开。

"一般来说，整个中军大帐只有议事厅正面一个入口。不过当时为了防止袁绍军突然袭击，我特意让侍卫在曹公寝榻旁边开了一个隐蔽的小口，便于曹公随时撤离——不过这一点请您不要外传。

"九月十三日整个晚上，曹公都在与幕僚们讨论战局，通宵达旦。我担任宿卫，执勤从十三日未时一直到十四日巳时。曹公解散了幕僚，吩咐我也去休息一下，然后他便就寝了。那时候我已经相当疲惫，于是在与接防的虎卫交班之后，就回到自己的营舍休息。那大概是在午时发生的事情。

"当我回到营舍准备睡觉的时候，忽然心中感觉到有些不安。你知道，我们这些从事保卫工作的军人，直觉往往都很准确。我决定再去曹公大帐巡视一圈，看看那些虎卫有没有偷懒。为了达到突击检查的效果，我选择从曹公寝榻旁的小门进入。

"当我进入小门时，曹公正在酣睡。我待了一阵，忽然听到外面的议事厅传来脚步声。我悄悄地掀开帘子，发现进来的一共有三个人。他们身穿虎卫号服，手里拿着出鞘的短刀。是的，就跟我手里的这一把一样。"

我问："虎卫是曹公身边的侍卫吗？对不起，我一直没怎么在军队里待过，不太了解这些。"

"嗯……怎么说呢？曹公的侍卫，一半来源于他在陈留时就带着的亲兵，还有一半是我从谯郡带出来的游侠们。前者负责贴近保卫；后者成分比较复杂，所以一般只负责外围警戒——被称为虎卫，有专门的赭色号服。在最外层，还有中军的卫戍部队。亲兵、虎卫、卫戍部队构成了曹公身边由近及远的三层警卫圈。

"那三个人中只有一名虎卫成员，叫作徐他。其他两个人我并不认识，大概是卫戍部队中的成员。卫戍部队都是从诸军中临时抽调的，变化太大，认不全。

"无论是虎卫还是卫戍部队，无事持刀入帐都是绝对不允许的。我正要掀开帘子去斥责他们，却发现他们没有东张西望，而是径直朝着寝榻方向走来。我立刻感觉到事情有些异样，曹公当时正在睡觉，我不想惊动他，就转过寝榻的屏风进到议事厅。

"看到我突然出现，三个人都吓了一跳。我压低声音问徐他这一切是怎么回事。徐他支支吾吾地说是走错了。就在我问话的同时，另外两个人从我的两侧飞快地冲过去，试图趁我不注意的时候，越过我冲进寝榻。

"这种程度的威胁，虽说事起突然，但想对付我还是太幼稚（**说到这里，许褚露出自得的表情**）。我用双臂把那两个家伙拦下来，重重地摔开。其中一个还想反抗，被我一刀杀掉了。徐他和剩下的一个家伙转身要跑，我把短刀掷了出去，刺死了一个。最后徐他成功地跑出了中军大帐，可惜没跑出几步，就被箭楼上的袁绍军箭手发现，被活活射死了——一直到那时候，曹公才被惊醒。"

"就是说，参与刺杀的三个人都死了？"

"是的，很遗憾没留下活口，不过在当时我也顾不上许多了，毕竟曹公的安全最为重要。"

"尸体呢？"

"经过仵作检查以后，被埋在军营附近了，现在不是腐烂就是被狗吃了吧。那个时候，战争局势还不明朗，谁也不会有闲心去看护几个叛徒的尸体。"许褚不以为意地说。

"当时在曹公帐外当值的侍卫呢？徐他也就算了，他们怎么会允许两个陌生面孔的家伙随意进入？"

"徐他当时刚好轮值。根据两名侍卫的说法，徐他带着两个人过来，对他们说，虎卫的人被袁军的弩箭射伤了，所以从卫戍部队临时抽调了两个人过来。你知道，那时候军事压力太大，诸军人手都不足，经常拆东墙补西墙，这种临时性调动太平常了。侍卫们查验完他们的腰牌以后，就信以为真，放心地离开了。"

"我想见见那两名侍卫。"

"没问题，他们都被拘押在附近的牢房里，还没来得及问斩。"

"不过在这之前，我想问一下，这个徐他，是哪里人？"

"广陵人。两年前加入了虎卫。"

"哦，徐州人。"我随口说道。

许褚听到我的话，把刀平放在膝前，眼神里闪过一丝极力压抑的不快。

徐他的身份

曹公对徐州民众来说，并不是什么美好的回忆。在初平四年（193 年）和兴平元年（194 年），曹公的军队两次进攻徐州，屠戮了数座城池。在一些诗人的夸张形容里，泗水甚至为之断流。

我无意去指摘曹公的作为，但就结论而言，无疑徐州人都不喜欢曹公，或者说十分痛恨曹公。

徐他是徐州人，虽然他的籍贯是广陵，但说不定他有什么亲戚朋友在那两次大屠杀中丧生了。这么来看的话，他的动机很可能是要报仇——毕竟在徐州对曹公恨得咬牙切齿的大有人在。

"这是我的失职，在把徐他召入虎卫时，没有严格审查过。可谁又能料到一个广陵人会因泗水附近的屠杀而起了恨意呢？"

许褚在辩解，似乎在推卸自己的责任。可在我看来，他这么说，别有深意。不过我没有说破，时机还未成熟。

带着几丝疑虑，我来到关押那两名侍卫的牢房。这间牢房只是个临时羁押所，很简陋，如果里面的囚犯想逃跑的话，不用费太大力气。

守卫打开牢门的时候，那两名卫士正蜷缩在牢房里，听到开门声，两个人惊恐地抬起头。他们嘴边只有淡淡的胡子，还是两名少年。这场旷日持久的战争让每一个青壮年男子都拿起了武器。

我走进牢房，示意守卫把门关上，还不忘大声交代一句："如果我被挟持，不必管我，直接杀死劫持者。"

这是曹军的一项传统，是从夏侯惇将军开始的：对于劫持人质者，不必顾忌人质安危。这个原则貌似粗暴，却杜绝了许多问题。

"我受曹公的指派，来调查一下徐他的背景，你们要如实告诉我。"

我和颜悦色地对他们说，不需要多余的威胁。他们已经犯了足以杀头的大错，如果不趁这次机会将功补过，就是死路一条。

"你们之前认识徐他吗？"

其中一个点点头，另外一个摇摇头。那个说认识徐他的卫士叫郑观，他跟徐他还算熟悉。

郑观的描述和许褚差不多，刺杀当天，徐他带着两个陌生士兵走到大帐前，称这二人是从别处调拨过来接替虎卫执行宿卫工作的。郑观查验过腰牌发现无误，就跟他们换岗了。然后他和自己的同伴回到宿营地，一直待到被抓起来。

"徐他跟你换岗的时候，有没有说什么话？"

"例行公事，其他的没说什么。徐他一向是个沉默寡言的人。"郑观回答。

"例行公事的话也可以，每一个字我都要听。"

郑观仔细地回想了一下，告诉我："他说本该换岗的虎卫被箭射伤了，许校尉让他从其他部队抽调两个人来顶替。就这些。"

"他们当时穿的什么衣服？"

"普通的侍卫装。"

"三个人都穿着吗？你确定？"

"确定，虎卫是赭色的号服，和普通侍卫装不同。"

"刺杀发生以后，你们回到过现场吗？"

两个人一起摇摇头道："我们回去后一直在睡觉，直到被抓起来投入大牢。"

我低头沉思了一阵，又问道："你对徐他了解多少？知道他平时跟谁来往比较频繁吗？家里还有什么人？"

郑观很为难，他对徐他只是一般程度的熟悉。想了半天，他终于开口道："徐他性格比较孤僻，不大跟人来往，很少提到自己家里的情况。不过人倒还算热心，经常帮着我们念些布告、家书什么的。"

"他帮你们念布告？他认识字？"

另外一个人抬起头来说："是啊，他说是哥哥教的。"

"他还有个哥哥？"

"应该是吧。他是广陵人，不过口音很像是兖州地方，我们打趣他是个逃犯，他辩解说是跟哥哥口音走的。"

从牢房出来，我的心情有些沉重。可以肯定，许褚没有完全说实话。看来这位彪形大汉比他的外貌要精细得多，十句中九句都是实情，只在关键之处说了谎，如果稍不注意，很容易就会被蒙混过去。

幸亏我是个计吏，每天都跟数目打交道，就算是一个数字的闪失也是大麻烦，这让我养成了谨小慎微的习惯。

许褚说他在帐篷里遭遇的杀手，穿着虎卫号服。郑观却说换岗的时候，这些杀手穿的是普通侍卫服。这是一个微小的矛盾。

不过这个矛盾足以揭示许多事情。

现在还不好说谁对谁错，但许褚一定还有事情隐瞒着。这提示了我，在这之前，我有一个地方得去，希望还赶得及。等我做完那件事再去找许褚时，已经接近傍晚。我的衣服上散发着恶臭，让路过的人都掩住了鼻子。

我再次找到了许褚，开诚布公地说："我相信您对曹公的忠诚，但有些事情您没有说出来。"

许褚虎目圆睁，似乎被我的话冒犯了。我毫不胆怯，把我的疑问说出来。许褚不以为然，说也许是在站岗时偷偷换的号服。

"作为刺杀者，徐他怎么可能还有余裕去换衣服？何况他为什么要脱下虎卫服，换成普通的侍卫服，这有何必要？"

许褚有些烦躁地看着我说："一个满怀仇恨的疯子，是难以用常理去揣测的。"

"也许吧，但一个正常人可以用常理去揣测，比如您。"我盯着他的眼睛，把衣服上沾着的星点腐土拍下去。许褚皱起眉头，鼻子耸动一下，也闻到了我身上的这种味道，而且这种味道绝不陌生。

我深吸一口气道："我猜，您在刺杀结束后，先把徐他的尸体拖回了帐篷，又给其他两具尸体换上虎卫服，然后才汇报给曹公。"

"我图什么？"许褚忍不住反驳。

"是图对尸体的绝对处置权。"我回答，"谁都知道虎卫是您管辖的，如果刺杀者穿着虎卫号服而死，那么您将有权第一时间进行处置——如果死的是寻常侍卫，恐怕还要知会其他将领和仵作——您在仵作检查之前，一定对尸体动了什么手脚，来掩盖一些东西。还需要我继续吗？"

许褚的气势陡然减弱了，向曹公隐瞒刺杀事件的线索，这可是要掉脑袋的。如果这事泄露出去，就算他不死，也别想再做贴身侍卫了。

有那两个倒霉侍卫的证词，许褚想狡辩也没办法。许褚听到我的话，整个人的锋芒陡然消失了，长叹一声，双肩垂下，我知道他已经认输了。

"您除了给他们换了衣服，是不是还换了皮？"我眯起眼睛，不疾不徐。

我们四目相对，许褚苦笑道："任先生，真是什么都瞒不过你。"

"我花了一下午时间挖坟剖尸，在腐烂的尸体上找线索并不容易。"我冷冷地说，"在徐他的尸体上，我找到一片被剥皮的痕迹。想必那个就是您希望向其他人与仵作隐瞒的东西吧？"

许褚默然不语，他从腰带里拿出一样东西。我注意到这是一片人皮，巴掌大，似乎还带着淡淡的血腥味。

我暗自松了一口气，其实徐他的尸体已经腐烂得不成样子了，我只能勉强看到一些细微痕迹，认真起来的话这些证据什么都证明不了。我只能装出胸有成竹的样子去诈许褚，想不到居然成功了。

"这是我从徐他身体上剥下来的。你看了这片皮肤，就知道我为什么这么做了。"许褚递给我。

我看到那片人皮上有一个烙印，烙印的痕迹是一个字——霸。

"这是泰山郡处理囚犯用的烙印，霸指的是臧霸。"许褚深吸了一口气，"徐他是我招进虎卫的，他还有一个哥哥，这个人你也认识。"

"叫徐翁？"我问。

许褚点点头。我的脑袋"嗡"的一声，这次事情可复杂了。

螺旋的迷局

这个徐翁，可是个麻烦的人物。

他是兖州本地人，以前是曹公手下的一个将领。吕布在兖州发动叛乱的时候，他背叛了曹公。等到兖州被平定之后，徐翕害怕曹公杀他，就逃去了青州投奔琅邪相臧霸。曹公找臧霸要人，臧霸却不肯交出来，曹公没办法，就随便封了徐翕一个郡守。一直到现在，他还是不敢离开青州半步。

如果徐翕出于恐惧，派自己的弟弟来杀曹公，这倒也说得过去。

但我总觉得事情没这么简单。

徐翕无权无势，曹公若真想对付他，一万个也杀了。真正麻烦的，其实不是徐翕，而是站在徐翕背后的那位琅邪相——臧霸。

这位大爷是青、徐地界的地头蛇，在当地势力盘根错节，无比深厚。就连曹公都要对他另眼相看，把两州军事尽数交付给他。曹公与袁绍争霸，全靠臧霸在东边顶住压力，才能全力北进。现在他保持着半独立的状态，只听调，不听宣。

假如臧霸对曹公怀有反意——这也是曹公身边许多幕僚一直担心的，然后通过徐翕和徐他之手行刺曹公，这将会把整个中原的局势拖入一个不可知的旋涡。

"现在你明白我为何要那么做了？"许褚问我。

我谅解地点了点头。难怪许褚要偷偷把徐他的皮肤割下来，这个细节要传出去，影响实在太坏了。且不说徐翕、臧霸是否真的参与刺杀，单是旁人的无穷联想，就足以毁掉曹公在青、徐二州的苦心安抚。

许褚看来要比他的外貌精明得多，一个侍卫居然能站在这个高度考虑问题，实在难得。

"曹公知道这件事吗？"

许褚摇摇头道："徐他已经死了，我当时希望将这起刺杀当作普通的徐州人复仇案来结束，免得节外生枝。"

"难怪您开始时一直刻意引导我往那个方向想。"我笑道。

许褚不好意思地挠了挠头，说："我想得太简单了。"

"我也希望如此，这会让我省些力气，可惜事与愿违。"我苦涩地笑了笑，"你也知道，这起刺杀和那一封给袁绍的密信有关系。不把密信的作者挖出来，我们谁都别想安生。"

"我会去找虎卫详细询问一下徐他最近的活动，也许会有发现。"许褚说，然后站起身来。

"嗯，很好。我认为这营中至少还有一个人与徐他有接触。这个人的身份很高，有机会接触到木牍，而且有资格给袁绍写信。"

"我知道了。"

当下，房间里的气氛缓和起来。共同的压力，让我和许褚由一开始的敌对转变成了微妙的同盟。整个宿卫都是他来管理，他去调查要比我更有效率。

可惜在下一刻，我还是硬着心肠把这种气氛破坏无遗了。许褚正要离开，被我叫住。

"许将军，在离开之前，还有一件事情我需要与您确认一下。"我眯起眼睛，"我认为您的叙述里还有个疑点。"

许褚回过头来，出乎意料的是，他没有流露出气愤的表情。

"在之前的叙述里，您提到您在刺杀前回到营舍准备睡觉，忽然心中感觉到有些不安，所以才回到曹公大帐巡视，撞见了刺杀。您对此的解释是，你们这些从事保卫工作的军人，直觉往往都很准确。可是我不这么认为。"

"哦？"许褚抬了抬眉毛。这个小动作表明他既惊讶又好奇。

"您突然返回曹公营帐，极其凑巧地赶上了徐他行刺。这太巧合了，我觉得用直觉解释太过单薄。"

"先生的意思是，我也有份吗？"

"不，我只是忽然想到从另外一个角度去考虑……"我眯起眼睛，缓缓说出我的猜想，"也许主使者压根没打算让徐他行刺成功，而是让他故意暴露在您的面前。"

"可目的呢？"

"很简单。您知道徐他是徐翕的弟弟，又了解他身上的霸字烙印。如果徐他这个人意图行刺曹公，那么您会得出什么结论？"

"徐翕和臧霸在幕后主使。"

"没错，这样曹公和臧霸之间就会互相猜忌，整个东方都会陷入混乱，袁绍则可以趁机从中渔利。这是那个主使者的意图——当然，如果您没及时返回，徐他成功刺杀了曹公更好。这是一个双层计划，无论成功还是失败，主使者都能获得巨大的好处。"

许褚似乎追上了我的思路，他把手里的短刀抓得更紧，似乎要把黑暗中的那个主使者一刀砍翻。

"幸运的是，这个神秘的主使者虽然很了解您，但没料到您为了大局，私自把徐他的身份隐瞒下来，以至于曹公把刺杀当成一起普通事件，交给我来调查。"我拍了拍他的肩膀，"我们还有机会把他抓出来。"

"可我确实是心血来潮突然返回曹公营帐，那个主使者总不可能连这一点都算进去。"

"您确定是自己做的决定，而不是被人暗示或者影响？"我盯着他的眼睛。

许褚的表情变得不自信起来。

"这个给您暗示的人，也许与指使徐他进行刺杀的是同一个人。"我说，"所以许校尉您去调查的时候，可以在这方面多多留心。"

从许褚那里离开以后，我背着手，在军营里来回溜达。这个军营马上就要被拆除了，大军即将北移，许多士兵吵吵嚷嚷地搬运着木料与石头。

我又拿出那一枚木牍，反复观察，希望能从中读出更多的东西。一起失败的刺杀，几乎撬动整个中原的局势，这个布局的家伙，实在是个可怕的对手。

一队袁军俘虏垂头丧气地走过，随队的曹军士兵拿起长枪，不时戳刺，让他们走得更快些。这些可怜的俘虏前几天还是河北强军，现在却脚步仓皇，表情惊恐。所谓成王败寇，真是叫人不胜唏嘘。

看着他们走过身旁，我忽然停住了脚步，灵光一现。

我一直在想这枚木牍是如何在曹营里写就的，却忽略了几件事。它是如何从曹营流到袁营的？在袁绍营中又是被如何处置的？更重要的一点是，主使者给袁绍写这么一封信，目的何在？

这些疑问，有两个人应该可以回答。只是这两个家伙的身份有些敏感。我下意识地摸了摸曹公给我的符令，心想莫非曹公从一开始就预料到了这种状况？

我拉住一名军官，打听他们所住的帐篷。军官警惕性很高，直到我出示符令，他才告诉我具体位置。

原来他们所住的帐篷距离曹公的中军大帐居然只有三帐之远，这可真是殊荣。曹公在笼络人心方面，就像他对付反对者一样不遗余力。

这两顶帐篷前的守备十分森严，有足足十名士兵围在四周。我刚刚靠近，就有人喝令我站住，然后过来检查。士兵见我是个陌生人，便冷着脸问我干什么。我恭敬地回答道："在下是典农中郎将任峻，受司空大人所托，求见许攸许大人和张郃张将军。"

叛徒与功臣

许攸被曹公叫去商谈要事，一时半会儿还回不来，所以我先去见了宁国中郎将张郃。

张郃和我想象中的大将形象截然不同，他是个瘦长清秀的年轻人，手指修长而白皙，眉宇间甚至还带着几丝优柔的女气，没有寻常武将身上那种强烈的煞气。

张郃把我迎进帐篷，神情颇为恭敬。作为新降的袁家高级将领，他现在行事很低调，我注意到，他对把守帐篷的曹军卫士都客客气气的。

根据我的了解，张郃的投降经历是这样的：当曹公偷袭乌巢的时候，张郃建议袁绍立刻派兵去救援，袁绍的一位谋士郭图却坚持围魏救赵，去攻击曹公的本营，于是袁绍派了一支偏师去救援，然后让张郃率重兵攻打本营，结果本营未下，乌巢已被彻底焚毁，张郃发现大势已去，只好投降曹公。

据张郃自己说，他之所以投降，是因为郭图对袁绍进谗言，说他听到乌巢兵败后很开心。他怕回去会被袁绍杀害，才主动投诚。

我觉得这只是个美妙的借口。曹公大营距离袁绍主营有三十多里路，除非张郃有顺风耳，否则在前线的他不可能听到郭图对袁绍的"谗言"，然后阵前倒戈。

不过我无意说破。投降毕竟是一件羞耻的事情，大概张郃是想为自己找一个心安理得的借口吧，曹公想必也是心知肚明。这是人之常情，曹公都没发话，轮不到我这么一个小小的典农中郎将来质疑。

"请问您来找我，有什么事吗？"

张郃拿起我的名刺，露出不解的表情。我简要地把自己的身份说了一遍，张郃的眼神里立刻多了几丝敬畏。在他看来，我大概是属于刺奸校尉那种专门刺探同僚隐私并上报主公的官员吧。

"在下今日冒昧来访，是想询问将军袁公营中的一些事情。"

"只要不违反道义，您尽管问就是了。"张郃似乎松了口气，下意识地把额发往上撩了撩。这个小动作表明他很胆怯，却不心虚——而且说明他确实很在意自己的容姿。

"袁公麾下有'河北四庭柱'之说，其中颜良、文丑两位将军负责前锋诸军事，高览高将军坐镇后军，而居中巡防的就是将军您对吧？"

张郃微微得意地抬起下巴。

"我想再确认一下，自从两军交战以来，袁军大营方圆几十里内，都属于将军的巡防范围，有任何可疑的动静或者人都会由巡哨与斥候报告给将军，对吧？"

"是的……呃，应该说，大部分情况我都可以掌握。"张郃停顿了一下，又补充道，"曹公奇袭乌巢，真是一个杰作，我完全没有预料到。那可真是战争的最高美学。"

这个人真是太小心了，一丝言语上的纰漏都不肯出。我冲他做了一个安心的手势，表示这种事跟我没关系，继续问道："也就是说，如果曹公这边有什么人想给袁公传递消息，势必会通过您的巡防部队，才能够顺利送抵喽？"

张郃的脸原本很白皙，现在却有些涨红，两只丹凤眼朝着左右急速地闪动了几下，身子往下缩了缩。

我意识到自己太心急了，这个人属于极端小心的性格，这种可能会得罪曹营许多人的事情，他避之不及，又怎么会主动告诉别人。

"曹营与袁公往来之事，皆属军中机密。我只是个中郎将，不能与闻。"他的反应果然如我的预料，把自己择得一干二净。

我暗暗骂自己不小心，然后把眼睛眯起来，拖起长腔道："将军，您已是别人的眼中钉、肉中刺，还不自知吗？"

"郃一向与曹营诸君只秉持公义而战，却从无私仇。先生何出此言？"张郃试图抵抗，可他的防线已经是摇摇欲坠。现在的他，正处于每一个背主之人心志最为脆弱的时候，十分彷徨，稍微施加一点压力，就能把他压垮。

"从开战时起，曹公麾下有多少人送过密信给袁公，我想将军您心里有数。将军您掌管袁营防务，就算您自承未曾与闻密信通达，别人又怎会放心——以后您在曹营的日子，恐怕不会好过哪。岂不闻错杀之憾，胜若错失？"

这就近乎赤裸裸的威胁了，其中的利害，不用我细说，张郃也会明白。我看到张郃的皮肤上开始沁出汗水，便开口劝慰道："不瞒将军您说，我这次来，乃是奉了曹公的密令，追查其中一封密函。这件事办好了，曹公便会将所有信函付之一炬，表明不予追究。届时那些写信之人便不必疑神疑鬼，将军也就解脱了。"

极端小心之人，意味着极端注重安全。只要抓住这一点，他们便会像耕地的黄牛一样俯首听命。张郃思忖片刻，终于向我赔笑道："任先生如此推心置腹，我自然知无不言，言无不尽。"

根据张郃的说法，在袁营与曹营之间，并不存在一条固定的通信渠道。大部分情况下，是曹营里的人秘密遣心腹出营，半路被巡防袁军截获。这是件极其危险的差事，即便逃过了曹营的哨探，也会经常被袁军误以为是敌人而杀死。及时表明身份侥幸没死的，会被带去张郃处，人羁押起来，密信转呈给袁绍。直到袁绍下了命令，送信之人或杀或放。

张郃的责任是送达，但没有权力拆开信件。他如果私拆，别说袁绍，郭图第一个就不放过他。所以送的是谁的信、里面什么内容，他一概不知道。

"巡防会有每一次送信的记录吗？"

"这是极机密的事情，中军或许会有保存，但我没有。"张郃苦恼地回答，仿佛这是他的错。

"那你还能记得什么时间送过什么样的密信吗？"

张郃摇摇头，军中事务繁重，谁都不会去关心这些细枝末节。我估计也是这样，但还是有些失望。我仔细回想了一下之前的对话，忽然眼睛一亮。"您刚才提到，那是大部分情况下，就是说还有例外喽？"

"嗯，是的，有些极少数情况，还有信要送回去。这时候就需要巡防的人跟随信使，以防止被我军误伤。必要的时候，我们还要吸引曹军哨探的注意，让信使顺利溜回去。"

"冒着这么大的风险去回信，看来是非常重要的事情啊……"我搓动手指，觉得看到了一丝光亮，还有什么事情比刺杀曹公更重要呢？

"这样的事情发生了几次？"

"一次。"张郃毫不犹豫地回答。琐碎的普通密信，他也许没什么记忆。但这种需要护送回信的特例，他一定留有深刻印象。

"什么时候？"

"九月十日。"

果然是在曹公遇刺之前。我连忙追问："你还记得信使的相貌或者声音吗？"

张郃回忆了片刻，最终还是摇了摇头。"他用黑布裹住了脸，从始至终都没出声。"

我还想再问问细节，不料帐篷外忽然传来脚步声，然后响起卫兵的阻拦声和一阵大声的叱骂。很快卫兵败下阵来，脚步声接近了我们这顶帐篷，随即门帘被掀开。

闯进来的人是个中年人，整张脸是个倒置的三角形，下巴像一把削尖的锥子，一看就是相书上说的刻薄之相。

他冷冷地瞥了一眼张郃，从牙缝里挤出三个字："哼，叛徒。"

张郃大怒，不顾风度地站起来，反唇相讥："你又算什么？"

"别把我和你相提并论。尔等是见风使舵，岂比得上我逆水行舟？"中年人得意扬扬地将了将山羊胡，把注意力放到我身上，"你就是任峻？"

"是的，您是？"其实我已经猜到了答案。

"很快曹公就会奏请天子，封我这位官渡的大功臣高爵上职，起码两千石以上——你就先称呼我为许大夫吧。"

许攸居高临下地对我说道。

杀意

许攸如今可是个大名人。曹公最艰苦的时候，曹营的人都呼啦啦地往袁绍那里跑，这位许先生却反其道而行之，连夜从袁绍那里投奔了曹公。听说曹公当时高兴得连鞋都没穿，光着脚出来迎接他。

偷袭乌巢的计划，就是许攸向曹公提出来的，这才有了官渡的大胜。所以他看不起张郃，又自称是大功臣，实在是无可厚非。

"许大夫，我们去您的帐子里谈吧。"我看了一眼张郃，不想太刺激这位投诚者。

"也好，我那里毕竟大一些，卫兵也少一些。"许攸临走前还不忘讽刺一下张郃，张郃气得面孔发紫，却无可奈何。

到了许攸的帐篷里，我恭敬地坐在下首。许攸吩咐下人端来一壶酒和两个酒樽，夸耀道："曹公军中，酒是违禁之物。这酒还是从袁本初那里缴获的，曹公赏赐给我，所以请随意饮用。"

他已经开始用轻蔑的口气来称呼袁绍了。我暗自感慨，然后恭维了几句，双袖一拱，把杯中酒一饮而尽。香洌辛辣的液体从口腔流入胃袋，让我整个人的精神都微微一振，不愧是产自河北的好酒啊。

"你找我有何事？"许攸问。

我把来意说了一遍，末了又补充道："许大夫，您当初在袁营里是第一谋士，河北军政所行，无不出自您的谋划。所以我想幕府之事，询问您再合适不过了。"

许攸喜欢恭维，那么我就多奉承几句好了。果然，这几句话说出来，许攸的面孔欢喜得似乎开始放光，连连举杯劝酒。我趁热打铁地提出了自己的问题。

"您可曾与袁公商议过关于曹营密信的事？"

我的问题一出，许攸的表情迟疑了一下。傲慢如他，也知道这件事的严重性，可惜刚才已经夸下海口，他现在恐怕已经不好意思推托。从某种意义上来说，他比张郃还容易受影响。

"呃……这个问题嘛，很敏感，相当敏感。"许攸开始打官腔。

"是啊，所以若非您这样身居要职之人，是没办法知道详情的。"我敲砖转脚，不容他反悔。

望着我逼视的眼睛，许攸只得应道："那时候每天都会有密信偷偷送来给袁本初，数量太大，所以几个谋士——主要是我和郭图、辛毗几个人——轮流审看，只有特别重要的，才会送到袁本初那里去做最后定夺。"

"您呈递过类似的信件吗？尤其是木牍，涉及曹公人身安全的。"

"没有。"许攸有些赧然，他刚夸口说自己经手了袁绍的全部机密。但他很快说道："我记得每一个写密信的人的名字，你要一份名单吗？"

"那个就不必了……"我有些失望，"那您有没有听别的幕僚提过？"

许攸认真地回想了一下，用指头点了点太阳穴。"郭图郭公则，这个讨厌的家伙曾经有一次跟我炫耀，说袁本初答应他，等打下许都捉住皇帝以后，就封他当尚书令。我当然不会相信他的吹牛，反驳说曹军尚在官渡，你就做起春秋大梦，实在可笑。郭文则只是冷笑，丢下一句话说曹贼克日必亡。"

我心中一动，那木牍上写着类似的话：克日必亡。看来两者之间一定存在着什么特别的联系。

现在事情有些眉目了。曹营里的这个神秘人向袁营送了密信，由张郃的巡防部队转给郭图，然后再转给袁绍。袁绍看完以后很重视，专门回了一封，让张郃护送信使回曹营。紧接着，这个神秘人就唆使徐他前去刺杀曹操。

"您是怎么从袁营跑来曹营的？"我忽然想到一个问题，开口问道。

许攸不以为意地挥了挥手说："小事一桩，我先对袁军巡防说要去视察，然后绕到官渡以南，快马加鞭，从你们的后方随粮车进去，表明身份，你们的卫兵自然就会送我去见曹公。"

"为什么要特意绕到南方呢？"

"废话！"许攸毫不客气地教训道，"袁、曹两营对峙，中间地带只要有会动的东西，还容不得你说话，就被袁军弓手射死了，要么就是被曹军的霹雳车砸死，不绕行就是死路一条。你这小吏没见过阵仗，哪里知道这其中厉害。"

"绕到南方就安全了吗？"

"那当然，南方多是运粮队，警惕性要差一些。"

听了他的话，我微微露出笑意。我也许没打过仗，但说到粮草运输，我可有着不输给任何人的自信。

他这段描述对我来说，提示已经足够多了。

"对了，您对张衡的《二京赋》可有什么心得？"我有意无意地问了一句。

许攸没料到我会忽然问一个离题万里的问题，愣了一下，才回答道："曾经在家兄府上读过，不过已经记不得内容了。"

"是啊，在这个时代，谁还会去背那样的文章。"我回答。

从许攸的帐篷出来，已经是深夜了。我长长地伸了一个懒腰，觉得十分疲惫。我从乌巢赶回官渡，马不停蹄地调查了一整天，身心俱疲。目前的调查还是在外围兜圈子，不过包围圈已经收紧，逐渐接近曹公想要知道的主题了。

此时满天星斗灿然，我把怀里揣着的木牍取出来把玩，忽然有一种不真实的奇妙感。次日这里就要拔营，曹公即将接管整个中原大地，成为不可撼动的霸主。

假如徐他能够成功的话，那么这一切将完全颠倒过来，袁本初将率领大军南下许都，我则会变成张郃那样的投降者，或者在某一场战斗中殉难吧。就像刚才许攸在醉酒后嚷嚷的那样："蠢材们，如果没有我，你们就都沦为阶下囚了。"

有时候，整个历史就取决于一个人在短短一瞬间的举动，这可是董狐、司马迁和班固他们从来没有想过的。

我正沉醉地想着这些事情，不知从何处的黑暗里射出一支飞箭，刺入我的胸膛，把我整个人向后推去。

幕后之敌

当箭尖触及我胸膛的时候，我听到一个清脆的撞击声，然后整个人仰倒在了地上，疼得眼冒金星。

救了我一命的是曹公的司空印，这枚铜制符印成功地挡住了箭矢的突刺。

我在黑暗中不敢有任何动作，那个不知名的杀手一定潜伏在附近，观察着这里的状况。如果我贸然起身，恐怕就会招致更多的冷箭。

是意外吗？

我很快就否认了，在这种没有蜡烛的黑夜里，杀手还能准确地把箭射入我的胸口，一定是处心积虑观察过我的行踪才下的手。

看来我的调查惊动了一些人。反过来想的话，我应该已经接近真相了。

我躺在地上，又是郁闷，又是欣慰地想。如果杀手就此罢手离开还好，如果他想摸过来检查尸体，那我真不知道该怎么办才好了。我的格斗水平不高，很可能会被杀手"再度"杀死。

这时远处有微弱的光芒闪起，是巡夜的士兵提着灯笼走过来了，我暗自松了一口气。等到士兵靠近，我从地上抬起头来，表明身份，吩咐他们把光源拿得远一些，然后让四个人围住我。这样那个在暗处窥视的杀手，便拿我没有办法了。

我就这样回到了帐篷，发现许褚居然在等我。他看到我受了伤，大吃一惊，连忙剥开我的衣服检查。好在司空印卸掉了大部分劲力，胸膛除了淤青以外倒没什么别的损伤。许褚让侍卫取来军中常用的活血老鼠油，给我揉搓了片刻，我感觉稍微好了一些。

"这是用来射我的箭。"我递给他一根箭矢。刚才那箭被我挡住以后，掉落在脚边，被我偷偷捡了起来。

许褚拿起来检查了一番，把箭杆拿给我看，一脸认真地说："这根箭矢是袁绍军的。"

"你怎么知道？"我很好奇，这些东西在我这外行人眼里长得都一样。

"你知道，弓弧和箭长必须相匹，否则准头会变得很差。为了防止射过去的箭为敌军所用，我军的箭矢都是二尺三寸长，使用的弓也是相匹配的。而袁绍军通用的是二尺五寸长。"

"我可是在黑暗中被正正射中胸膛哪……"我沉吟道，"就是说，要么那个人是养由基再世，要么就是他有一张袁军用的弓。"

"也许两者兼有之。"许褚感叹，"不能从这方面查一查吗？"

"谈何容易。咱们缴获了多少袁绍的粮草军器，我心里可有数。想查出谁多拿了几支箭矢一张弓，根本不可能。"

"我马上去跟曹公说一声，封闭大营，挨个帐篷检查，不信抓不出来。"

"曹公的意思是要低调地进行调查。你这么干，等于把整个中军大营都掀起来了。"

"那你岂不是白挨了一箭？"

"也不完全是……"我想直起身子来，猛地牵动胸口肌肉，疼得龇牙咧嘴，"对了，你这么晚来找我，是有新发现了吗？"

许褚抓了抓头。"我问过了虎卫的人，徐他最近表现得很正常，除了另外两个杀手，他很少跟别人接触，也几乎没离开过大营。"

"几乎没离开？就是说还是离开过喽？"

"因为张郃曾经游说袁绍偷袭我军后方，那段时间营里很紧张。每次运粮队靠近，都会由虎卫离营三十里南下去接应运粮队。徐他出去过一次，前后也就一个时辰吧。"

"那是在什么时候？"

"八月底吧。"

我闭上眼睛想了想，坚定地说出一个日期："八月二十五日。"曹军粮秣的所有运输计划，都在我的脑子里，在八月底到九月初之间，对曹军大营唯一一次进行大补给的行动，就是九月五日。如果必要，我甚至还能说出那一次粮车、牲畜和民夫的数量。

"可这又能说明什么呢？徐他与绕道南路的袁绍奸细接头？"

我轻轻地摇了摇头，这在日期上对不上。事实上，按照张郃的说法，袁绍军在九月十日才接到神秘人的来信，然后在九月十一日凌晨送信使回去，刺杀发生在十四日。

"你知道这个顺序意味着什么吗？"我有节奏地拍着大腿。

从许攸的证词里可以判断，袁绍一直到十日接到神秘人来信，才有所反应。在这之前，袁军全不知情。

"这说明，袁绍不是刺杀的策划者，他只是一个配合者，只是一枚计划内的棋子罢了。"我感叹道，"大手笔，真是大手笔。袁本初坐拥大军几十万，也不过是一枚棋子罢了。"

许褚有点跟不上我的思路，我放慢了语速："既然袁绍只是配合，说明刺杀计划另有筹谋之人。仔细想想，如此迫切希望曹公遭遇不测进而搅乱中原局势的，除了袁绍，还会有哪方势力呢？"

"那可多了，孙策、刘表、马腾……"许褚一五一十地数起来。

"那些都是外敌。而这个敌人，明显出自内部。"我断然否定，"袁公此人，族内四世三公，他一向眼高于顶。曹营送来那么多通敌文书他都不屑一顾，而神秘人送来的密信，他居然特意委派大将张郃亲自护送其回曹营——能让袁本初如此重视的，天下能有几人？"

我的话，不能说得再透了。许褚瞳孔骤然收缩，因为他大致猜出了我的意思。

我们的目光同时投向南方，在那边有一座叫许都的大城，许都大城里有个小城，小城里住着一位瘦弱的年轻人。

"陛下吗……"许褚的声音几乎轻不可听。

感谢

皇帝陛下大概是这个时代最矛盾的人了。他是天下之共主，却几乎没人在乎他；普天之下莫非王土，他却没有立锥之地——但他偏偏还代表着最高的权威。

我身为司空府的幕僚，对于皇帝的处境很了解。公平地说，曹公把这位皇帝弄得确实是太郁闷了。我朝历代皇帝之中，比他聪明的人俯拾皆是，比他处境凄惨的也大有人在，但恐怕没人如他一样，混得如此凄惨而又如此清醒。

就在今年年初，这位皇帝发动了一次反抗，结果轻而易举就被粉碎了。为首的车骑将军董承和其他人被杀，刘备外逃。皇帝陛下虽然不用担心自己的安全，却只能眼睁睁地看着自己已怀孕的妃子被杀掉。

眼下曹公和袁绍争斗正炽，怀着刻骨仇恨的皇帝陛下试图勾结外敌，从背后插一刀，也是可以理解的吧。

当然，皇帝本人是不会出现在曹军官渡大营里的，他会有一个代理人。这个代理人策动了徐他去刺杀曹操，也是他写信给袁绍要求配合，然后在暗中射了我一箭——他就是我最终需要挖出来的人。

虽然董承已经死了，保皇派星流云散，但仍旧有许多忠心汉室的人。比如曹公身旁他最信赖的那位尚书令荀彧，就是头号保皇派。所以曹公麾下有人会暗中效力汉室，我一点也不意外。

我军的粮草大部分都从许都转运，皇帝陛下在运粮队里安插几个内应，然后让这个代理人以运粮队为跳板往来于曹、袁之间，是最好的选择。毕竟曹军巡防都不会特别留意从后方过来的运粮队。

董承才失败不到半年，这位皇帝又策划了这么大一个阴谋，他对曹公的恨意还真不是一般深哪。我暗自感慨。

"那个问题，你想清楚了吗？"我问许褚。

许褚摇摇头道："我仔细回想了半天，那天在回营的路上我碰到过好几拨人，但我跟他们都没说过话。我确信我突然返回中军营帐的决定，是直觉，不是受别人影响的。"

"不说话不代表什么。"

人的心理是很奇怪的，有的时候会非常容易接受暗示，甚至他们自己都不会觉察到这种暗示的存在，把它当成自己独立做出的决定，并确信无疑。

于是我让许褚把碰到的人写一份名单给我，要详细到他们碰到许褚时的姿态、表情、动作，甚至包括他们跟别人的交谈。

这可苦了许褚，他在我的营帐里待了一夜，又是挠脑袋，又是抓胡子，绞尽脑汁。

次日清晨，我一大早就起了床。许褚很细心地派了两名虎卫给我，还拍着胸脯说这两个人都是谯郡出身，非常可靠。他的两眼发肿，一看就熬了通宵。

"乐进、韩浩、张绣、夏侯渊……每一位都是独当一面的大人物哪。"我接过他写的名单，感叹道。

不过这些人和许褚都没有什么交谈，最熟的夏侯渊冲他拱手说了两句毫无意义的寒暄话，像张绣、韩浩，甚至没打招呼就迎面过去了。

我把名单揣到怀里，走出营帐。光天化日之下，我想我还算安全。神秘人既然选择了在暗夜出手，就说明不希望暴露自己的身份。他胆敢在白天再射我一箭，真面目恐怕立刻就会被拆穿。许褚的两名护卫一前一后跟着我。

今天是移营的日子，营地里很是热闹。我迎面看到曹公和许攸骑马并辔而来。许攸看到我，只是冷漠地拱了拱手，曹公倒是拉住缰绳，对我笑着问道："伯达，如何了？"

我迟疑了一下，回答道："有了些头绪，只是还要再参详一下。"关于徐他身份的事情，我还不能说，免得影响曹公的心情和青州的局势。同样，我也不能公开说皇帝陛下与这起事件有关。

"我听说你还被那个人射了一箭，这可太不像话了。"曹公语带恼怒，但我听得出来，他对我没闹得满营皆知很满意，他就喜欢"识大体"的人。

"若没有许大夫，必不能如此顺利。"我转向许攸，深深施了一礼，许攸脸色好看多了。

曹公大笑道："若没有子远，别说你，就连我都要死在官渡。咱们都得感谢子远。"

许攸在马上淡淡应道："不必谢我，先感谢郭嘉。"

"郭祭酒回来了？"我有些惊讶。

曹公道："他刚从江东回来，身体不太好，一直在休养。今天移营，他坚持要随军前行，所以在营外的一辆大车里。你有空可以去探望他一下。"

拜别了曹公和许攸，我带着两名护卫来到了曹公遇刺的原中军大帐处。大帐虽然已经被拆除了，但从地面上的凹痕与木桩看，还是能够大致勾勒出当时的样子。

现场和许褚描述的差不多，大帐扎在这附近唯一的一处山坡下方，是一个反斜面，除非弓箭会拐弯，否则根本无法危及帐内之人。

但帐外就不同了，小山坡能够遮蔽的范围，只有大帐周围大约数尺的距离。离开这个范围，就是开阔的平地。我慢慢走到当时第三个杀手被射死的位置，朝着袁绍营地的方向望去，在心里默默地估算。

袁营只要有一个十丈高以上的箭楼，就可以轻易威胁到这个区域。我用脚踢了踢土地，土还带着一抹隐约的红色。

"那几天，袁军的兔崽子们很嚣张呢。"我身旁的一名护卫感叹道，"我们出门如果不带盾牌，就是死路一条。好几个兄弟，就是这么死掉的。"

另外一个护卫也插嘴道："幸亏刘大人的霹雳车，要不然日子可惨了。"

刘晔改良的霹雳车，是曹军的法宝。霹雳车所用的弹索与石弹都是定制的，根据发石的远近，要选取不同弹索与不同重量的石弹。所以只要操作的人懂一点算学基础，就能比普通的发石车精准许多。

我听到他们谈起霹雳车，回头问道："九月十四日那天，这附近布置了霹雳车吗？"

"对啊，还砸塌了敌人一座高楼呢。"护卫兴高采烈地说。

"高楼？在什么位置？"

护卫指了指一个方位，我目测了一下，又问道："那楼有多高？"

"怎么也有二十多丈吧。"护卫挠挠头。

"它附近还有其他箭楼吗？"

另外一个护卫答道："有，不过都比那座矮一点。"

"砸塌那座箭楼是什么时候的事？"

"午时。当时我还想去霹雳车那儿祝贺一下，不过很快中军帐就传来刺杀主公的消息。我就赶来这里，没顾得上去。"

"就是说，砸塌箭楼是在刺杀事件之前发生的。"我心里暗想。

袁绍军的箭楼并非统一的高度，高低各有不同，有高十余丈的，也有高二十余丈的，错落布置在营地之中。

从曹军的角度来看，袁军的箭楼林立，逃走的杀手被飞箭射杀实属正常，这是长期处于袁绍箭楼威胁下所产生的心理定式。这种定式，让他们忽略掉一个重要的因素——只有高于二十丈的箭楼，才能危及这个区域。

但在刺杀发生前，唯一的一座高箭楼已经被霹雳车摧毁。

也就是说，至少在九月十四日午时这段时间，袁绍军无法威胁到这个区域。所以这第三个杀手，是死于曹营的箭矢之下。

"不可能。"许褚断然否定了我的推测，"我仔细检查过了，射死杀手的那支箭，是袁军的。"

"射我的那支箭，也是袁军的。"我懒洋洋地回答，"别忘记了，袁绍曾经把信使送回曹营，也许那信使会随身带几支箭矢。"

"但那个贯通的伤口的位置，明显是从上方斜射而入，这一点我还是能分辨出来的。如果躲在营地附近射箭，我早就发现了。"许褚争辩道。

我冷冷地道："别忘记了，我军也有箭楼。"

曹军的大营并非一个矩形，而是依地势形成的一个近乎凹字的形状。中军大帐位于凹形底部，两侧营地突前。如果是在两翼某一座箭楼朝中军大帐射箭的话，很容易让人误以为是从外面射入的。

那个神秘人，恐怕就是一早躲在箭楼里，手持弓箭监视着中军大帐的动静。一旦发现杀手失败向外逃窜，就立刻用早准备好的袁军箭矢射杀，以此来造成那名杀手死于意外的飞箭的假象。

可惜霹雳车的出色发挥，反而把他暴露出来了。

"我立刻去查！"许褚站起身来。箭楼是曹军的重要设施，每一座都有专职负责的什伍，想查出九月十四日午时值守的名单，并非难事。

许褚在军中的关系比我深厚，查起来事半功倍。很快他就拿到了一份名单，但我看他的表情，就知道事情没那么简单。

曹军为了与袁军对抗，除了霹雳车，也修建了许多箭楼来对抗。因此在十四日午时前后，在箭楼上与袁军弓手对抗的士兵和下级军官，足有二百三十人，连高级将领也有十几个人驻足过。

没有精确的时间计量，从这些人里筛出那个神秘人实在是大海捞针。要知道，箭楼之间的对抗极其残酷，每个人都需要全神贯注在袁军大营。神秘人偷偷朝反方向的曹营射出一箭，只要半息时间，同处一座箭楼的人未必能够发现。

调查到这里，似乎陷入了僵局。

"接下来的事情交给我吧。"

我拿起那份名单，决定去请教一下司空军祭酒郭嘉。

这个年轻人半躺在一辆大车里，身上盖着珍贵的狼裘。他的额头很宽。全身最醒目的地方是他的一双眼睛：瞳孔颜色极黑，黑得像是一口深不可测的水井，直视久了有一种要被吸进去的错觉。

"郭祭酒，南边一定很温暖吧？"我寒暄道。这个人据说在南边干了一件惊天动地的大事，那件大事与中原局势干系重大，连高傲的许攸都不得不承认，官渡之战，要首先感谢郭嘉。

"别寒暄了。"郭嘉抬起手，露出自嘲的笑容，"直接说正题吧，我没多少时间了。"

我把整个事件和猜测毫无隐瞒地讲给他听，然后把名单递给他。郭嘉用瘦如鸡爪的苍白手指拂过名单，慢慢说道："董承之后，陛下身旁已无可用之人。即便曹公突然死了，他也不过是个再被各地诸侯裹挟的孤家寡人——除非他能找到一个拥有势力的合作者。这个合作者的势力不能大到挟天子以令诸侯，但也不能小到任人欺凌。只有如此，在他一手搅乱的中原乱局中，才能有所作为。这是其一。"

然后他伸出了第二根手指。"这个合作者，必须有一个与陛下合作的理由，不一定是忠于汉室，也许是痛恨曹公。这是其二。"

"刺杀曹公这个局，发自肘腋，震于肺腑。所以这个合作者，必须来自曹公阵营，方能实行。这是其三。"郭嘉弯下了第三根指头。

我听到他的分析，心悦诚服。这就是差距啊。

"拥有自己的势力，身处曹公阵营，又对曹公怀有恨意。从这份名单里找出符合这三点的人来，并不难。"

"可是对曹公的恨意，这个判断起来很难，毕竟人心隔肚皮。"

郭嘉轻轻笑起来，然后咳嗽了一阵，方才说道："不一定是曹公曾经对他做过什么错事，也可能是他对曹公做过什么错事，所以心怀畏惧嘛。"

我打开名单，用指头点住了一个人的名字。郭嘉赞许地点点头："先前我只知道他枪法如神，想不到箭法也如此出众。至于那个策划者……"

"我大概知道是谁了。"我拿出那封木牍密信，递给郭嘉，指给他看。他接过去，苍白的指头滑过上面的刻痕，露出奇妙的微笑。

"曹营的往来书信，应该都还有存档吧？"郭嘉说，又提醒了一句，"不是让你去查笔迹。"

"我知道。"

The Truth Is Out There

北地枪王张绣，那是一个传奇性的人物。

自从董卓兵败之后，西凉铁骑散落于中原各地，其中一支就在张绣及其叔父张济的率领下，盘踞在宛城。

后来张济死了，曹公一直想收服这支劲旅，与张绣反复打了几仗，有输有赢。建安二年（197 年）的时候，张绣终于投降。当曹公走入军营的时候，迎接他的却是一支严阵以待的大军。在那场变乱中，曹公失去了他的长子、侄子和一员大将，两家遂成仇敌。

曹公与袁绍开始对峙之后，所有人都认为张绣会投靠袁绍。结果出乎所有人的意料，张绣听从贾诩的建议，赶走袁绍使者，再次投靠曹公，曹公居然也答应了。于是张绣作为曹军新参将领，也来到了官渡。

作为一位诸侯，曹公表现出了恢宏的气度；但作为一位父亲，我觉得他不会这么轻易原谅张绣——张绣大概也是这么觉得的，所以不惜铤而走险。

但真正让我在意的，不是张绣，而是他身旁那个人。张绣的一切行动，都是出自那个人的智谋——也许也包括这一次。

只凭借一个小小的虎卫，就几乎改变了整个官渡乃至中原的走向。这种以小博大的精湛技艺，我曾经见识过一次。那是在长安，那个人轻飘飘的一句话，致使天下大乱。

贾诩贾文和。

我们三人此时正置身于一座破败的石屋。石屋位于官渡通往冀州的大路上，曹公的大军正络绎不绝地朝着北方开去。官渡已经没有营寨，我在行军途中截住了张绣与贾诩，把他们带来这座石屋。

我不担心他们会杀我灭口，聪明如贾诩，一定知道我来之前就有所准备。

其实我如果直接把结论告诉曹公，任务就算完成了，至于如何处置那就是曹公的问题了。但我想把这件事弄清楚，既是为了曹公，也是为了我自己。我胸口的伤仍旧隐隐作痛。

"伯达，你为什么认定是我呢？"贾诩和颜悦色地问。

"那封密信。"我回答，"我太蠢了，从一开始就绕了圈子。直到郭祭酒提醒，我才把这个细节与事实匹配上。"

我掏出木牍，丢给贾诩。木牍上的字历历在目："曹贼虽植铩悬廐，克日必亡，明公遽攻之，大事不足定。"

"文风这种东西是很奇妙的，就像人的性格，无论如何去掩饰，总能露出一些端倪。"我点了点"植铩悬廐"那四个字，"我去查过，这四个字的用法很特别，来自张衡的《二京赋》。"

"徼道外周，千庐内附，卫尉八屯，警夜巡昼。植铩悬廐，用戒不虞。"贾诩徐徐把这一段朗诵出来，拍着膝盖，表情颇为陶醉。

"许攸说得不错，在这个时代，没人会去背诵这东西——除非他是饱学之士，比如您。"我盯着贾诩的眼睛。

乱世飘摇，汉代积累下来的那些书，散佚的极多，那些传承知识的经学博士大多丧亡流散，许多名篇就此失传。有时候一个郡里甚至都找不出一个大儒。在曹营里，有能力接触到张衡《二京赋》并熟极而流的，只可能是那些受过高等教育的大儒或者贵胄，可以限定到很小的范围内。

我拿出一摞书信，丢在地上。"我查阅了曹营的往来文书，只有文和你经常引用《二京赋》的词句，非常频繁。不需要我一一指出来了吧？"

"唉，你知道，我曾经历过洛阳燔起、长安离乱，吟诵起《二京赋》，更有一番感慨啊！没办法，我太喜欢那一篇了。"贾诩仰起头，眼神有些迷茫，仿佛又回想起那个混乱不堪的时代。

不过我没表示任何同情和谅解，洛阳大火姑且不论，长安城的崩乱他绝对是有责任的。

"是的，都是我策划的。"贾诩很快恢复了平静，我从他的表情看不出任何惊慌。反倒是在他身旁的张绣有些尴尬，眼神闪烁。

"是的，我知道。"我也平静地望着他。

贾诩看到我的表情，笑道："我已经准备了一个很好的替罪羊。这个人选你会喜欢的。"

"你为何如此笃定我会接受这个建议？"我冷冰冰地反问，心中升起一股怒气。这个家伙在被揭穿以后，还如此笃定，一副把我吃定的样子。

"因为这个建议对大家都有利。这样你就可以向曹公交差，我们也不必头疼了。"

"我对你的建议没兴趣，我只想知道真相。"

"真相你不是都知道了吗？皇帝陛下拜托我来刺杀曹公，我却失败了。"贾诩拍拍张绣的肩膀，张绣一脸不自在地躲开了。

"我倒是有另外一个猜测。"我语带嘲讽，对上这个老狐狸，可一丝都不能放松。

"愿闻其详。"贾诩不动声色。

"你们根本没打算杀曹公，对不对？"

听到我这句话，贾诩的眼神陡然一变。

"我问过许褚了，他十四日换岗后没和任何人交谈，直接回了营帐。唯一被暗示的机会，只能是在半路上——而他肯定地回答我说没和任何人说过话，于是我让他尽力回忆所有碰到的人，其中就有你。"

我突然转向张绣。"建安二年你搞的那场叛乱实在太有名了，每一个曹家的人都记忆犹新。贾诩安排你故意与许褚迎面而过，不需要任何接触，以许褚的谨慎与责任心，自然就会联想到曹公的安全，从而折返检查。"

张绣面露苦笑，若是知道自己在曹军将领心目中就是这么一副形象，没准就不会来投诚了。

"你故意在许褚面前晃了晃，然后赶去箭楼监视中军大帐。等到许褚及时赶到以后，你把所有的漏网之鱼灭口。你在箭楼上，还有另外一重意义，就是如果许褚没有接受暗示及时进入帐篷，你将替他杀死徐他，以免殃及曹公。"

贾诩笑眯眯地看着我问："郭奉孝是这么告诉你的？"

"差不多。"我点点头。

"我们大费周折弄出一次失败的刺杀，又是何苦？"

"不是你们，而是你。"我纠正他的用词，"如果我猜得不错，刺杀是一个脑子发热的笨蛋搞出来的，而你作为他的监护人，只能拼命为他擦屁股。"

贾诩一阵苦笑，不置可否。

结局

屋外的车马辚辚地前进着，屋子里却是一片寂静。一直没说话的张绣忽然站起身来，手里攥紧了一杆长枪。

他莫非想把我灭口？

张绣走到我面前，枪尖从我鼻子前划过，我却纹丝不动。他表情抽搐一下，右手颓然下垂，猛然回头对贾诩说道："文和，一人做事一人当，你别说了。"

"你闭嘴！"贾诩皱起眉头，像一个严厉的父亲在训斥自己的孩子，"你还嫌自己惹的麻烦不够多吗？"

张绣委屈地撇了撇嘴，却不敢直言抗辩。

贾诩无奈地把目光投向我。

"伯达，事到如今，如果你想知道真相，我可以告诉你。至于告不告诉曹公，你自己决定就是。"

"好。"我点点头。贾诩肯自己开口，是最好不过了。我手里虽然有证据，可惜以推测为主，真凭实据没有多少。如果他抵死不认，我也没办法。

但我没办法不等于曹公没办法，曹公不是县衙里的县官，他不需要用证据来定罪。只要我的解释合乎情理，他就会对贾诩、张绣起疑心，这才是最危险的事情。

所以我断定贾诩一定会被迫主动开口。

"首先我得说，你的推测基本上都是正确的，我们的幕后主使确实是皇帝陛下——准确地说，是他的幕后主使。"

他的目光投向了张绣，我换了一个跪坐的姿势。

"张绣这孩子和曹公的关系，你是知道的，拿不共戴天来形容都不过分，毕竟曹公的大儿子和爱将都是死在我们手里的。"贾诩轻描淡写地说着，但我知道这件事对曹公冲击力之大，远非别人可以想象。

"我从中平年间开始，就去了南阳。他叔叔张济跟我有旧，我得照顾好故人侄子。跟曹公打的那几场仗，都是我给出谋划策，以求自保，说曹昂与典韦之死出自我手，也不为过。但我并不希望事情这么下去，良禽择木而栖，良臣择主而依，在这个乱世，必须找到合适的靠山，才能生存。"

"所以你劝他投降了曹公？"

"对。曹公与袁公对峙以来，袁绍派使者来招揽，我便说服张绣选择曹公而不是袁绍，曹公就如同我推测的那样，对我们厚加安抚。但安抚不代表信任，曹营诸人对我们的态度始终不冷不热，充满猜忌。我一个老头子无所谓，可绣儿还是个年轻人，哪里忍受得了这种待遇。"贾诩说到这里，语速放慢，"这个时候，皇帝陛下的使者出现了。"

"那时候董承应该已经覆灭了吧？"

"对，所有人都认为陛下遭受了空前沉重的打击，已经一蹶不振，没人再重视他。陛下就利用这个空子，给绣儿送来一条密诏。"

贾诩拍拍膝盖，感叹道："陛下虽深居宫内，却是目光如炬。他敏锐地觉察到，绣儿虽身在曹营，心中却极其不安定。陛下在密诏里告诉他，曹公绝不会忘记杀子之仇，劝他刺杀曹公，以绝后患。"

"那个跟张绣联络的人，就是徐他吧？"

"是。绣儿这个傻孩子，居然把密诏当真了，稀里糊涂地掺和进了这个阴谋——而且这事居然背着我。我如果知道，绝不会允许他做这种自寻死路的事。"贾诩责怪地看了一眼张绣。

张绣涨红了脸辩解："复兴汉室，匹夫有责。"

贾诩怒道："你懂什么叫复兴汉室？你就是害怕曹公报复你，所以想自保，对不对？少跟老夫说什么大道理，我见过的三公九卿，比你杀的人还多。"

"和我猜测的差不多。"我说，"我一直很奇怪，这起刺杀事件呈现出一个强烈的矛盾之处。它的一部分计划，是要拼命杀死曹公，而另外一部分，是要拼命保住曹公。现在我明白这矛盾之处在哪里了，辛苦你了，文和兄。"

"照顾孩子可不容易，尤其是个不懂事的孩子。"贾诩大倒苦水。

我微微一笑，贾诩的解说，让一切都豁然开朗了。

"你发现张绣和徐他勾结在一起的时候，应该是九月十四日当天吧？"

"嗯，那还是因为那天早上绣儿的举动很奇怪，追问之下，我才发觉这是个阴谋。在那之前，他还偷偷弄了木牍密信，让徐他送去袁绍营地。陛下的意思，是把这事栽赃给袁绍。"

我知道贾诩并未撒谎。张绣在投降曹公后，就驻守在叶县，恰好是木牍的制作地。而且那木牍上笔迹稚嫩，不是老官吏的手笔，更像是张绣这类有点文化的武将所为。

"陛下的计划，是让徐他与张绣合作，刺杀曹公。刺杀成功，就再好不过；如果刺杀失败，就可以栽赃给袁绍和臧霸，让中原局势变得混沌不堪。徐他和绣儿，说白了都是陛下的两枚棋子。徐他因为他哥哥和徐州屠杀的关系，对曹公怀有强烈仇恨，早有杀身之心，死也心甘情愿。不过可惜了，这傻小子尚不自知，还以为是自保之道呢。"贾诩叹道。

张绣听到这位亦师亦父的老人的话，惭愧地垂下头去，不敢再说什么。

"如果你知道得早，这一切就根本不会发生。"

"当然，我绝对不会允许这种事发生。"贾诩挺直了腰，"但九月十四日我才知道，已经来不及了。我甚至不敢去向曹公或者别人举报，别人一定会问：当初你为何不说？这会让我和绣儿陷入险境。"

"我当时唯一能做的，就是把绣儿大骂一通，然后让他到许褚面前故意晃荡，希望能暗示许校尉升起警惕之心。我又担心许褚万一没觉察出其中意味，就让绣儿登上箭楼，带上袁军的箭，射杀徐他等人灭口。幸运的是，这两手安排都发挥了作用。两名刺客被许褚杀死，徐他被绣儿灭了口，曹公安然无恙。"

"能够在如此之短的时间内想出这样的补救手段，不愧是贾诩啊！"我心想。

贾诩望着我，混浊的双眼有几分赞许、敬佩和惋惜。"如果不是有先生你，这件事恐怕就会悄无声息地结束，变成一个永远的谜。"

"你们本不该射我那一箭。"我微笑着说。就是那一箭，让我的思路瞬间通明，从而挖掘到了真相。

"那先生你打算怎么办？"

"如实相告，我不能辜负曹公。"

"我和绣儿投降曹公，已经是天下皆知。他若是现在杀了我等，就等于向天下自抽耳光；而主谋皇帝陛下，曹公一样无法下手。结果这件事的知情人里，只有你的处境最微妙了，任先生。"贾诩悠然说道，"还不如考虑一下我之前的建议，找个替罪羊。那个人选很合适的。"

这只老狐狸难得如此坦诚，原来就是为了这最终的一击。

向我坦白所有的事情，顺势把我拽进政治斗争的密谋里来。以曹公的行事风格，未必不会做出这样的事情来——前同僚王垕的遭遇，我记得很清楚。

"我考虑一下。"

我起身告辞，头也不回地离开了石屋，留下面面相觑的贾诩和张绣。

尾声

（许攸）其后从行出邺东门，顾谓左右曰："此家非得我，则不得出入此门也。"人有白者，遂见收之。

           ——《魏略·许攸传》

（任峻）建安九年薨，太祖流涕者久之。

         ——《三国志·魏书·任峻传》

（张绣）从征乌丸于柳城，未至，薨，谥曰定侯。魏略曰：五官将（曹丕）数因请会，发怒曰："君杀吾兄，何忍持面视人邪！"绣心不自安，乃自杀。

        ——《三国志·魏书·张绣传》

诩自以非太祖旧臣，而策谋深长，惧见猜疑，阖门自守，退无私交，男女嫁娶，不结高门，天下之论智计者归之。……诩年七十七，薨，谥曰肃侯。

        ——《三国志·魏书·贾诩传》

‹ 宛城惊变 ›

　　曹操这一生的所有危机加到一块儿，却都不及他在宛城遭遇的这一次这么有戏剧性，这么离奇，这么充满了重重迷雾。围绕着这次危机的种种隐情，更是宛如丝线般繁复杂乱，直至许多年后，仍旧能让人们感受到它的余波回荡，影响无比深远。

建安二年正月，曹操在宛城遭遇了他人生中最离奇的一次危机。

曹操这个人戎马一生，遭遇过无数次危机。三十六岁那年他参与讨伐董卓，在荥阳被徐荣打得惨败，连人带马都被箭射中，若不是曹洪舍命保护，差点就死在战场上了；四十六岁的时候，他在官渡与袁绍对峙，差点被一名近在咫尺的刺客刺杀；五十七岁那年，他在潼关被马超的关西联军半渡而击，险些晚节不保。

曹操这一生的所有危机加到一块儿，却都不及他在宛城遭遇的这一次这么有戏剧性，这么离奇，这么充满了重重迷雾。围绕着这次危机的种种隐情，更是宛如丝线般繁复杂乱，直至许多年后，仍旧能让人们感受到它的余波回荡，影响无比深远。

要捋清这次事件的脉络，还得从董卓进京说起。

中平六年（189年），何进要诛杀十常侍，从关西召回了大军阀董卓。董卓没有孤身一人回京，他带了大批如狼似虎的西凉士卒，这些士兵由对董卓忠心耿耿的关西将领们统率着，成为他独霸朝政的武力基石。

这些将领中有大名鼎鼎的吕布、李傕、郭汜，还有知名度稍微逊色一点的樊稠、牛辅、张济。在牛辅的手下，有一个中年人叫作贾诩，他的智谋深不可测；在张济手下有一个年轻将军，是他的族侄子，叫作张绣。

贾诩与张绣应该互相认识，彼此见过面，可能交情还不浅。

西凉军的好日子很快便结束了。初平三年（192 年），董卓死在了吕布和王允的手里，西凉军团分崩离析，人心惶惶。李傕、郭汜和张济等人彼此商量，干脆分好行李跑路算了。这时候，贾诩站出来，提了一条被誉为三国第一毒计的建议："闻长安中议欲尽诛凉州人，而诸君弃众单行，即一亭长能束君矣。不如率众而西，所在收兵，以攻长安，为董公报仇，幸而事济，奉国家以征天下，若不济，走未后也。"意思是与其逃跑，不如杀回长安为董卓报仇。

有了贾诩的鼓励，西凉诸将鼓起勇气杀回长安。一番大战下来，结果是王允身死，吕布败走，只剩下一个孤苦伶仃的汉献帝刘协，沦为西凉将领的傀儡。从此以后，汉朝的中央权威彻底崩溃，群雄趁机崛起，天下真正进入大乱的时代——裴松之指责说，贾诩是东汉走向灭亡的刽子手，这个评价不算公允，但也不算太离谱。

按照常理推断，能够以一句话灭亡汉朝的人，一定是个雄心勃勃的大野心家。可贾诩的表现，超乎了所有人的意料。他既不争功，也不夺权，婉拒了西凉军的犒赏，反而斡旋于西凉军与朝廷之间，小心翼翼地呵护风中残烛的汉室，许多汉臣因他而得以活命。

李傕、郭汜在长安闹得越来越不像话，贾诩决定离开这块是非之地，遂找了个借口，前往华阴投奔他的老乡段煨。同时离开长安的，还有张济与张绣。张济一向看不起李傕、郭汜这两个家伙，干脆带领自己的部属前往弘农驻扎。

当时遍地饥荒，缺衣少食。张济手下士兵甚多，没有粮食吃，只得向南进攻荆州的穰城。结果在攻城之时，张济中箭而死，他的侄子张绣顺理成章地接管了整支军队，移屯到了宛城。

张绣终于开始独当一面，可是他的部队缺少粮草，又四面受敌，这个老大不好当。在困惑之际，张绣忽然想到了贾诩。张绣听说，贾诩在段煨那里过得并不愉快，一直被后者猜忌。张绣便写了封信给他，希望能得他襄助。

贾诩权衡再三，决定前往宛城。有人劝他说，这么一走了之，会引起段煨的猜忌。贾诩却回答说，段煨这个人，表面热情，生性多疑，我在这里待久了，早晚要出事。现在我走了，他反而会指望我成为外援，必能厚待我的老婆孩子。

果然如贾诩所预料的，段煨欢天喜地地把他送走，对他留在华阴的老婆孩子关怀备至——从这一件小事上，可以看出贾诩把人性看得有多么透彻。

张绣对贾诩的到来喜出望外，以小辈的身份执礼。至此，我们故事中的两个主角合流一处，开始了在南阳（宛）的割据生涯。

时间一转眼便到了建安二年。故事的第三位主角——曹操终于出现，骑着他心爱的宝马绝影朝着宛城飞驰而来。

这几年曹操干得不坏，他把最大的威胁吕布打回徐州，重新夺回了兖州的控制权。更重要的是，他听从了荀彧的建议，把汉献帝刘协迎到了许都，开始了"奉天子以令不臣"的好日子。在东有吕布、北有袁绍的压力下，曹操决定着手剪除许都周围的威胁，以便为接下来的大战做准备。

第一个落入他视野的，就是盘踞宛城的张绣。

曹操点齐大军，前往宛城讨伐。当曹军走到淯水的时候，张绣忽然派来一个使者，宣布投降。

对于张绣的这个决定，曹操喜出望外。张绣是一员骁将，麾下又是同时代最为凶悍的西凉兵，能够兵不血刃拿到这样一支军队，绝对是天降横财。张绣在信里说，希望曹公能够前往宛城受降，曹操欣然应允。

根据历史记载，当时曹操带去宛城的部队并不多，跟随左右的只有长子曹昂、侄子曹安民及大将典韦。这是一种诚意的姿态，表明了受降者的坦荡胸襟与信赖。

曹操万万没有想到的是，这种坦荡的胸襟最终却让他付出了极其惨痛的代价。

曹操带着儿子、侄子和爱将抵达宛城之后，受到了张绣的盛情款待。在席间，曹操看到了一个生得极其秀美的女子。这个女人是张济的老婆、张绣的婶母。她的姓名早已经失传，《三国演义》里称她为邹氏，为了行文方便，我们姑且如此称之。

邹氏的相貌一定很漂亮，否则也不会引起曹操的垂涎。曹操这个人十分好色，他看到美人当前，竟不顾她孀居寡妇的身份，公然纳她为小妾。这个举动让张绣大为恼火，自己刚刚投降，曹操就把婶母纳为姬妾，这若是传出去，天下都会以为张绣是卖婶求荣。这时候的张绣，心理开始失去平衡。

然后曹操又在这座天平上加了另外一个重量级砝码。

曹操看到张绣麾下有一员大将叫胡车儿，生得威风凛凛，不由得起了爱才之心，从兜里掏出金子亲自赏赐给他。任何时代，收买贴身警卫员都是件极其敏感的事情，曹操这么做，让张绣以为他打算买通左右来刺杀自己。

曹操在宛城的横行无忌，让张绣心中非常恐惧，他开始对投降这件事感到后悔。这时候，贾诩向他献了一条毒计。

在贾诩的策划下，张绣假意向曹操请求，说我军驻扎在城外低洼处，想搬迁到高一点的地方。曹操允许了。张绣又说，这次搬迁路过您的营地，我们的车子少，承受不了太重的物品，士兵的铠甲能不能让他们自己穿着。曹操也同意了。

按说这种要求应该会引起曹操的疑惑，可他那时候沉迷于邹氏，根本无暇理会。

于是，张绣军身披重甲，进入曹军营地突然发难，猝不及防的曹军大败。曹操在惊慌之际夺马就逃，典韦守在门口，力抗几十倍的西凉士兵，最后英勇战死。曹操杀出营地以后，又被射中坐骑，长子曹昂把自己的马让给曹操，与曹安民一同战死。

这就是历史上著名的宛城之战。

宛城之战以后，张绣与曹操恢复了战争状态，多次争斗。一直到官渡开战前，张绣听从贾诩的建议，第二次投降曹操。曹操当时正处于与袁绍对峙的紧要关头，张绣的投诚无异于雪中送炭。曹操表现出极大的热情，不仅给自己的儿子曹均跟张绣的女儿定了一门亲事，还封了两千户的封邑给张绣——要知道，连曹操最亲信的将领都没被封过这么多封邑。

曹操让全天下人都看到，他曹孟德爱才如命，连宛城的仇都可以一笑泯之。

在曹操击败袁绍以后，张绣跟随曹操北征乌丸，还没抵达，便离奇地死掉了。《三国志》里没具体提他是怎么死的，《魏略》里却给我们讲了一个有点让人心寒的故事——

曹操的儿子曹丕多次请求会见张绣，见到以后，曹丕怒发冲冠，大声叱责说："你杀了我兄长曹昂，怎么还有脸在我家混吃混喝？"张绣听了以后非常害怕，很快便自杀身亡。

这一条记载里充满了疑点。张绣是曹操为了宣扬自己爱才而树立起来的统战人物，是摆在橱窗里给天下人看的。所以曹操绝对不会追究张绣在宛城的黑历史，否则就会让天下人看笑话，把他曹孟德当成一个沽名钓誉、毫无诚信的伪君子。

曹操尚且不敢提及那段历史，曹丕又怎么敢跳出来乱讲话？曹丕那一年已经二十岁了，不是个口无遮拦的小孩子，不会不知道追究宛城之战的严重性。

除非是有人在背后授意曹丕这么做。

再者说，曹丕当时不过是曹操的子嗣之一，是不是曹操接班人尚无定论。张绣身为统军大将，何至于对这么一句话害怕到要自杀？

除非张绣觉察到曹丕是被人授意这么做的。

综合种种迹象，张绣自杀的幕后推手，正是曹操本人。

曹操从来没有忘记宛城的仇，只不过迫于袁绍强大的压力，不得不厚待张绣，以示自己有容人之量。现在袁绍已经灭亡，整个中原无人能抗衡曹操。这时候，曹操觉得差不多该秋后算账了。

可把张绣直接推出去杀了是不行的，政治上影响太坏。于是曹操授意自己的儿子曹丕出马，张绣面对曹丕的指责，完全心领神会，却又无可奈何。他知道曹操不会放过自己，为了自己家族的安全，这位西凉将领只能无奈地选择了自戕。

之前的隐忍，是曹操身为一个政治家的手段；如今的翻脸，是一个父亲的复仇。就这样，曹操双手干干净净地除掉了张绣，没有背负任何挟私报复的骂名。

疑点就在这里出现了。

如果我们没记错的话，宛城之战，是张绣和贾诩两个人联手制造的——更准确地说，是张绣听从了贾诩的策划，才反叛曹军，袭杀曹昂、曹安民与典韦的。

现在真凶之一的张绣死了，那么另外一位主谋贾诩呢？

贾诩没有被打击报复，更没有被杀死。在接下来的几年里，贾诩的地位节节高，逐渐成为曹魏阵营举足轻重的谋士，几能与荀彧、荀攸叔侄抗衡。甚至在魏国最关键的立嗣问题上，曹操别人都不问，偏偏要问这个贾诩的意见。贾诩的看法，最终给曹丕、曹植的立嗣问题一锤定音，决定了魏国接下来的政治走向。

等到曹丕篡汉当上皇帝以后，贾诩被封为太尉，位极人臣。这位老人一直活到七十七岁才去世，结束了传奇般的一生。与张绣相比较，贾诩的人生可谓是风光无限，当了大官，出了大名，长寿人瑞，而且还得以善终。

这实在有些不公平。

当我们带着这种想法重新去看史书的时候，便会发现许多有趣的细节。

在陈寿撰写的《三国志》中，《曹操传》《张绣传》《典韦传》里都提及了宛城之战，写得都非常详细。可是，这些记载里都绝口不提贾诩的名字，只说"绣掩袭太祖""（绣）复反"云云，仿佛贾诩根本不存在。到了《贾诩传》里，更有趣了，整个宛城之战这么一个重大事件干脆被全部删掉了，前头讲完贾诩投奔张绣，下一段便非常突兀地开始讲张绣与曹操的第二次交战。

一直到许多年后裴松之为《三国志》做注，才明确地提出了"绣从贾诩计"。

在这个分歧上，我更相信裴松之。张绣对贾诩一向言听计从，前期与刘表结盟，后期放弃袁绍投降曹操，都是贾诩的建议。宛城之战这么大的决策，张绣绝对不可能绕过贾诩单独行动，或者可以这么说，没有贾诩的怂恿，即使曹操睡了张绣的媳妇，他恐怕也未必敢反叛。

陈寿的史料都采集自魏国的档案，他在《魏书》里的记录，一定程度上能反映出魏国的政治态度。因此，我们可以推断出来，魏国朝廷对于贾诩在宛城之战中扮演的角色，从来都是讳莫如深的，干脆提都不提。

裴松之引用的"贾诩策划宛城之战"的记载，注引自《吴书》。《吴书》是东吴国官修的史书，不必避讳魏国的政治事件，裴松之是南朝宋时人，更不会替曹魏隐瞒什么。所以这一条非常关键的记录被魏国删除，却保存在了吴国的历史记录里，并被裴松之补注到《三国志》里，得以流传后世。

也就是说，终曹魏一朝，都在极力避免谈论贾诩与宛城之战的关系，并删除了所有的直接记录。

这就真叫人有些糊涂了。

曹操、曹丕父子对张绣恨得咬牙切齿，却对真正的策划者贾诩倚重有加，甚至不惜抹杀他这一段黑历史。如此厚此薄彼，实在是诡异至极，其中必定隐藏着我们没有注意到的东西。

曹氏父子对待张绣与贾诩两个人截然不同的态度，给我们揭开了幕布的一角。现在，让我们重新检视一下宛城之战，看看究竟有什么重大的细节被遗漏了。

《三国志》《吴书》《傅子》《魏书》《世说新语》等史料，对于宛城之战的记载或详或略。《三国志·魏书·典韦传》里说"太祖征荆州，至宛，张绣迎降。太祖甚悦，延绣及其将帅，置酒高会……后十余日，绣反，袭太祖营"；《吴书》里说"绣降，凌统用贾诩计……绣乃严兵入屯，掩太祖。太祖不备，故败"；《三国志·魏书·武帝纪》则最为简略，只说"公到宛。张绣降，既而悔之，复反。公与战，军败"。

综合这三条史料，可以捋清一个大概的脉络：曹操至宛城，张绣开始热情迎接，然后忽然叛变，把曹操杀了一个措手不及。但这三段史料都没提及张绣叛变的原因。

真正的原因，记录在《三国志·魏书·张绣传》里："太祖纳济妻，绣恨之。太祖闻其不悦，密有杀绣之计。计漏，绣掩袭太祖。太祖军败，二子没。"

这段记录告诉我们两件事。第一点，张绣叛变的原因，是张济的老婆被曹操睡了；第二点——也是最关键的一点，先动手的不是张绣，而是曹操。

也就是说，真正的宛城之战，与我们脑海里想象的有差异。在一般想象中，曹操是抱着邹氏在大营淫乐，完全失去警惕，方被张绣乘虚而入；可实际上，曹操早就有了除掉张绣的计划，都已经打算动手了，可惜被张绣或者贾诩抢先出招，占了先机。

可是，这样一来，一个巨大的矛盾浮出了水面。

暂且回顾一下张绣突击曹营的战前准备：他报告曹操想要把部队移到曹营附近的高处，曹操同意了；他又报告曹操，说车子太轻，希望把甲胄都套到士兵身上，曹操也同意了。于是他打着"移屯"和"车轻"两个旗号，把身披重甲的西凉精锐送到了曹营附近。曹军没有防备，结果一冲即溃。

假如曹操此时忙于淫乐，那么有可能会答应张绣的请求，可实际上，从《张绣传》里我们都知道了，曹操自从睡了邹氏以后，已经觉察到了张绣对自己不满，也紧锣密鼓地筹备着"杀绣之计"。

这个时候的曹操，对张绣一定充满了警惕。试想，当你知道一个人对你起了杀心的时候，又怎么会轻易允许这个人的部队身披甲胄靠近自己营地呢？

除非，曹操认为这支部队逼近曹营，不会对自己的计划造成影响——甚至可能对自己的计划有好处。

在刚才引用《张绣传》的史料里，有这么一句："太祖闻其不悦，密有杀绣之计。计漏……"在这短短的一句话里，有四个字特别值得注意——

"密有""计漏"。

"密有"，意味着曹操的"杀绣之计"正在悄悄地筹谋着，而且要保密。

这个保密，显然不是针对曹军自己，而是要隐瞒住张绣的人——可是曹操试图隐瞒什么呢？

要知道，曹操前往宛城时，把主力部队都留在了舞阴，随身带的兵力不多，而张绣的全部主力此时都集结在了宛城。两相比较，曹军在数量上处于劣势。曹操如果想要干掉张绣，硬拼是不可能的，势必在张绣军内部寻找一个内应。

曹操试图隐瞒的，正是张绣营中的这个"内应"。曹操对这个内应提出要求，要求他配合自己攻杀张绣。他们之间的合作极其敏感，所以这里才用了"密有"二字来渲染这两者来往的保密程度。

让我们再看下两个字——计漏，意思是计划泄露了。

到底是谁把这个计划泄露出去的？

这是个绝密计划，曹营知道这件事的人除了曹操，恐怕只有曹昂、典韦等高级干部，他们绝不会向张绣泄露机密。既参与了"杀绣"计划，又可能会将其泄露出去的人，只有这个宛城的内应。

进一步想，恐怕这个内应从一开始就没安好心。他只是假意与曹操合作，目的是套取情报，并让曹操丧失警惕之心。先"密有"，再"计漏"，四个字正好勾勒出了这个内应的全部作为。

我们甚至能大概猜到这个内应的身份：胡车儿。曹操曾经亲手馈赠黄金给这位将领，对他很是喜爱，选择他做"假内应"再合适不过了。

接下来发生的事情，可想而知。胡车儿带领一批士兵前往曹营申请移屯、披甲二事，曹操知道是他带的兵，遂放下心来，不予提防。结果胡车儿在接近曹营以后，突然发起攻击，猝不及防的曹操惊慌败走，几乎丧命。

我们看到，这是一个十分精致的多层阴谋。曹操意图拉拢胡车儿除掉张绣，张绣——其实应该是贾诩——却将计就计，让胡车儿反过来误导曹操，顺利把突击部队送入曹营。这一次突袭曹营的计划，以有心算无心，可谓是志在必得。

贾诩这个人对于阴谋的操作能力和对人性的把握，实在是妙到毫巅。

可是，这又引发了另外一个矛盾。

反叛曹操是一件代价高昂的事情，只能成功，不能失败。而成功的标志只有一个，那就是将曹操本人杀死。

如何确保曹操一定死？以贾诩滴水不漏的行事风格，除了突击曹营的胡车儿以外，他一定还安排了其他部队在营地周围对曹军逃兵进行阻截，务求全歼。这里是宛城，张绣军对地理远比远道而来的曹军熟稔。

但战果呢？张绣成功地杀死了曹营里大部分的重要将领，却唯独让曹操逃出生天了。

贾诩向来算无遗策，怎么会在如此关键的时刻掉链子？

让我们带着这个疑问，来看看曹操逃亡的过程。

首先是《典韦传》里记载的："太祖出战不利，轻骑引去。韦战于门中，贼不得入。"也就是说，曹操在发现自己被偷袭之后，骑马逃跑，全靠典韦一个人挡在门口，阻挡追兵。

然后是《魏书》记载的："公所乘马名绝影，为流矢所中，伤颊及足，并中公右臂。"曹操骑着绝影一路狂奔，半路被流箭射中，曹操自己的右臂也中了一箭。这时候绝影即使不死，也跑不动了。

最后是《世说新语》所记："昂不能骑，进马于公，公故免，而昂遇害。"曹昂受了伤，无法骑马，便把马让给曹操。曹操顺利逃走，曹昂却因此而死。

这个逃亡过程揭示给我们两件事。

第一，曹操逃跑的方向一路没有遭遇任何伏兵，他所遭遇到的最大危机，是身后追兵射来的几支流箭，没有任何短兵相接的记录。

试想一下，杀死曹操是多么重要的一件事，智谋通天的贾诩竟然会忘记在曹操必经之路上安排几路伏兵，这怎么可能？这非但与贾诩的能力不符，根本连基本的军事常识都不具备！

事实告诉我们，张绣军确实没有堵截，他们只是尾随追击，追了半天追不上就回去了。这些西凉出身的骁勇骑兵，竟然连一个受了伤的曹操都无法赶上，实在有些古怪。

第二，曹昂被杀死了，而且是在没有抵抗的情况下。

这更透着一丝古怪。典韦在同一夜被杀，但他是在军营里拼死抵抗，杀敌无数，所以战死顺理成章。可是曹昂当时的情况是不能骑马，可见受伤很重。对于这种身份尊贵又丧失抵抗能力的大人物，按照常理应该活捉起来，才更有利用价值。

可是张绣的士兵二话没说，就把曹昂杀死了，仿佛他只是个无足轻重的小卒子。

这两个低级错误，给人一种强烈的感觉：贾诩对杀死曹操这件事，似乎根本没怎么上心，既不派人堵截，也没有派西凉骑兵认真追击——却对杀死曹昂有着莫大的兴趣。

贾诩不会犯这种低级错误，那么只有一种解释，他是故意的。

这么推论下来，贾诩苦心孤诣营造出这么一个杀局，真正的目标，难道不是曹操，而是曹昂？

这会不会太荒谬了？

我们姑且搁置这个疑惑，把目光暂时聚焦在曹昂这个年轻人身上，看看他究竟有什么特别之处。

曹昂，字子修，是曹操的长子，当时年龄不详，估计二十多岁，接近三十。曹昂的母亲姓刘，早亡，他从小是被曹操的原配正室丁夫人抚养长大的，与丁夫人情同母子。

曹昂从小就跟随曹操四处征战，表现优异，在曹操的刻意安排下积累了大量的军事与政治经验，是他苦心培养的接班人。宛城之战真正让曹操痛彻心扉的损失，不是名驹绝影，不是名将典韦，更不是曹安民，而是曹昂。曹操一直对张绣耿耿于怀，归根到底还是因为这个仇怨。

不过曹昂的死，最痛心的人不是曹操，而是他的养母丁夫人。

丁夫人从小看着曹昂长大，听说他战死以后，如同五雷轰顶。曹操从宛城返回以后，为了收买人心，表现出一副对典韦之死痛心疾首的模样，大行纪念。这让丁夫人极度不满，她找到曹操痛哭道："你害我儿子战死，就一点都不想念吗？"

曹操被骂得生气了，便把丁夫人赶回了娘家。曹操原来以为丁夫人会因此服软，却没料到丁夫人是个刚硬脾气，在娘家一待就不回去了。曹操自己先沉不住气，跑到丁夫人家里去。

丁夫人恰好在织布，有人告诉她你老公来看你了，丁夫人根本不搭理。曹操硬着头皮进屋，摸着丁夫人的背恳求道："跟我坐车回去吧。"她头也不回，织布如旧。曹操出了门，又喊了一句："你真不跟我回去吗？"屋子里寂静无声。曹操叹息道："看来你是真打算跟我决裂了。"然后灰溜溜地离开了。

曹操回去以后，直接送来一纸休书。可没人胆敢娶曹操的女人，丁夫人便独居在家，直至病逝。后来曹操晚年的时候，感叹说："我这一辈子干的事情都不后悔，只有一件事怀愧在心。如果我死后碰到子修，他若是问我母亲何在，我该怎么回答呢？"

丁夫人跟曹操离婚以后，曹操很快把另外一位姬妾扶正。这位姬妾姓卞，出身不太高，是个舞女。不过卞夫人长得特别漂亮，在二十岁那年被曹操纳为妾，备受宠爱。

别看这位卞夫人出身低贱，却有一个十分争气的肚子，先后为曹操生了四个儿子，前三个儿子都不得了：老大叫曹丕，老二叫曹彰，老三叫曹植。

如果不出什么意外的话，以卞夫人的出身，会以一个妃子的身份终了一生。她的儿子们会被封为藩王，在各自的封地里颐养天年。

可是宛城一战，让她的人生出现了转机。

曹昂之死与丁夫人的被废，一下子让曹氏一族腾出来两个至关重要的位置。而卞夫人和她的三个孩子，就是这两个位置最有力的竞争者。

这对卞夫人来说，可真是一个意外之喜。

然而，当我们再回想起曹操在宛城逃亡时的离奇经历时，不禁要涌出一个疑问："这，真的只是意外之喜吗？"

对卞夫人来说，什么样的宛城之战才是最有利的结局？是曹昂死亡，曹操不死。这样一来，她既可以确保世子之位得手，又可以确保曹氏势力的兴旺发展。

这是一件概率极低的事情，根本不必指望能碰到——但如果有什么人有意识地在背后推动，这件事发生的概率，便会大幅上升……

在那一夜，张绣军放过了最大的目标曹操，却杀死了没有抵抗能力的曹昂，仿佛不是张绣和贾诩的部署，而是严格按照卞夫人的利益图纸来行动的。

尽管根据破案逻辑，最大受益人不等于凶手，可这一次，实在是有些太过严丝合缝了，不能不让人怀疑有人为操作的可能。

夺嗣，本来就是历史中最为丑恶的事情之一。在权力面前，亲情、道德什么的全都要退居二线。即使用最大的恶意去猜测，有时候也无法触及它的极限。

当我再一次在史料中翻检的时候，猛然发现，宛城之战的结局，远远要比想象中更符合卞夫人的利益。这片笼罩在宛城上空的黑幕，陡然被扯开大大的一片。

曹丕曾经在《典论》里自叙平生，他写道："建安初，上南征荆州，至宛，张绣降。旬日而反，亡兄孝廉子修、从兄安民遇害。时余年十岁，乘马得脱。"

原来当时在宛城的，不只有曹昂、曹安民和典韦，还有日后的魏文帝曹丕！

他当时只有十岁，也跟随父亲来到了宛城。袭营事件发生以后，曹丕骑马独自跑掉了。看看，年仅十岁的曹丕逃过了贾诩的精密围杀，逃过了西凉骑兵凶悍的追击，不但活了下来，而且完好无损——这已经不能用奇迹来解释了。

我们看到，贾诩安排的这一次袭营，实在是一次无比精确的打击：杀死了世子曹昂，卞夫人的丈夫曹操乘马得脱，卞夫人的长子曹丕乘马得脱。不仅完美地干掉了卞夫人希望消失的人，而且放跑了所有卞夫人希望活下来的人。

这一切，就像是卞夫人与贾诩早就商量好的一场戏，每一个转折、每一个人物的结局，都被脚本早早安排妥当。卞夫人和贾诩，这两个八竿子都打不着的人物，却在宛城联手上演了一出精彩的阴谋大戏。

也许有人会问，卞夫人从中获得了足够多的利益，她有动机，可是贾诩呢？他做这一切，又是为了什么？他辅佐的张绣能从这次叛变中得到什么好处？

答案是，张绣得不到任何好处，他只是贾诩手里一枚可悲的棋子，而贾诩在这场阴谋中可是收获多多。

纵观贾诩的一生，我们会发现，这个人虽然智谋无双，却是一个极端的利己主义者。他的所有行动，都是从维护自己的利益出发的。

当初董卓身死之后，西凉将领们要撤回关西。贾诩意识到，自己没有兵权，一旦王允反攻倒算，他就没有反抗能力。于是贾诩给西凉诸将献了毒计，怂恿他们一起反抗，杀回长安。

在长安城里，他意识到胡作非为的李傕、郭汜早晚要完蛋，便有意识地给汉臣们施舍些小恩小惠，赚取声望，然后抽身离开，投奔段煨。

当他意识到段煨威胁到自己的生存的时候，又一次毫不犹豫地离开，找到了张绣。张绣对贾诩来说，是一个很理想的主公：战力很强大，但没什么脑子，对贾诩言听计从，容易控制。

仔细分析就能发现，贾诩对张绣的每一步安排，都是处心积虑、精心计算的。贾诩在张绣帐下，一共为他做了三次至关重要的决策。

第一次决策是淯水降曹。这一次投降，是贾诩施展他惊人谋略的前奏，目的只是把曹操骗来宛城。

接下来，便是贾诩怂恿张绣在宛城叛曹。这一次叛变的结果对张绣来说一点好处也没有，只是平白惹来曹操滔天的仇恨。

对于贾诩呢？他在策划时故意放走曹操、曹丕，杀死曹昂，对卞夫人施了一个巨大的人情。这份人情既是恩情，也是要挟，为贾诩日后在曹氏大业中的生存埋下了一个伏笔。换言之，贾诩通过这两次反叛，拿张绣的政治生命换来了给自己的一份偌大的好处。

第二次决策，是在袁、曹交战的时候。当时大家都认为该去投靠势力强大的袁绍，唯独贾诩力排众议，说服张绣第二次投降已成死敌的曹操。

当时所有人都认为曹操与张绣有杀子之仇，曹操一定不会原谅，可贾诩偏偏算准曹操在大战之际一定会优待张绣，以示容人之量。等到袁绍失败以后，大家都称赞贾诩有远见，预见到了袁绍的败亡，为主公张绣找了一条好出路。

这个决策被视为贾诩最精彩的谋略之一，一直到现在还被人拿来证明贾诩的英明。

可我们仔细想想，这个决策里，真正得利的是谁呢？

绝不是张绣。

张绣杀了曹昂，与曹操已是死仇。即便大战之际，曹操不敢对他动手，也早晚会用其他手段把这股怨气发泄出来。后来的历史证明，曹昂之死始终是曹操的一个心结，所以他才暗中授意曹丕，终于逼死了张绣。张绣去投奔袁绍，或许无法改变官渡之战袁绍失败的命运，但至少比在曹操麾下安全多了。

深谙人性的贾诩，对这一点不会毫无觉察，可他还是义无反顾地说服张绣去投降曹操。

当张绣宣布投降以后，曹操高兴地握着贾诩的手说："让我信重于天下的人，是你啊！"听到没有，曹操用的是第二人称单数，单指贾诩，没有张绣。

张绣付出了极大的代价，错投了主公，埋下了杀身之祸，所换来的，不过是贾诩一个人的名声大噪。

更绝的是，没有人会因此指责贾诩，因为张绣确确实实得到了曹操的礼遇，大家只会赞美贾诩的先见之明。至于张绣投靠曹操以后会发生什么，那就不是贾诩的责任了。

获取了最大利益，规避了最多风险，还叫任何人都挑不出错。贾诩的手法之绝，令人叹为观止。

可见贾诩当初投靠张绣，只是利用这个单纯的青年来提升自己的价值，然后待价而沽，踩着张绣的肩膀攀爬上更高、更安全的位子。他为张绣打造的每一步规划，最终都是为了自己。张绣就如同一株乔木，被贾诩这根藤蔓死死缠住，表面上两者共生，实际上结局却是藤蔓吸干乔木的最后一滴汁液。

我甚至有一个极端的猜想，说不定整个宛城之战，都是贾诩一手策划的。他拟订好计划，主动暗中联络卞夫人，说我会给你和你的孩子带来机会，你也需要在以后的日子里帮助我。卞夫人无法抵挡这种诱惑，与贾诩开始了合作。

相比张绣的悲惨结局，贾诩在曹营的生活要快乐多了，因为他有一个坚定强大的盟友——卞夫人。卞夫人对贾诩，恐怕是既敬又怕，既对他在宛城的恩情由衷地感激，也对他掌握着自己的秘密而感到恐慌——如果曹操知道曹昂的死与卞夫人息息相关，那么事情将一发不可收拾。

曹操对贾诩的才能十分赞赏，再加上卞夫人一直吹着枕边风，曹操不知不觉地把宛城的仇恨全部转移到了张绣头上。贾诩此后的仕途一帆风顺，平步青云，成为三国混得最好的几个人之一，与张绣形成了极其鲜明的对照。

曹丕、曹植长大以后，开始为了立嗣而明争暗斗。贾诩作为魏国重臣，选择了支持曹丕。曹丕曾经向贾诩请教过如何当上世子，贾诩面授机宜，给了他不少建议。而当曹操问贾诩究竟该选谁为继承人时，贾诩婉转巧妙地暗示他，应该立曹丕。在贾诩的帮助下，曹丕终于夺取了世子之位。

贾诩为何如此力挺曹丕呢？原因无他，实在是因为曹丕是当年宛城阴谋的参与者——尽管他那年才十岁，未必明白到底发生了什么事，但参与者就是参与者。

曹植虽也是卞夫人的儿子，可在宛城之战这件事里，他是完全无辜的。如果曹植当了皇帝，宣布彻查宛城事件，那么连曹丕带贾诩都要倒大霉；但如果曹丕当了皇帝，宛城事件便会被彻底掩盖起来，没人会再提起。

曹丕没有辜负贾诩的厚望。他篡位当了皇帝以后，下令销毁以及修改关于宛城之战的一切，这就是为什么我们在陈寿的《三国志》里，看不到半点贾诩与宛城之战有关联的记载。后来曹丕授予贾诩太尉之职，用来酬谢他为自己和自己的母亲所做的一切。

贾诩明白自己所隐藏的秘密有多么深重，他对于曹丕不能完全信任，害怕有一天会被皇帝灭口。于是，这位策谋深长的老人老老实实地蛰伏起来，平平安安地度过了余生。史书记载贾诩在魏国的晚年生活是"惧见猜疑，阖门自守，退无私交，男女嫁娶，不结高门"，完全是夹起尾巴来做人。

天下人都称赞他是懂得韬光养晦的智者，哪里知道这位智者不得已而为之的实情。

可是天下没有不漏风的墙。宛城之事尽管保密功夫做得极好，曹丕和贾诩都闭口不谈，可还是有丝丝缕缕的猜疑与揣测在隐秘地流传着。我们在一千多年之后的今天，尚且可以凭借只言片语推断出事情的真相，当时的人显然更有条件进行推测。

有一本叫作《荀勖别传》的史料，记载了这样一件事。晋武帝在位的时候，司徒的位置出现了空缺，就问荀勖什么人可以接任。荀勖回答说：三公是极其尊贵的职位，不可以轻易授予别人，当年魏文帝曹丕授予了贾诩太尉的职位，孙权在江东听到以后，嘲笑不已。

天下人都认为贾诩是高人，为何孙权却要嘲笑他呢？莫非知道贾诩的什么丑事，觉得这种小人不配位列三公？

再联想到南朝宋时的裴松之恰恰是从吴国的官修史书里找出了贾诩与宛城之战的联系，我猜，大概是宛城之战被当时的人猜出一点端倪，传到了江东，被孙权听到了一部分真相，特意记录在史书里。

当我们后来之人翻开满是灰尘的木简时，这些只言片语就会变成一把古旧的钥匙，引导着我们打开一扇大门，门后则是一个充满阴谋的世界。

在那个世界里的建安二年春夜，贾诩就这么矗立在宛城城楼之上，安详地等待着。不知在那个时候，这个宛如恶魔一般的男子会低声呢喃些什么。

《孔雀东南飞》
与建安年间政治悬案

我在满足之余，却还带着淡淡的遗憾，有一个疑问始终在心中挥之不去——难道《孔雀》真的只是一曲小人物的悲歌吗？焦仲卿和刘兰芝，真的只是乱世之中的一粒不为人知的沙子吗？

我对《孔雀东南飞》的兴趣，最早源自陆侃如先生。他在做博士论文答辩的时候，有考官问他孔雀为何东南飞，陆先生答曰："西北有高楼。"以古诗十九首对乐府，有问有答，可谓精妙至极。

　　《孔雀东南飞》这首长诗我很早以前就读过，不过当时只是沉浸在焦、刘二人的爱情悲剧之中，并未有其他想法。在一个晴朗的下午，我厌倦了魔兽、看腻了松岛枫，重新从书架上抽出这首长诗，决定陶冶一下情操。

　　这一次重读，我发现了一个之前未曾多加注意的细节：这首诗虽然是南北朝时期的作品，但故事发生在汉末建安年间。建安年间，那正是三国鼎立前最热闹的二十几年，究竟《孔雀东南飞》中的人物，是否会与我们耳熟能详的三国英雄发生奇妙的交集呢？这让我产生了一些考据的兴趣。

　　《孔雀东南飞》（以下简称《孔雀》）的序里提到"汉末建安中，庐江府小吏焦仲卿妻刘氏"，可见这个故事发生在庐江，而且能称府的，只能是庐江郡的治所。后汉时期庐江郡的治所在舒城，一直到建安年间，才迁移到了皖城。《孔雀》这个故事可能发生在皖城。这个后面会有解释。

　　按照诗里描述的情节，刘兰芝被休回家之后，先是县令来向刘家求亲，被拒绝之后，太守又派了郡丞和主簿做说客，为自己的第五个儿子求亲。刘兰芝的哥哥说嫁给焦仲卿和嫁入太守家里相比，是"否泰如天地"，所以焦仲卿可能是郡府直属的诸曹掾史中的一员，职位在功曹、督邮、都尉、诸曹掾之下，很可能只是一个上计吏，拿的是最低等级的工资——佐史奉，一个月八斛。因此他家境比较贫寒，还得让老婆"鸡鸣入机织，夜夜不得息"，每天织布以补贴家用。

"云有第五郎，娇逸未有婚"，所以欲娶刘兰芝做儿媳妇的太守是个非常重要的线索，它是《孔雀》一诗与外部世界连接的一座重要桥梁。虽然诗里没有明确提出太守的名字，但是我们有充分的史料可以找出可能的人选来。

简单地查了一下，建安年间按照先后顺序担任庐江太守的，有陆康、刘勋、李术（述）、孙河、孙韶、朱光、吕蒙等——中间其实还有个雷绪，但他只是盘踞，并没正式获得任命，不算在内。

建安年间的庐江太守演变历程大略如下：

陆康是灵帝时人，约在光和末、中平初被任命为庐江太守，他在兴平三年（196 年）被袁术派孙策杀死。袁术随即委派麾下大将刘勋继任庐江太守，迁治所于皖城。建安四年（199 年），刘勋被孙策杀死，孙策派了李术担任庐江太守。建安五年，孙策死后，李术颇有反意，被十八岁的孙权一举击败，随即孙河被擢为庐江太守，但很快这个头衔又被让给了孙韶（这个孙韶不是孙策的儿子，而是北海人，后来做了孙权的丞相）。但因为雷绪、梅乾、陈兰等人一直闹事，庐江一直无法安定。曹操派扬州刺史刘馥单骑入皖，空手造出合肥空城，雷绪等人投降，皖地遂平。随后曹操又派了朱光来做庐江太守，以巩固皖城一线。建安十九年（214 年）五月，吕蒙攻下庐江，俘虏朱光，吕蒙拜为庐江太守。从此庐江一分为二。吕蒙转任汉昌太守后，吴属庐江太守在孙河、孙皎的督管下空置了一段时间，最后归到了徐盛头上。魏属庐江太守则是刘馥的儿子刘靖——不过那都是曹丕称帝之后的事情了。

由此可见，给自己的第五个儿子娶刘兰芝的太守，应该就是这七人之中的一位。

首先，陆康可以排除，他在改元建安之前就死掉了。

其次，徐盛也可以排除，他接任庐江太守的时间太晚，算不上建安年间。

通读《孔雀》一诗可知，故事发生的时候，庐江还是个太平地方，老百姓不为战乱所苦，日子过得尚算温饱，大家吵吵嚷嚷为琐事烦恼。太守尚有闲情逸致给自己的第五个儿子娶媳妇，婚礼大操大办，十分隆重。

这样一来，吕蒙、孙河、孙韶三位也被排除了。

吕蒙被拜为庐江太守时，正驻屯寻阳，主要精力放在镇压庐陵山贼上。庐陵山贼被平之后，吕蒙紧接着就去攻打长沙、零陵、桂阳，忙得晕头转向，庐江事务恐怕根本顾不上，更别说给自己儿子娶老婆了。

孙河担任庐江太守的时候年方弱冠，别说生不出五个儿子，就是生得出，也没法办婚礼。而且孙河接任庐江太守的背景，很不寻常。当时孙权刚接替孙策，立足未稳，急于立威，所以对当时担任庐江太守的李术下了狠手。过程极其惨烈："是岁举兵攻术于皖城。术闭门自守……粮食乏尽，妇女或丸泥而吞之。遂屠其城，枭术首，徙其部曲三万余人。"（《三国志·吴书·吴主传》）先是困城，再是闹饥荒、屠城，然后又是大迁徙，庐江百姓救死不暇，谁也不会有心情办什么婚礼。

而接任孙河的孙韶，年纪虽然够了，但他面临着南方雷绪等人的叛乱、北方扬州刺史刘馥的压制，焦头烂额，没坚持多长时间就跑了，也没余裕做这件事。

朱光是庐江太守里在位最长的，他于建安中赴任，一直到建安十九年才被孙权俘虏，少说也有十年光景。他会不会就是《孔雀》里的太守呢？

《吴主传》载："初，曹公恐江滨郡县为权所略，征令内移。民转相惊，自庐江、九江、蕲春、广陵户十余万皆东渡江，江西遂虚，合肥以南唯有皖城。"

朱光在任期间，为了防范东吴的军事压力，治下居民尽数东迁，整个庐江只留下一个近乎军事要塞的皖城。

曹操拔汉中数万户，让诸葛亮经营几十年都不能彻底恢复。从庐江等地一次迁走十几万户，这等规模，可见对当地经济伤害有多大。

事实上，庐江当时已经变成了曹、孙两方势力此消彼长的边境地带，长年处于兵锋之下。朱光承担着繁重的战备工作，就算想给儿子办婚事，也断不会如诗中所说"青雀白鹄舫，四角龙子幡。婀娜随风转，金车玉作轮。踯躅青骢马，流苏金镂鞍"这般奢靡。

那么，最后只剩下两个人：刘勋和李术。

《孔雀》的故事基本可以认定发生在建安元年到建安五年之间。刘勋在任时间是建安元年到建安四年，而李术在任时间只有短短一年。到底他们两个，谁才是《孔雀》里的太守呢？

看来我们还是要从诗中去找证据。

焦仲卿回去与母亲诀别的时候说："今日大风寒，寒风摧树木，严霜结庭兰。"庭兰就是白玉兰，一般于农历二月中至三月初开花，花期为整个三月，是以又名"望春花"。长江流域的白玉兰花期一般在农历一月。根据竺可桢的观点，汉末正处于中国历史上第二个寒冷时期，平均气温比现代要低一到二摄氏度，所以位于江南的庐江，花期会和现在黄河流域相等同。

因此，从焦仲卿所描述的情景来看，所谓"大风寒"正是一岁之初倒春寒之际，大概就是二三月间。

从诗中描述可知，就在焦仲卿说这句话的时候，太守正在高高兴兴地筹备婚礼。《孔雀》诗里说得清楚："府君得闻之，心中大欢喜。视历复开书，便利此月内，六合正相应。良吉三十日，今已二十七，卿可去成婚。"

也就是说，刘兰芝的婚礼定在了三十日。结合焦仲卿家的"庭兰"被风霜摧折的情形来看，当为三月三十日。

那一天是太守亲自确定的良辰吉日，焦、刘二人殉情，也是在这一天。

接下来，让我们推算一下从建安元年到建安五年这五个三月三十日的天干地支。年和月份都比较清楚，一查便知：

建安元年为丙子年，三月辛辰

二年为丁丑年，三月甲辰

三年为戊寅年，三月丙辰

四年为己卯年，三月壬辰

五年为庚辰年，三月庚辰

日子较难推算，因为在灵帝末年，朝廷改用《九章算术》的注者刘洪改进过的四分历。因此我设定了一个基准点。《后汉书·献帝传》载："（建安元年）八月辛丑，幸南宫杨安殿。癸卯，安国将军张杨为大司马……辛亥，镇东将军曹操自领司隶校尉，录尚书事……庚申，迁都许。己巳，幸曹操营。"

同一个月内出现了辛丑、癸卯、辛亥、庚申、己巳五个日子。辛丑和己巳一头一尾，两者相差二十九天。同传又说："秋七月甲子，车驾至洛阳……丁丑，郊祀上帝……己卯，谒太庙。"以此为参照，可以确定建安元年八月一日为甲子。

接下来就是冗长而单调的推算，从略。总之从建安元年到建安五年，这五个三月三十日里，唯有建安五年的三月三十日符合太守所谓"六合相应，良吉三十"的标准，其他几个日子，按照传统命理学说来看，都不算吉日。

而建安五年，在位的庐江太守正是李术。

在这里稍微回顾一下李术的经历。

根据为数不多的史料记载，此人是汝南人，在孙策麾下颇受信重。建安四年，袁术去世，袁术手下的一部分将领企图投奔孙策，却被庐江太守刘勋截杀。孙策大怒，挥军攻拔庐江。刘勋无路可去，只能北上投奔曹操。孙策就地派麾下大将李术担任庐江太守，还拨了三千人马给他。

曹操眼见孙策坐大，深恐在消灭袁绍之前腹背受敌。恰好荀彧给他推荐了一个名叫严象的人，在南边对付袁术。袁术既然死了，曹操便就地任命严象为扬州刺史，去安抚孙策，还举孙权为茂才以示亲切。严象没想到的是，他一抵达庐江，就被李术杀掉了。

李术杀严象，究竟是因为李术跋扈，还是孙策授意而为，已无可考据，总之堂堂一位刺史就这样被杀了。而曹操忙于应付袁绍，也无暇找他算账。没过两个月，意图袭击许都的孙策就离奇地被许贡门人刺杀了。结果严象遇害一事，便被搁置了。

年仅十八岁的孙权接下了孙策的事业，周瑜、张昭等人倾心辅佐，却不代表所有人都认同他。李术久有异心，看到孙策身死，便极其高调地接纳了从孙权麾下叛逃的人，打算自立。孙权问他要人，李术回了一封无比嚣张的信："有德见归，无德见叛，不应复还。"孙权正愁初掌大权无处杀威，见李术这等态度，立刻写信给曹操，说："严刺史是您亲自选拔的，没想到一来这里就被李术那厮砍了，我早就看他不顺眼了，就让我替严刺史报仇吧！"

于是孙权亲自率领孙氏亲族大举围城，李术走投无路，向曹操求援。曹操既没兴趣也没余力去救他，结果皖城被攻破，李术被枭首，结束了他不太光彩的一生。

李术从就任庐江太守到败亡大约半年，横跨建安四年和建安五年。时间虽短，却还算比较平静，没有战乱，没有屠城，没有迁徙，算是庐江百姓最后的安宁时光。

从心理角度来说，李术是个桀骜不驯的人，虽然在孙策麾下他不敢造次，但野心这种东西是无法压制。当他被任命为庐江太守，第一次拥有自己的武装和地盘时，心中必然大喜。带着这种昂扬情绪给儿子娶亲，借机大操大办，也是可以理解的。

于是，太守的身份问题就算是初步解决了。如此看来，焦仲卿和刘兰芝的悲剧，不过是被提前了半年而已。就算他们没有被拆散，继续相依为命，很快也会遭遇孙权的屠城；就算逃过屠城这一劫，也会随着其他十几万户被曹操强迫迁徙到北方。如果运气不好的话，夫妻两人，一个在魏属庐江，一个在吴属庐江，不能交通来往，更是悲惨。乱世下的小人物命运，真是叫人唏嘘。

我在满足之余，却还带着淡淡的遗憾，有一个疑问始终在心中挥之不去——难道《孔雀》真的只是一曲小人物的悲歌吗？焦仲卿和刘兰芝，真的只是乱世之中的一粒不为人知的沙子吗？

再一次重读《孔雀》，我发现自己忽略了一个小小的细节。

这个细节对《孔雀》本身来说，无关宏旨。但当《孔雀》与外部世界的联系被确定的时候，这个细节连缀起来的，是一个令我们后世之人为之一惊的历史可能性。

《孔雀东南飞》中，焦仲卿跟母亲诉说自己对刘兰芝的深情，他母亲这样说："何乃太区区！此妇无礼节，举动自专由。吾意久怀忿，汝岂得自由！东家有贤女，自名秦罗敷。可怜体无比，阿母为汝求。便可速遣之，遣去慎莫留！"

他母亲觉得邻居家有个叫秦罗敷的大姑娘比刘兰芝好得多，劝儿子去娶那个新欢。

这个女孩的名字是否有些耳熟？

秦罗敷？

那不就是另外一首乐府《陌上桑》里的女主角吗？

在《陌上桑》中，罗敷是一位充满智慧的坚贞女子，当轻佻的"使君"

调戏她的时候，她利用巧妙的言辞拒绝了对方的请求。

有一种说法认为"秦罗敷"是汉代美女的通称，所以在两首乐府里都出现了这个名字，这当然是一种可能性。

但还有一种可能性——如果这两个秦罗敷就是同一个人呢？

也就是说，假定秦罗敷真的也生活在建安年间的庐江，并和焦仲卿做邻居呢？

在《陌上桑》里，秦罗敷曾经如此夸耀过自己的夫君："东方千余骑，夫婿居上头。何用识夫婿？白马从骊驹，青丝系马尾……十五府小吏，二十朝大夫，三十侍中郎，四十专城居。"

其中"十五府小吏，二十朝大夫，三十侍中郎，四十专城居"不能当成一份真实履历。汉末"大夫"是官内官，属于君主宿卫人员，但多为闲职荣衔，二十岁断不可能获此官位；"侍中郎"按汉无此官职，或为侍中，侍中为省内官，比大夫离君主又近了一层。

所以从小吏到大夫，再到侍中郎云云，只是虚指和比附，暗示她夫婿年富位显、官职高远。乐府里很多诗句提到"侍中郎"，都是作为夸饰自家官位高的代称。"专城居"有两种解释，一种是有专城居住，暗喻太守、刺史、州牧等地方大员；还有一种是表示他有资格在京城居住，是京官。

所以这一段话，意思应是自己的夫婿平步青云，位高而权重。《后汉书·舆服志·诸马之文》载："卿以下有耕者，缇扇汗，青翅尾，当卢文髦……""青翅尾"即诗中所云"白马从骊驹，青丝系马尾"，足见显贵。

真正要留意的，是前两句："东方千余骑，夫婿居上头。"东方就是东都洛阳，进一步引申为天子所在的都城，从这一点来看，"专城居"显然该用第二种解释，即京官。

秦罗敷的丈夫能统领一千多名骑兵，又是京官，这究竟会是什么职位呢？

查《汉官仪》，可知长水校尉统乌桓骑兵七百三十六人，员吏百五十七人，加起来恰好近一千之数。查遍汉代官职，同时符合"千骑""京城"与"近官"的，唯有秩比两千石的长水校尉。

长水校尉属北军诸校，掌屯于长水与宣曲的乌桓人和胡人骑兵。汉末虽然这个职位早已不统兵，但编制仍旧是存在的。

既然秦罗敷和焦仲卿同为建安人物，那么她的夫婿也该是建安时人。而建安一朝里，担任长水校尉的、可以查到的只有一人——种辑。

这一下子把我们从庐江远远地抛到了北方的许都。

长水校尉种辑和车骑将军国舅董承、昭信将军吴子兰、议郎吴硕等人都是献帝身边的忠臣。他们在建安四年接了汉献帝的衣带诏，密谋反曹，结果在建安五年正月被悉数诛杀。

秦罗敷在庐江采桑，她的夫婿却在许都因为反对曹操而死。这本身已经充满了传奇的色彩，而种辑被杀三个月后，发生了一件在三国历史上举足轻重的大事，陡然让这一层关系变得更不寻常。

建安五年元月，董承、种辑等伏诛；四月，孙策在丹徒遇刺身亡。

表面上看，这两件事并没有任何联系。

但如果仔细分析这两件事的性质，就会发现其意味深长。

孙策生前一直"阴欲袭许，迎汉帝"，以他的实力，这计划如果真的实现，只怕曹操会有大麻烦；而董承的计划如果实现，汉帝自立，习惯了"奉天子以令不臣"的曹操也会有大麻烦。

这两件反曹大事一内一外，目的惊人地一致，发动的时间如此接近，而失败的时间也近乎一致，这实在不能不让人深思两者之间是否有什么必然的联系。

回过头重新检视孙策在江东的声望。他"诛其名豪，威行邻国"，收人无数，也得罪人无数。破陈瑀，杀严白虎，杀高岱，杀许贡，杀于吉，杀周昕，孙策每杀一个名人就多树了许多敌人。陈登曾经偷偷发给严白虎余党印绶，让他们对付孙策，好为陈瑀报仇，可见就算许贡门客刺杀失败，后面等着对付孙策的人，还排着长长的队呢。

而庐江郡，恰好也是这么一个对孙策孕育着仇恨的地方。

建安前，庐江太守陆康深孚人望，与孙坚原来关系还不错，孙坚还曾经救过陆康的从子。可当袁术派遣孙策攻打庐江的时候，急于获得地盘的孙策采取了激进的手段。"围城数重。康固守……受敌二年，城陷。月余，发病卒，年七十。宗族百余人，遭离饥厄，死者将半。"（《后汉书》）东吴的中流砥柱陆逊陆伯言当时也在城里，在围城前被送到了吴中，才得以幸免。

陆康被孙策逼死之后，陆氏宗族也大受波及。庐江变成了孙策扎在江东大族心头上的一根刺。后来孙策、孙权两代极力拉拢陆康的儿子陆绩、从孙陆逊，也是存了舒缓抚慰之心。

值得注意的是，庐江被围的时候，"吏士有先受休假者，皆遁伏还赴，暮夜缘城而入"，这可以与臧洪被杀时"洪遣司马二人出，求救于吕布；比还，城已陷，皆赴敌死"相比较。可见陆康麾下对陆康的爱戴与忠诚，不逊于"烈士"臧洪。

如此忠诚之士，看到自己的主人因孙策而死，主家残破，会有什么举动，不言而喻。

《孔雀》诗里，焦仲卿描述与刘兰芝新婚宴尔，"共事二三年,始尔未为久"，而那时候他早已经是府吏。也就是说，在陆康为太守时，焦仲卿就在太守府供职，可以称得上深蒙陆康知遇的"庐江故吏"。

于是建安五年的两件大事——刺曹与袭曹——在看似毫无关联的庐江郡产生了交集。其中的两个关键人物，一个是与反曹先锋种辑有姻亲关系的秦罗敷，另一个则是主人愤死的"庐江故吏"焦仲卿。

仔细读《孔雀》一诗可以发现，焦仲卿是很忙碌的。刘兰芝就曾经抱怨说：

"君既为府吏，守节情不移。贱妾留空房，相见常日稀。"

这几句抱怨提供了两个重要线索。第一，焦仲卿非常忙碌，很少回家；第二，他是个"守节情不移"的人。作为府吏，工作忙碌是可以理解的，可这是他的本职工作，为何刘兰芝要用"守节"这个词呢？

陈寿在评价吕凯的时候，用了同样意思的一个词——守节不回，表彰其面对雍闿等人的威胁，仍旧忠诚于刘备、刘禅的行为。可见"守节"是指忠诚故主，坚定不移。庐江是袁术授意孙策攻下来的，又派来了麾下大将刘勋做太守，焦仲卿与他谈不上什么故主之情，那么刘兰芝说的"守节"，只能解释成焦仲卿为陆康守节情不移。

可陆康当时已死，为死去的故主守节，唯有自尽与报仇两种方式。比如臧洪的两位司马，就是选择了第一种方式，而焦仲卿，可能选择的是第二种。恐怕他平日在家里经常长吁短叹，也向妻子透露过内心的志向，所以刘兰芝知道丈夫的心思，才会说他"守节情不移"。

焦仲卿整天忙碌而不回家，那么他到底在做些什么呢？

让我们暂时把视线放回到许都。

当孙策打算袭击许都的消息传到曹操耳中的时候，许多人都很惊慌，唯有一位幕僚笑着说："策新并江东，所诛皆英豪雄杰，能得人死力者也。然策轻而无备，虽有百万之众，无异于独行中原也。若刺客伏起，一人之敌耳。以吾观之，必死于匹夫之手。"（《三国志》）

短短数天之后，孙策就遇刺身亡。这段话显示出了惊人的预见性，和后面事态的发展极其一致。如果说前半段评价孙策在江东树敌太多，容易招致报复，还算是分析到位的话，后半段说孙策一定会死于刺客之手，就近乎神仙一样的预言了。

这位幕僚，就是曹操手下最可怕的谋士郭嘉。

郭嘉这一段话，作为战略分析来看非常不靠谱，没有人会把重大战略建筑在"仇人太多，早晚会被暗杀"这个不确定性极高的薄弱基础之上——除非他能洞见未来。

郭嘉虽然聪明，但他不是神仙。所以，与其说"孙策被刺"是郭嘉的推测，倒不如说是他成竹在胸的一个计划，一个他早就在策划和部署的暗杀计划。只有在这个计划是郭嘉全盘掌握的时候，他才会十分笃定地劝曹操不必担心南方之事。

孙策的被刺，是郭嘉策划的。问题就在这里出现了，从建安四年开始，郭嘉一直身在许都，随后还跟随曹操去了官渡，没有记录表明他曾经外出过。而刺杀孙策这等大事，必须有一个人在江东居中调度、主持。

因此，郭嘉需要一个当地的代理人，才能执行暗杀孙策的计划。这个代理人必须熟悉江东环境，有一定人脉，最好与孙策有仇怨，而且身份还不能引人注意。

于是，完全符合这些条件的焦仲卿进入了郭嘉的视线。而联络的时机，应该就是在建安四年下半年，当时曹操正极力安抚孙策，"乃以弟女配策小弟匡，又为子章取贲女，皆礼辟策弟权、翊"（《三国志·吴书·孙策传》），聘使不绝于道，郭嘉很容易就能安插人进去，以使节身份去联络焦仲卿。

为什么郭嘉不找许贡门客，反而大费周章地去找庐江的焦仲卿呢？

原因有三。

第一，建安四年，庐江太守已经换成了孙策的大将李术，所以焦仲卿可以利用自己的府吏身份从李术那里得到孙策的情报，然后指示刺客埋伏到预定地点，实施刺杀。他掌握情报的优势，是许贡门客所不具备的。

第二，江东当时普遍对北方来人有不信任感，而焦仲卿是本地人。庐江与吴郡相距不远，庐江太守陆康和吴郡太守许贡一向关系良好，两人又都是为孙策所杀。派焦仲卿居中主持，拉拢许贡门客和其他刺客，容易产生共鸣，得其死力。

第三，从政治上来说，曹操不可以公开针对孙策，那只会引起其他诸侯的疑忌，继而群起攻之。所以暗杀行动必须低调、保密，让所有人都以为是一场私人仇杀。对孙策动手的是许贡门客，主持者是焦仲卿，两者动机都十分充分。万一暗杀行动不成反遭泄底，孙策最多也只能追查到焦仲卿这一层，联想不到隐藏在幕后的许都黑手。许贡门人、焦仲卿就是郭嘉布置下的两层保护性帷幕。

有了这层关系，焦仲卿"守节"的忙碌，就不难理解了。

《孔雀》诗中提到，刘兰芝在三月二十七日接受了与李术儿子的亲事，三十日举办婚礼。而焦仲卿一直到了三十日，才匆匆赶了回去，"府吏闻此变，因求假暂归"。

焦仲卿在太守府工作，太守儿子结婚，他肯定会第一时间知道。可自己老婆要和别人结婚了，他当时没有采取任何行动，一直到结婚当天才抽身返回。到底什么事情让他忙到连老婆都不顾了呢？

三月三十日李术儿子婚礼，转月孙策就遭到了暗杀，前后相隔才数日。可见刘兰芝答应亲事的时候，正是暗杀行动的最后关头。可以想象，焦仲卿给许贡门人布置完了最后的计划，让他们赶往丹徒，自己这才心急火燎地赶回庐江。

郭嘉远在许都，完美地遥控了这一起暗杀事件，消弭了南方的威胁。焦仲卿安排完了刺杀计划，对故主陆康已尽忠，生无可恋，于是和刘兰芝一起自杀。

这听起来很合理，却并不能解释全部的事实。

关键的矛盾，还在于孙策的计划。

史书说孙策筹划袭击许都、迎接皇帝，但仔细想想，这个计划是不那么牢靠的。孙盛就曾经直言不讳地评价道："孙策虽威行江外，略有六郡，然黄祖乘其上流，陈登间其心腹，且深险强宗，未尽归复，曹、袁虎争，势倾山海，策岂暇远师汝、颍，而迁帝于吴、越哉？"

简单来说，如果孙策在丹徒发动突击，要一路打到许都，周围要顾忌的势力太多了。到了许都，短时间内也不可能破城。整个计划执行起来难度太大，变数太多——除非孙策在许都已经有了内应，可以在他到达许都的时候控制住汉献帝，开城配合。

我们今天都知道了，这些内应，显然就是接了衣带诏的董承、王服、吴硕和种辑他们。有了他们的配合，孙策便可以针对许都实施一次手术刀般精准的斩首行动，迎回汉帝。

史书上把这两件事分开记录，我们单独审视它们的时候，会觉得这两个计划破绽百出。可如果"孙策袭许"和"董承诛曹"本来就是一个计划的两个层面，一内一外彼此配合，一切疑问便迎刃而解了。

这个计划破坏力极其巨大，同时也需要极精密的筹划。许都和江东要配合密切，两者行动时间必须同时。如果孙策晚来，董承很可能会招致曹操势力的疯狂报复，无法送出汉帝；如果董承发动诛曹时机过晚，孙策便只能屯兵许都城下。

就像郭嘉在江东找了一位代理人一样，为了完成这个计划，董承和孙策也需要一位中间的联络人。可是董承等人在江东毫无根基，孙策在北方也面临同样的窘境。两者都能够接受的联系人，只有长水校尉种辑的夫人——秦罗敷。

于是焦点又落回到庐江。

仔细想想，意图刺杀孙策的焦仲卿，和意图联络孙策北上勤王的秦罗敷，这两个人居然还是邻居，真是多么巧妙的巧合。

可是，在阴谋论的世界里，没有巧合。究竟焦仲卿和秦罗敷之间有无联系呢？解开关键的钥匙，在于《陌上桑》与《孔雀东南飞》里的矛盾。

《陌上桑》里，罗敷明确指出"使君自有妇，罗敷自有夫"。《孔雀》里，焦母却还在说"东家有贤女，自名秦罗敷。可怜体无比，阿母为汝求"。

焦母是普通老百姓，她熟悉的只是家长里短。她想为儿子求亲，说明至少秦罗敷的公开身份是单身。而秦罗敷已经婚配的消息，事实上只对一个人说过，那个人就是《陌上桑》里的男主角"使君"。

"使君"一词在汉末是对政府官员的尊称。秦罗敷在皖城采桑，那么整个皖城最有资格被称为使君的，只有现任太守李术。

但《陌上桑》里，对李术与秦罗敷的初次接触，是这样描述的："使君从南来，五马立踟蹰。使君遣吏往，问是谁家姝。"可见李术并非亲自去与秦罗敷调情，而是遣了一个小吏去探询。

调情这种事，一向以隐秘为要。李术不亲力亲为，反而要派个外人前往探询，这怎么看都不合理。

除非他们不是在调情，而是在交换什么秘密信息，李术才会"五马立踟蹰"，不让过多随从参与，只派遣了一个信得过的小吏前往。

不要忘记了秦罗敷的身份，她肩负着为许都联络孙策的使命。可她毕竟是个女性，许多事情不方便做。而李术是孙策的大将，搭上李术，就等于建立起与孙策的稳妥渠道。

而这个"吏"，很有可能就是《孔雀东南飞》里反复强调的"府吏"焦仲卿。他作为太守府的办事员，代表李术前往接洽，再正常不过。而且焦仲卿与秦罗敷是邻居，很可能之前已经接触过，这才安排李术与秦罗敷做一次戏剧性的会面。

于是，《陌上桑》里秦罗敷对"小吏"焦仲卿的那一段夸耀就意味深长了。让我们来回顾一下当"使君"向秦罗敷说出接头暗号"宁可共载不"之后，秦罗敷是怎么传递情报的："东方千余骑，夫婿居上头。"这是暗示许都那边即将有事发生，有人派我联系你，这个人是长水校尉。

"白马从骊驹，青丝系马尾，黄金络马头，腰中鹿卢剑，可直千万余。"

这五句是暗示除了长水校尉以外，还有许多朝廷高层参与。"鹿卢剑"代表决断，"可直千万余"代表着珍贵，意即皇帝。

"十五府小吏，二十朝大夫，三十侍中郎，四十专城居。"这四句通过描述升迁履历，来强调每一个衣带诏阴谋的参与者都是一步步升迁而来的汉室忠臣，他们无不感念汉室的拔擢之恩。

"为人洁白晰，鬑鬑颇有须。"这两句是描述种辑的外貌，因为许都必然会派人来与庐江联络，便于互相辨认。

"盈盈公府步，冉冉府中趋。坐中数千人，皆言夫婿殊。"这四句是详细交代董承诛杀曹操的计划。计划将在曹操日常办公的司空府内发动，趁曹操"冉冉府中趋"，跟随的卫士比较少的时候骤然发难。然后，秦罗敷还为焦仲卿壮胆，说参与政变者多达数千人。

通过《陌上桑》中的交谈，秦罗敷通过焦仲卿初步与李术接上了头。从孙策后来的举动来看，这根线确确实实地搭上了，形成了董承—种辑—秦罗敷—焦仲卿—李术—孙策这么一条复杂的情报链条。

秦罗敷失算的是，她少算了焦仲卿对孙策的仇恨。

焦仲卿为庐江故吏，对孙策的仇恨是相当深重的。秦罗敷则是为了确保孙策成功袭许，两人的目的完全是背道而驰。

而在两人接头时，焦仲卿完全看不出任何异常，他奔走于李术和秦罗敷之间，勤劳地传递着信息，似乎全然忘记了故主陆康的遭遇。

唯一的解释是，焦仲卿是在隐忍，是在伪装。他意识到，与秦罗敷搭上线，会更好地完成郭嘉交给他的任务。他扮演了一个双面间谍，一方面在秦罗敷的协助下传递情报，为董承、孙策筹谋计划，一方面把计划原原本本地通知给郭嘉。

有了如此情报不对称的优势，郭嘉便可以轻易破坏董承的衣带诏政变，然后精确定位孙策，实施暗杀，让对手完全没有任何反击余地——这都要归功于焦仲卿的存在。

董承在内，肘腋之变最为危险，因此郭嘉或者曹操率先出手，在正月诛杀董承。至于远在江东的孙策，一直要到四月，才落入许贡门客的弓箭射程之内。

这一前一后的时差，让史书和后世治史者产生了错觉，认为两者是彼此孤立的事件。我们只有将两者联系起来看，才能觉察到其中的矛盾，进而推断出隐藏在幕后的神秘推手焦仲卿。

至此，这个阴谋的蓝图已经被勾勒得很完美了。可我重新审视整个推论的因果链时猛然发现，这一串推理看似合理，但始终缺少一个关键环节。这个环节的缺失，让整个推论都陷入岌岌可危的境地。

整个事件中，无论是焦仲卿、孙策、种辑，还是郭嘉，他们都拥有鲜明的动机、明确的立场和清晰的身份，可是还有一位关键人物面目模糊。

这个关键人物就是秦罗敷。我们既不知道她在庐江的来历，也不知道她帮助种辑、联络孙策的动机何在，她曾经宣称种辑是她的夫君，这多半也只是托词。她就像是横空出世一般，在历史夹缝里惊鸿一现，然后彻底消失。

就像是警察不找出杀人犯的真实动机，就不能算破案一样，不找出秦罗敷这个人的真实身份和动机，我们就无法宣称发现了《孔雀东南飞》的真相。

为了弥补这一个缺失，我遍查史书，最后在《三国志·吴书·周瑜传》里发现了这样一条记载："（周瑜）从（孙策）攻皖，拔之。时得桥公两女，皆国色也。策自纳大桥，瑜纳小桥（史书写为二桥，后世衍文遂成二乔）。"

这里的"攻皖"，指的是建安四年孙策攻击刘勋所在的皖城。在那一次战役中，孙策攻下庐江，并委任李术为庐江太守。然后他发现了居住在皖城内的大桥与小桥（即后世的大乔和小乔），并和周瑜各娶了一个。

有趣的是，以孙策娶大桥为起点，历史陡然加快了速度。以庐江为中心，事件发生的密度间不容发，秦罗敷面拒使君、焦仲卿休妻、董承遇害、李术儿子婚礼、焦刘殉情等一系列事件旋即发生，直到孙策遇刺为止，让人眼花缭乱。

孙策与大桥的婚礼，就像是一个开关，开关一启动，整个事件便开始飞速地发展起来，并在短短半年时间内成熟。

这是巧合吗？也许是。但如果不是的话，该如何解释呢？

假如我们大胆地猜测，大桥、小桥其中一个人——甚至两个人都参与了——化名为秦罗敷并留在庐江，那么一切疑问便迎刃而解。

秦罗敷身上最大的谜团，是她帮助孙策的动机。而如果秦罗敷就是大小桥的化名，那么她们协助孙策也就毫不奇怪了。帮自己夫婿，岂不是一件天经地义的事情？

二桥名义上跟随着孙策和周瑜离开，实际上却化名秦罗敷隐藏在庐江，伺机为自己的夫君联络旧都故臣。作为双胞胎姐妹，两人的相貌十分相似，共用一个"秦罗敷"的未婚女性身份，其中一个人便可以奔走于许都与庐江之间，与种辑、焦仲卿交涉。

于是，我们不难理解，不明真相的焦母为何希望为儿子娶邻居家的"秦罗敷"，那可是国色流离、姿貌绝伦的二桥；更不难理解焦仲卿为何一口拒绝这门婚事，因为他恐怕早就猜中了"秦罗敷"的真实身份，他怎么可能会去娶仇人孙策的老婆。

那么她们最初又是如何与董承、种辑等产生联系的呢？

最大的可能，就在于被李术杀掉的扬州刺史严象。

严象是荀彧推荐给曹操的，胆智双全。建安四年，严象以督军御史中丞诣扬州讨袁术，恰好袁术败死，于是严象就接任了扬州刺史。作为扬州刺史，他的使命是宣抚江东各处，结果这使命未及完成，便被李术杀死。

荀彧是个坚定的保皇派，他所推荐的严象，未必不是心怀汉室。他宣抚江东，很难说是否身负着献帝的密诏或者董承的嘱托，寻找可以与曹操对抗的外部势力。孙策势力下的庐江，当是他的第一站。很可能，严象就是在这里与秦罗敷（二桥）见了面，并初步建立起了与朝中董承势力的关系。

严象在庐江意外地被李术杀死，种辑接替了他的位置，这条线仍旧维持着运作。

曹操对于严象的被杀，态度很是暧昧，证明他对于严象的效忠程度心存怀疑。这也从一个反面证明了严象效忠的对象究竟是谁这个问题。

经过严象的联络，二桥游走于许都与庐江之间，按照夫君（可能是周瑜）定下的策略，积极筹划与北方保皇势力的联系，最终促成了袭许与刺曹的终极计划。

问题来了，二桥与孙策关系如此亲密，为何还要寻求焦仲卿和李术的协助呢？

二桥留在庐江这件事，对孙策来说，应该是绝对的机密，不能轻易泄露。于是二桥在联络时便隐瞒了自己的身份，种辑也罢，董承也罢，严象也罢，他们只知道居住在庐江的"秦罗敷"，而不是孙策、周瑜的妻子"二桥"。如果"秦罗敷"亲自为许都联系孙策，无异于自曝身份。为了不暴露真实底细，如我前面推测的那样，"秦罗敷"只能大费周章地通过焦仲卿、李术，来为许都与孙策牵线。

这是二桥自我保护的措施，同时也为最后的失败埋下了祸根。

当孙策被刺之后，计划彻底夭折，二桥便彻底从人们的视野里消失了。无论是《魏书》还是《吴书》，对这一对姐妹的下落都讳莫如深，只留下了极少的资料，这恐怕是当权者要掩盖她们身后的秘密的缘故吧。

最后很堪玩味的，是当时的太守李术的态度。

焦仲卿同时为两条线奔走，忙得一定脚不沾地。他是个有公职在身的人，长久不履行职责，居然没有遭到任何责罚。我们可以大胆地推测，李术本人也参与了针对孙策的刺杀，并默许了焦仲卿在私底下的一系列活动。这从李术在孙策死后立刻拥兵自立的举动来看，不无可能。他盼望自立太急切了，急切到已经无法等待。

而李术杀严象，也变得顺理成章。

严象忠于汉室，来到庐江的真实目的是希望能与孙策联手，这是李术所不愿意见到的。而最妙的是，严象本人的官方身份是曹操委任的扬州太守，于是李术便可以毫无顾忌地杀死严象，对外则可以解释说是防止曹操势力在江东扩张，不必招致怀疑。

由此来看，李术替自己的儿子向刘兰芝求亲，不过是控制焦仲卿的一个手段罢了。他用这种方式告诉焦仲卿："你的老婆在我手里，可不许出去乱讲话。"这实在是有些以小人之心度君子之腹，李术以自己的心思去揣摩焦仲卿，却永远理解不了这些"为主守节"的义士的决心。

等到三月三十日，焦仲卿安排完刺杀，赶回庐江，满心以为大仇得报，可以安心过日子了。等待他的，却是李术的屠刀。李术将二人灭口，又把现场伪装成自杀，对外宣布两人是殉情自杀。

而这时候，周瑜已经把二桥及时转移出了皖城，否则孙权将极其被动。

老百姓们不知道其中险恶的内幕，一般更倾向于相信一个感人至深的爱情故事。

于是，通过对《孔雀东南飞》和《陌上桑》两首诗，以及结合历史上若干疑点与矛盾的分析，我们大概可以得出这样一个真相。

建安前，孙策攻破庐江，太守陆康因此病死。忠心耿耿的府吏焦仲卿决意为陆康报仇，却一直有心无力，只得隐忍不发。在这期间，他娶到了新婚妻子刘兰芝，两人相敬如宾。只是焦仲卿偶尔会向妻子透露自己的心愿，感叹不能酬志。

建安四年，孙策二度攻破庐江，任命李术为庐江太守。这时候，孙策或者周瑜见到了桥家的两个女儿，大张旗鼓地娶走了她们，然后又偷偷送回到庐江，以"秦罗敷"的身份隐居下来，两人共饰一角，以便可以随时外出联络。

在许都，曹操的势力和汉献帝的势力都对江东突然崛起的孙策感到惊讶。汉献帝阵营认为这是制衡曹操的好机会，曹操以郭嘉为首的幕僚们则认为孙策将会是个潜在的巨大威胁。在这两方面的努力下，扬州太守严象前往庐江，而为两家结亲的报聘使者也络绎不绝。

很快严象来到庐江，他表面属曹党，却忠心汉室。他与"秦罗敷"建立了联系，并商定出了袭许刺曹的计划雏形。很快李术发现严象的真实企图，颇有野心的他将严象杀掉，"秦罗敷"则幸运地逃脱了，并与长水校尉种辑重新设立了渠道。

与此同时，曹操派来江东报聘的使者团也路过庐江。其中一个人是郭嘉暗藏的密使，他成功地联络上了一心想为陆康报仇的焦仲卿。

"秦罗敷"应种辑的要求，以采桑为名，与李术做了第一次接触。

李术身份敏感，没有亲自前往，而是派出了焦仲卿与之联络。"秦罗敷"向焦仲卿和盘托出了董承、种辑的计划，希望他能联系孙策，与董承配合反曹。可她（们）没想到的是，焦仲卿一听到孙策这个名字，复仇的火焰熊熊地燃烧起来。

在李术的默许下，焦仲卿一面对"秦罗敷"虚与委蛇，为孙策和董承的配合穿针引线，一面与许都联系，向郭嘉汇报了这件事。郭嘉将计就计，委托焦仲卿联络江东豪族，准备刺杀孙策。焦仲卿还从"秦罗敷"那里得到许都密谋的详细情报，他把这些都传给了郭嘉。

到了建安五年初，曹操根据郭嘉的情报，先发制人，董承等人被杀，刺曹计划夭折。这个消息传到江东，让太守李术有些惊慌，他唯恐孙策知道自己暗中的勾当，就故意唆使焦仲卿的母亲挑拨焦仲卿和爱妻刘兰芝的关系。

不明真相的焦母这时还想为"秦罗敷"和焦仲卿说亲，反被焦仲卿一口拒绝。"秦罗敷"意识到，形势已经恶化到了一定程度。可她们还没意识到焦仲卿的异心已经对孙策产生了威胁。

李术故意为自己的第五个儿子求亲，并定了婚礼的日期，三月三十日。李术通过这种方式，暗示焦仲卿要尽快杀掉孙策，否则妻子难保。

李术并不了解，即使他不胁迫刘兰芝，焦仲卿要为故主报仇，也会全力以赴。

到了三月三十日，焦仲卿获得了孙策前往丹徒的确切情报，他让许贡门客埋伏在指定地点，然后心急如焚地赶回庐江，希望能赶上婚礼，向李术讨回爱妻刘兰芝。

李术见暗杀计划已经发动，焦仲卿再无用处，便先伪造了刘兰芝的自杀现场，然后让焦仲卿"自挂东南枝"，以此掩盖自己在这起谋杀中的作用。他甚至有意识地在皖城开始传播焦、刘二人坚贞的爱情故事。

皖城百姓，听到这故事无不潸然泪下。而深悉内情的"秦罗敷"听到这个故事时，立刻意识到败局已定。此时无论她（们）做什么，都无法解除孙策被刺的危机了。

建安五年四月初，孙策在丹徒遇刺身亡，至此江东威胁曹操的计划彻底破产。李术则借孙策之死举兵自立，"秦罗敷"或凭借自己的才智，或由于周瑜的接应，顺利地逃出了皖城。

皖城旋即为孙权所攻破，城内军民或屠或徙，星流云散，再没有人注意到"秦罗敷"的消失，也没有人能够回想起焦仲卿这几年的异常举动。

"秦罗敷"回到江东，恢复了大桥、小桥的身份。可她们的经历实在太过敏感，孙权消灭了几乎全部的证据，大桥被安置在不为人知的隐秘角落，不见于任何史书，而随周瑜的小桥也被警告要三缄其口。

等到周瑜病死之后，小桥携遗孤回到庐江这个伤心地，并安静地死在了故乡。至今庐江县城西郊尚有小乔墓，旧称乔夫人墓，俗名瑜婆墩，与城东周瑜墓遥遥相望。

而《孔雀东南飞》与《陌上桑》，未尝不是这两（三）位才貌双全的女子在被人遗忘前所创作的诗篇，试图通过这种隐晦的方式，向后世之人传达着自己曾经存在的证据。

谁能想到这一个伪造的爱情故事背后，还隐藏着如此波谲云诡的政治纷争呢？

认真你就输了！

❮ 风雨《洛神赋》❯

我们的演员们终于纷纷退场，只剩下《洛神赋》流传至今，叫人嗟叹不已，回味不休。千载之下，那些兵戈烟尘俱都散去，只剩下《洛神赋》和赋中那明眸善睐的传奇女子。世人惊羡于洛神的美貌与曹植的才气，只是不复有人了解这篇赋后所隐藏的那些故事与人性……

公元 222 年，魏黄初三年。曹植在从邺城返回封地鄄城的途中，写下了一篇文章。

在这篇文章里，曹植说自己在途经洛水时邂逅了传说中的伏羲之女洛神，极尽描摹这位佳人的风姿神采，字里行间充斥着强烈的倾慕之情。他就像是一位陷入疯狂热恋的年轻诗人，把所能想象到的最美好的词汇，都毫不吝惜地加在这位女子身上。

这就是中国文学史上赫赫有名的《洛神赋》。其中"翩若惊鸿，婉若游龙""陵波微步，罗袜生尘"之类的描绘，已成为千古名句。

很多人都知道，在《洛神赋》的背后，还隐藏着一段众所周知的曹魏宫闱的公案。据说曹植对曹丕的妻子甄妃怀有仰慕之情，《洛神赋》里的洛神，其实就是暗指甄妃，曹植借着对洛神的描写，来释放自己内心深处最为炽热却被压抑已久的情感。

唐代李善在《昭明文选》后的注解中讲了这么一个故事：最初想娶甄妃的是曹植，结果却被曹丕抢了先，曹植一直念念不忘。在甄妃死后，曹植入朝去觐见曹丕，曹丕拿出甄妃曾用过的金缕玉带枕给他看，曹植睹物思人，大哭一场。到了晚上，甄后之子曹叡摆宴请自己的叔叔，干脆把这个枕头送给他。曹植揣着枕头返回封城，途经洛水时梦见甄妃前来与之幽会，有感而发，写成此篇。

从文学角度，这是一个感人的故事，可惜的是，它终究无法取代真实的历史。

这个故事破绽很多。历史上的曹丕，是个出了名的小心眼，对自己的弟弟向来欲除之而后快，七步成诗的故事人人皆知。曹植被他死死囚禁在封地大半辈子，最后郁郁而亡。其他兄弟如曹彰、曹衮、曹彪等人，处境也是一样凄惨。

曹丕这种防兄弟如防贼的态度，就连陈寿都有点看不下去，著史时评论说："待藩国既自峻迫，寮属皆贾竖下才，兵人给其残老，大数不过二百人。又植以前过，事事复减半，十一年中而三徙都，常汲汲无欢，遂发疾薨。"

这样一个男人，如果知道弟弟觊觎自己的老婆，不怒而杀之已属难得，怎么可能会把老婆的遗物拿出来送人呢？——何况送的还不是寻常之物，而是暧昧至极的枕头。后世李商隐揶揄这段典故，写了一句诗，"宓妃留枕魏王才"，可见枕头这东西是很容易让人产生不良联想的。曹丕再缺心眼，也不会这么主动把一顶绿帽子戴在自己头上。

由此可见，李善这个故事，有太多他自己想当然的发挥。

不过，这个故事也并非空穴来风。读过《洛神赋》的人都知道，赋中有着情真意切的心绪和细致描摹，让人很难相信曹植只是一时兴起去歌颂一位虚无缥缈的仙子，而不是在寄情隐喻。

曹植对甄妃的感情，不是谮妄之言。这份感情，虽然史无明载，却可以被史料间接证实。而这个证实的契机，就是《洛神赋》的原名。

根据史料记载，《洛神赋》的原名叫作《感鄄赋》。历代许多研究者认为，曹植在黄初二年被封鄄城侯，次年升为鄄城王，因此赋成此篇，以兹纪念。

这看起来言之成理，可惜却是不正确的。汉赋之中，以地名为篇名的并不少见，如《二京赋》《两都赋》《上林赋》等，却从来没有任何一篇是以"感＋地名＋赋"的格式命名的。

更深一步分析，鄄城在今山东西南，曹魏时属兖州济阴郡，洛水则是在陕西洛川，两处相隔十分遥远。曹植在一篇名字叫《感鄄赋》的文章里只字不提鄄城，反而大谈特谈渡过洛水时的经历，这就像在《北京游记》里只谈黄浦江一样荒谬。

除非《感鄄赋》醉翁之意不在酒，别有所感，这个鄄字另有含义。

心细的人可能会发现，在《三国志》里，这个地名一律直书"鄄城"，如《程昱传》载："张邈等叛迎吕布，郡县响应，唯鄄城、范、东阿不动。"可到了范晔写《后汉书》的时候，每提到鄄城，都写成了"甄城"，其下还特意标明注解"县名，属济阴郡，今濮州县也。'甄'今作'鄄'，音绢"。

"鄄"字与"甄"字形几乎一样，从垔（yīn）。"鄄"字读成绢，而"甄"字在当时并不读"真"，按照许慎《说文解字》的记录，甄字居延切，与"鄄"的发音基本一样。《史记》里，既写道"晋伐阿、甄"（《司马穰苴传》），又写道"膑生阿、鄄之间"（《孙膑传》）。可与《后汉书》同为例证，证明甄、鄄二字从两汉到魏晋南北朝时期是可以通用的。

曹植既然志不在鄄城，"鄄"又和"甄"通用，那么《感鄄赋》其实等于《感甄赋》。而这个"甄"字究竟指的是什么，指的又会是谁呢？

建安十六年，曹植莫名其妙地写了一篇《出妇赋》，其中有"痛一旦而见弃，心忉忉以悲惊……恨无愆而见弃，悼君施之不终"之句，句句暗扣。其时曹植本人没遭遇什么变故，突然发此感慨，又是意有何指？

黄初二年，甄妃在凄惨中去世；就在同一年，曹植的监国谒者灌均给曹丕上了一份奏折，密告"植醉酒悖慢，劫胁使者"。于是曹植被贬为安乡侯，后又被远远地撵到了鄄城。到底是什么事情能让曹植心神大乱，以致醉酒闹事到"劫胁使者"这么失态?

如果这些证据都还是捕风捉影的话,那么接下来的事实就是板上钉钉了:曹丕与甄妃的儿子曹叡即位之后,下诏改《感鄄赋》为《洛神赋》。若不是怕有瓜田李下之讥,对自己母亲的名节有损,我想曹叡也不会特意去关注一篇文章的名字。

可见曹植写赋借洛神之名缅怀甄妃一事,基本可以定案,只是没有李善说得那么夸张罢了。他利用自己的才华玩了个鄄、甄互换的文字游戏。也许这时候会有人问,你绕了一大圈,除了论证出曹植确实对甄后怀有感情以外,岂不是一无所得吗?

并不是这样,这只是一个开始。

证实《洛神赋》中的洛神为甄妃后,另外一个巨大的矛盾便缓缓浮出水面。

曹丕是识字的,文章写得极好,与曹操、曹植在文学史上并称三曹。曹植在甄、鄄二字上玩的这么一个浅显的文字游戏,曹叡尚且看得出来,何况曹丕。前面说了,曹魏对藩王的限制是极其严苛的,稍有举动就会被无情打击。面对这么一个小心眼的哥哥,曹植还敢写这种东西,莫非他不要脑袋了吗?

事实比猜测更为离奇。《感鄄赋》面世之后,史书上没有记载曹丕对此有任何反应。要知道,在前一年,曹植只是喝醉酒,监国谒者都要打小报告给曹丕,曹植这次公然调戏到了自己媳妇头上,曹丕居然无动于衷,实在太不符合逻辑了。

当两段史料产生矛盾时,要么其中一段史料是错误的,要么两者之间缺乏一个合理的解释。

《三国志》的记载是可信的,而《感鄄赋》也是真实的。既然两者都没问题,那么只能是解释方法的错误。也就是说,围绕着《感鄄赋》,甄妃和曹丕、曹植之间的关系,并不是夫妻二人加一个精神第三者这么简单。

简单介绍一下甄妃的生平。她是中山无极人，名字不详，后人因为《洛神赋》里洛神别名宓妃的缘故，把她叫作甄宓。严格来说，这是不对的，不过为了行文方便，下文姑且如此称之。

甄宓生得极为漂亮，十几岁就嫁给了中原霸主袁绍的儿子袁熙。袁绍失败后，曹军占领邺城，曹丕闯进袁氏宅邸，一眼就看中了甄宓，欣然纳入房中。甄宓为曹丕生下一儿一女，即曹叡和东乡公主。后来曹丕称帝，宠幸郭氏，甄宓年老色衰备受冷落，屡生怨谤，竟被赐死，死时被发覆面，以糠塞口。再后来曹叡即位，杀郭氏以报母仇。

表面看来，甄宓与曹植之间没什么纠葛，两人年纪相差十岁，最多是后者对一个成熟女性的青春期憧憬罢了。

好在曹植是个文人，文人总喜欢发言议论，所谓言多必失。在反复查阅中，我终于在曹植写给曹叡的一封书信中，发现了一条微弱的线索。这条线索非常晦涩，可当我们把它从历史尘埃中拎起来时，它所牵连出来的，却是一连串令人瞠目结舌的真相。

曹植是一个有雄心的人，他对自己被软禁而无所作为的境况感到非常郁闷。史书上说他"常自愤怨，抱利器而无所施，上疏求自试"，意思是曹植觉得自己的才干没有得到发挥，上书希望能为朝廷做点事。

曹丕是指望不上了，侄子曹叡也许还有的商量。于是，在曹叡即位后的第二年，曹植给曹叡上了一道疏。在他的这份疏里，曹植挥斥方遒，慷慨激昂，嚷嚷着要杀身靖难，以功报主，实在是一篇文采斐然的好文章。其中有这么一句："臣闻明主使臣，不废有罪。故奔北败军之将用，秦、鲁以成其功；绝缨盗马之臣赦，楚、赵以济其难。"

这句话不太好理解，里面一共用了四个典故。"故奔北败军之将用，秦、鲁以成其功"，典出秦将孟明视和鲁将曹子，这两个人屡次打了败仗，却始终受到主君信赖，后来发愤图强，一战雪耻。"绝缨盗马之臣赦，楚、赵以济其难"中，盗马典出秦穆公。秦穆公的一匹马被山贼偷走，他非但没生气，反而说吃马肉不喝酒容易伤身体，于是送了坛酒给这些偷马人。山贼们很受感动，在秦、晋交战中救了秦穆公一命。因为前句已经用了秦，而秦君为赵姓，所以这里用了赵字互文。

以上三个典故，都是古籍里常见的。真正有意思的，是第四个典故：绝缨。

绝缨这个典故出自楚庄王。据《说苑》记载，楚庄王有一次宴请众将，日落不及掌灯，席间漆黑一片。有人趁机对楚庄王的姬妾动手动脚，姬妾情急之下扯下他的冠缨，告诉楚庄王说，只要点起灯来，看哪个头上无缨的，就是骚扰者。楚庄王却吩咐众将把冠缨都扯下来，然后再点起火把。数年后，楚庄王表彰一位杀敌极其勇敢的将军，将军坦承自己就是当年绝缨之人，为了报答主君宽厚之恩，方舍身杀敌。

臣子给主君上书的时候，典故是不能随便乱用的，否则就是诸葛亮所说的"引喻失义"，让人怀疑你对主君老婆起了不良念头。曹植对甄宓的感情，性质上与绝缨一样，都是对自己主君的老婆心怀不轨。对此曹叡心知肚明，还亲自改过《感甄赋》的名字以避闲话。现在曹植突然不避嫌疑，堂而皇之地甩出了这个典故，颇有点向曹叡示威的意思。

紧接着这个典故，曹植又写道："臣窃感先帝早崩，威王弃世，臣独何人，以堪长久！"这句话就近乎赤裸裸的威胁了，我兄弟曹丕已经死了，曹彰也挂了，我算什么人，居然能苟活到现在！重点就在于"臣独何人"四个字的正话反说，这明明是在向曹叡强调：我是有特殊原因才能活到现在的。而这个原因，曹叡应该是十分清楚的。

曹植怕自己的这份奏章不被通过（原文"植虽上此表，犹疑不见用"），不忘最后补了一句："呜呼！言之未用，欲使后之君子知吾意者也。"这句话表面上是递进关系，其实是一个伪装了的虚拟语态。不是"就算我的奏章没被采用，也好歹能让后世之人知道我的心意"，而是"如果我的奏章未被采用，那么后世之人可就会知道我的心意了"。

在这封信里，曹植用"绝缨"这个典故明里暗里地提醒曹叡：我和甄宓之间发生过类似"绝缨"的事情。对照接下来那两句的威胁口吻，所谓的"绝缨"事件恐怕不是什么儿女私情，而是不能宣之于口的极秘之事，这件事不仅牵扯曹丕、曹彰之死，还是曹植这么多年来的保命符，是足以掀动曹魏朝野的大炸弹。

所以曹植才在最后向曹叡开出条件：如果"言之未用"，那么我可就要"使后之君子知吾意者也"。

曹植不愧是一代文豪，这封信是一个相当有技巧性的隐晦暗示。在其他任何人眼中，它不过是篇言辞恳切、辞藻雅驯的文章，唯独曹叡能读懂其中的微言大义。

而曹叡是如何回答的呢？曹叡的回信没有记载，不过他很快就下诏，把曹植从雍丘徙封到了东阿。用曹植自己著作里的描述，雍丘是"下湿少桑"，东阿则是"田则一州之膏腴，桑则天下之甲第"。可见这一次的徙封，是破格优待。

面对一位藩王的威胁，皇帝非但没有采取报复手段，反而下诏优容待之。如果曹叡不是圣人的话，那只能说明他是心虚了。这样一来，也就能够解释为何曹植写成《感甄赋》之后，曹丕明知其情，却毫无反应了，他是不敢反应，因为他和自己的儿子一样心虚。

曹植一提甄宓的名字，这两位帝王就讳莫如深。可见曹植和甄宓之间绝非毫无交集，而这个交集，就是奏章里所谓的"绝缨"之事。

史书上没有曹植和甄宓接触的记载，不过可以通过两人的履历来加以印证。

建安二十一年（216 年）年底，曹操东征孙权，当时随他去的有卞夫人、曹丕，还有甄后的两个孩子曹叡与东乡公主。甄后却因为生病，留在了邺城。

而同时留在邺城的，还有曹植。

本来这也没什么，你住你的太子府，我住我的藩王邸，两不相涉。可曹操在出征之前，对曹植说了一番奇怪的话："吾昔为顿邱令，年二十三。思此时所行，无悔于今。今汝年亦二十三矣，可不勉与！"（我当年做顿邱令的时候，是二十三岁，回想起当时的所作所为，至今仍然无愧于心。你今年也二十三了，可要自己加油啊。）

曹操二十三岁做了什么事情呢？他大造五色棒，巡游街道，看到有犯禁之人，无论有无背景，一律活活打死。显然，曹操是希望曹植也这么做。

这就奇怪了。曹操当时所处的环境，是汉末混乱时期，豪强横行，有此一举理所当然。可建安二十一年的邺城，治安相当良好，能出什么事？

除非曹操嘱咐曹植留神的，不是什么治安事件，而是政治事件甚至叛乱。所以曹操拿自己在顿丘令任上的所作所为做例子，勉励曹植拿出狠劲来，该出手时就出手。曹植在此时所扮演的角色，相当于内务部或者安全局的最高领导，在曹操和曹丕远征期间确保大后方许都、邺城等几个重镇的安全。

而这时候甄宓在做什么呢？《魏略》记下了这样一件小事。曹操在这一次东征时，不光带着老婆卞夫人，还带走了甄宓的一儿一女。一直到次年的九月，大军才返回邺城。卞夫人回来以后看到甄宓光彩照人，很奇怪，问她说你跟你儿女离别这么久，应该很挂念才对啊，怎么反而容光焕发更胜从前呢？甄宓回答说："自随夫人，我当何忧！"（有您照顾他们，我还担忧什么呢？）

这个心态是很可疑的。儿行千里母担忧，儿女随军出征，就算是有可靠的人照顾，当母亲的顶多是"不担心"罢了。可史书上描述此时甄宓的状态，用的词是"颜色更盛"。注意这个"更"字，说明甄宓的面色，比与儿女离别时更加光彩照人。换句话说，自从建安二十一年她公公、婆婆、丈夫、儿女离开以后，甄宓非但毫不担忧，反而一直很高兴。

人逢喜事精神爽，人的心理状态会如实地反映在生理状况上。本该"不担心"的甄宓，却变得"很高兴"，说明甄宓高兴的，并不是儿女出征一事。那么她到底在高兴些什么呢？

在这之前，有一次卞夫人随军出征得了小病，甄宓听说后彻夜哭泣，别人告诉她只是小病，已经痊愈了，甄宓继续哭，不相信，说这是卞夫人在安慰自己。一直到卞夫人返回邺城，甄宓望着她的座位哇哇大哭，说这回我可放心了，把卞夫人感动坏了，连连称赞她是孝妇。

这两件事都是相当高明的马屁，高明到有些肉麻和做作，很有些王莽式的谦恭。就连裴松之都质疑说："甄诸后言行之善，皆难以实论。"因此这些行为说明不了甄宓是孝妇，只能证明她有智慧，工于心计。她越是处心积虑地讨好卞夫人，越证明她是在掩饰些什么、图谋些什么。

建安二十三年（218 年）春正月，京兆金祎、太医令吉本、少府耿纪、司直韦晃等人在许都发动叛乱。曹操的心腹王必身死。一个帝国的政治中枢居然发生了近臣叛乱，而且还是发生在刘备与曹操在汉中大战之时，关乎曹魏的生死存亡，这已经不能用警卫疏失来解释了。

这种叛乱，必然是经过了长期酝酿、筹备和组织的。所以它虽然爆发在建安二十三年，策划却应该是在更早的时候。

比如建安二十二年（217 年）。

在那一年，邺城的太子妃恰好正因为一些说不清道不明的事情即将完成而变得特别高兴。这两者之间，很难说没有什么因果联系。

那么一个大致结论便可以得出来了：甄宓，正是这一起叛乱的幕后推手。她在建安二十二年安排好了一切，亲手播下这些叛乱的种子，然后兴致昂扬地看着它们发芽、结果。

这等规模的叛乱发生在肘腋之间而高层全无察觉，内务安全的最高负责人曹植难辞其咎。曹植虽然贪杯，却并非庸碌之徒，手底下还有杨修和丁仪、丁廙兄弟这样的干才，可为什么还是让这起叛乱发生了？

回想起曹植在给曹叡的奏章里说的"绝缨"事件，这个事件恰好可以把这一切疑问都穿起来。

甄宓很清楚曹植对自己的感情，并且敏锐地觉察到这种感情是可以利用的——还有什么比控制安全事务最高负责人更有效的叛乱策略呢？

当时的邺城，曹操、卞夫人和曹丕都不在，为甄宓提供了绝好的环境。她只需要略施手段，曹植这个多情种子就会不顾一切地钻入彀中。于是"绝缨"事件发生了，谁绝谁的缨，这很难讲，我们也无从揣测中间到底发生了什么，我们看到的只是结果。结果就是曹植玩忽职守，邺城与许都的治安变得漏洞百出。让吉本、魏讽等人从容地钻了空子，以致酿成大祸。

这个贯穿整个建安二十二年的阴谋，就是绝缨事件的真实面貌。

我们现在知道的只是一些发生过的事实，而这些事实背后隐藏的东西，始终还遮盖着重重的迷雾。每一个阴谋，都会有它的动机和目的。

甄宓不是疯子，她如此处心积虑，究竟意欲何为呢？

要理清这个问题，我们得从"绝缨"事件的后果开始说起。

曹丕和曹植对于太子之位的争夺相当激烈，原本曹操更倾向于曹植，好几次差点就定了他当太子，可曹植的不修行检始终让他心存犹豫。在建安二十一年，曹操出征前对叛乱有所预感，所以有意把镇守后方的重任交给了曹植，算是对他的最后一次考验。如果曹植顺利通过，那么太子之位几无悬念。

但吉本和魏讽的叛乱，彻底断送了曹植的太子之路。

仔细考察这场叛乱，我们可以发现两个特点：第一，规模非常小，参与者不过吉本、韦晃及杂役、家仆千人；第二，政治影响非常大，吉本叛乱后，曹操把汉献帝身旁的汉臣屠戮了一半。

叛乱规模越小，对国家影响越微弱；政治影响越大，责任人的压力就越大。这种程度的叛乱，就像是一捆精心设置好爆炸当量和爆破方向的炸药，不足以动摇国本，但足以引发对某些特定人物的致命批评。曹植作为内务安全最高负责人，经此一役，彻底一蹶不振。

然后一直隐藏在幕后的身影慢慢浮现出来。

甄宓的丈夫——曹丕。他在建安二十二年那个极其敏感的时刻，被曹操立为了太子。

他似乎一直都置身事外，但又无处不在。如果说是甄宓一手策划的这起叛乱，那么最大的受害者就是曹植，而最大的获利者，正是曹丕。这让人忍不住联想，这一起叛乱，莫非是曹丕故意派甄宓策动以打击曹植的？

这本该是个猜想，不过，在建安二十四年（219 年）发生的一件小事，让这个猜想变成了事实。

当时曹操对于曹植仍旧抱有一点点希望，所以当曹仁被关羽包围，他给了曹植又一次机会，任命其为南中郎将，行征虏将军，去救援曹仁。可谁知道曹植这个不知长进的东西，竟喝了个酩酊大醉，醉到连将令都无法接。从此，曹操对这个不肖子彻底失望。

以上是出自《三国志》的记载，读者看了会觉得曹植可真是糊涂蛋。可《魏氏春秋》给了另外一个不同的说法："植将行，太子饮焉，偪而醉之。王召植，植不能受王命，故王怒也。"

"偪"是"逼"的旧体写法。可见曹植的失态，并非出于本意，而是为太子曹丕所陷害。曹丕故意让弟弟喝醉，以错过出征。这次醉酒，并非一次孤立事件，而证明了曹丕一直在紧紧盯着曹植，从来没有放松过警惕，也不放过任何一个使坏的机会——这当然也包括指使甄宓策动的那一次叛乱。

曹丕很清楚，对付曹植，最有效的人选就是甄宓。对他这种权势熏心的人来说，只要能够毁掉曹植，牺牲个把老婆也并非不可接受。他不会让自己戴绿帽子，除非对上位有好处。

曹植是个至情至性之人，就算他发现了真相，也绝不会去告发甄宓，因为那会将他所爱之人置于死地。曹丕算准了自己的弟弟这种幼稚的性格，才会肆无忌惮地利用甄宓一次又一次伤害他——甚至我有一个更大胆的猜想，在那次临出征前的对饮中，曹丕在席间只需轻轻透露说，甄宓是在利用你，曹植就会心绪大乱，借酒浇愁，没有什么比自己爱的人伤害自己更痛苦的事了。

而曹丕对于甄宓给自己戴绿帽子这件事，恐怕也并非毫无心结。这个心结在他登基之后逐渐膨胀，最后导致了曹丕与甄宓的争执、甄宓的失宠及死亡。自私的男人，始终是自私的。

事情很清楚了，曹丕是这一切的根源，他为了获得太子位，不惜派甄宓去诱惑曹植，借此打击竞争对手。证据确凿，板上钉钉。

但他不是唯一的获利者。

其实获利者还有一个。

这个人是曹丕身旁的智囊，姓郭，没有名字，却有一个有趣的字，叫女王。我们不妨把她叫作郭女王。她不是什么谋士，而是曹丕的一个妃子，迎娶于建安二十一年。

又是建安二十一年！

建安二十一年真是个奇妙的年份，几乎所有的演员都在这一年纷纷登上舞台热身，然后在建安二十二年开始了正式的演出。

郭女王与别的女人大不相同，一进门，就显示出了卓越的天分。她对于曹丕的意义，不是女人这么简单，用史书上的一句话描述已经足够："后有智数，时时有所献纳。文帝定为嗣，后有谋焉。"短短两句话，一个女中诸葛的形象跃然而出。

让我们仔细咀嚼一下这两句话。"文帝定为嗣，后有谋焉"，意思是曹丕夺太子位，郭女王参与了谋划，而且起了很重要的作用。

夺太子位的过程中，最重要的事情，就是打击曹植。而打击曹植最狠的，就是绝缨事件。因此，很有可能，绝缨事件就是这位"有智数"的郭后"时时有所献纳"给曹丕的计策。

仔细品味这起事件，就会发现这个计划阴毒而细腻，它的成功完全建筑在对人心的掌握上：曹植对甄宓的倾慕心、吉本等人对汉帝的忠诚心，以及曹丕对太子位的野心。每一种心态，都有它独特的功能，利益链一环接一环，环环相扣，每一环都吃定上一家。曹植被甄宓吃定，甄宓被曹丕吃定，曹丕却被郭女王吃定。

于是，在揭开政治阴谋的盖头时，我们发现里面另外裹着一层宫闱斗争的面纱。如此绵密细腻的谋划，大概只有天生对感情敏锐的女性才能有如此手笔吧！

作为进门还不足一年的郭女王，若要扳倒与曹丕相濡以沫这么多年的甄宓，获得宠幸，只有行非常之策，才能达到目的。

于是，在建安二十一年的某一个时间，郭女王向曹丕献了这个绝缨之策，然后曹丕给甄宓下达了指示。当曹丕带着郭女王离开邺城之后，曹植惊喜地发现，自己朝思暮想的甄宓出现在自己面前。我甚至能想象出，郭女王离开邺城时，唇边带着的那一丝得意的笑容。

"甄宓啊甄宓，这一次无论你成功与否，都将不再受君王宠爱。"

这是一个无解的计谋。通过这个计策，不光曹丕成功地打击了曹植，郭女王也成功地打击了甄宓。这是一石三鸟之计：郭女王巩固了自己在曹丕心目中的地位，让曹丕赢得了太子宝座，还让最大的竞争对手甄宓给曹丕戴上了绿帽子。以郭女王对曹丕的了解，这个男人即使是主动拿绿帽子戴，也会把罪过归咎到别人身上。

事实也正如她所预料的那样，曹丕登基之后，立刻冷落了甄宓，专宠她一个人。甄宓为郭女王的谗言所害，死时被发覆面，以糠塞口，极为凄惨。而郭女王在曹丕力排众议的支持下，登上了皇后的宝座。

现在整个事件的轮廓似乎清楚了，可我们的探索仍未结束，因为还有一个疑点尚待澄清。

一个妻子也许会替丈夫去诱惑另外一个男人，但不会心甘情愿这么做，更不会有什么好心情。尤其是这个让自己自荐枕席的人，还是夫君的另一位姬妾。

这无法解释她在建安二十二年做这些事情时的快乐心情——我相信她当时的那种兴奋，是发自内心的。

难道说，甄宓在与曹植的交往中爱上了他？这有可能，但没有任何证据能证明这一点。

难道说，甄宓爱曹丕爱到太深，所以你快乐，我也快乐？这也有可能，但也没有任何证据能够证明。

曹植也罢，曹丕也罢，史书里甄宓对他们都没有什么特别的感情。

在那个时代生存的女性，当她对爱情失去兴趣的时候，真正能让她开心的，只剩一件事。

她的孩子。

甄宓只有一个儿子，叫曹叡，就是后来的魏明帝。

建安二十一年的时候，曹叡只是一个小童。而且他不在邺城，而是跟着爷爷、奶奶、爸爸、妹妹东征去了。他在邺城的这些惊心动魄的斗争中，扮演的是什么角色呢？

我一开始猜测，也许是曹丕故意带走了曹叡，以迫使甄宓完成他的计划。但这还是解释不了甄宓的开心，没人会在自己的孩子被挟持走以后还高兴成这样。后来一位友人提醒我，去看一看曹叡的履历。我去查了一下，不由得大吃一惊。

这个发现太重要了，它就像是一道闪电，驱散开了所有的疑虑。我错了，曹叡不是邺城布局中的一枚小小棋子，事实上他才是真正的核心关键！

曹叡死于景初三年（239 年）正月，时年三十六岁。古人以出生为一岁，以此倒推回去，那么曹叡应该是生于建安九年（204年）。

建安九年到底发生了什么事呢？

《魏略》曰："熙出在幽州，（甄）后留侍姑。及邺城破……文帝入绍舍……姑乃捧（甄）后令仰，文帝就视，见其颜色非凡，称叹之。太祖闻其意，遂为迎取。"

《世说新语》曰："太祖下邺，文帝先入袁尚府，有妇人被发垢面，垂涕立绍妻刘后，文帝问之，刘答'是熙妻'，顾揽发髻，以巾拭面，姿貌绝伦。既过，刘谓后'不忧死矣'！遂见纳，有宠。"

《三国志》曰："及冀州平，文帝纳后于邺……"

三段史料都确凿无疑地记载着同一件事：邺城被曹军攻破之后，曹丕在袁绍府中看中甄宓，并娶回了家。

让我们再来看看《三国志·魏书·曹操传》里的记载："八月，审配兄子荣夜开所守城东门内兵。配逆战，败，生禽配，斩之，邺定。"

曹军在建安九年的八月攻克了邺城，曹丕在同一月里迎娶了本是袁熙妻子的甄宓，曹叡也在这一年出生。当这三段材料搁在一起的时候，一个一直被忽略却极重要的真相出现在我们面前。

曹丕在邺城第一次见到甄宓的时候，她至少带着六个月的身孕。也就是说，曹叡不是曹丕的亲生儿子，他的父亲是袁熙。

这个事实有点令人难以接受，但史料给出的答案是板上钉钉。

甄宓早有身孕这件事，曹丕肯定是知道的。不过大概甄宓实在是太漂亮了，曹丕舍不得，于是就姑且当一回便宜老爸。这在三国时代，也不算什么新鲜事，当初曹操打败吕布后，就纳了吕布部将秦宜禄的老婆为妾，秦氏当时已经怀孕了，后来生下一子，被曹操养为义子，名字叫秦朗，后来位至骁骑将军。

这件事曹操肯定是不知道的，打完邺城之后，他忙着征讨袁谭，然后远征乌丸，回头还要征讨高干、管承，等到忙完这些事情回到邺城，他所看到的，就是新娶的儿媳妇给他生了一个大胖孙子。

这是曹操的第一个孙子，他十分喜欢。《三国志·魏书·明帝纪》里说："明皇帝讳睿，字元仲，文帝太子也。生而太祖爱之，常令在左右。"而曹丕呢，也就装糊涂没有点破这个误解。

明成祖朱棣曾经犹豫是否立儿子朱高炽为太子，就去问解缙。解缙回了三个字——好圣孙，意思是朱高炽有个好儿子朱瞻基，于是朱棣才下定决心。可见长孙是立嗣中很关键的一个因素，可以拿到不少加分。曹丕既然志在帝位，当然不会说破这个长孙的真实身份。

曹丕的打算是，反正自己还年轻，等到有了亲生儿子，把曹叡再替掉就是了。可惜的是，在随后的十几年里，曹丕就像是中了诅咒一样，生下的儿子几乎全部夭折。唯一健康活着的，就是这个有袁氏血脉的小孩子。

曹操对曹叡的喜爱，日复一日地增多，甚至感慨说："我基于尔三世矣。"（曹家要流传三代就要靠你了。）

为了掩饰谎言，必须说更多的谎言，当谎言的数量积累到一定程度时，曹丕便无法回头。他已经不敢向父亲解释，这孩子不是曹家的，而是袁家的，也没法解释为什么拖到现在才说出来。

更麻烦的是，曹植那时候也有了自己的儿子曹志。如果曹操知道了曹叡的身世，那么他在曹植和曹丕之间如何选择，没有任何悬念。

于是，就这么阴错阳差，曹叡以长孙的身份被抚养长大。知道他身世的人，都三缄其口。

知道这个真相之后，我们回过头来查阅资料，就会发现许多有趣的细节。

比如曹丕一辈子生了九个儿子（包括名义上的曹叡），除了曹叡以外，其他八个儿子里三个早夭，剩下个个体质孱弱不堪，除了曹霖就没有能活过二十岁的，而曹霖和曹叡岁数相差十五到二十岁。在夺嫡的斗争中，曹叡差不多可以说没有敌手。可就在形势如此明朗的情况下，曹丕对立嗣是什么态度呢？《魏略》载："文帝……有意欲以他姬子京兆王为嗣，故久不拜太子。"

唯一的解释是曹丕知道曹叡不是自己的种，所以才百般拖延，期待着自己的孩子快快长大。可惜天不遂人愿，还未能等其他子嗣长大，曹丕先撒手人寰。一直到临终前，他还对曹霖念念不忘，最后选无可选，才勉强让曹叡上位。

史书将其归因于甄宓被杀，现在我们知道了，曹丕只是不愿让鸠占鹊巢。

回到最初的话题来。在建安九年，甄宓带着袁熙的骨肉被曹丕娶走了，她的信念只剩下一个，那就是保护好这个孩子，好好抚养他长大。我们不知道她当时的心意是出于对袁氏家族的责任，还是出于对袁熙个人的感情，也许单纯是一个母亲出于本能要保护自己的孩子吧。

无论怎么样，曹叡是甄宓最重要的拥有，是她的生命。

幸运的是，阴错阳差之间，曹叡被当成曹家骨肉而受到宠爱。甄宓知道曹操非常喜欢曹叡，同时她也知道曹丕很不喜欢曹叡。曹操在世时，这一点无须担心；倘若曹操一死、曹丕即位，这个孩子的处境可就危险了。

所以当曹丕受了郭女王的蛊惑，要求甄宓去实行"绝缨"计划的时候，甄宓应该是提出了一个条件的。

这个条件很简单，就是给曹叡封爵。只要给曹叡封了爵，诏告天下，就等于从法理上确保了他曹氏长孙的地位，也就堵死了曹丕以后不认账的可能。

曹丕急于扳倒曹植，便答应了甄宓的这个要求。于是从史书里我们可以看到，在吉本叛乱尘埃落定后的建安二十三年，十五岁的曹叡被封为武德侯，正式被纳入继承人序列，位列第一。

这样一来，我们就不难理解甄宓在建安二十二年的兴奋了，那是源自母亲对儿子的深沉的爱。当甄宓做完曹丕交给她的任务以后，她知道，自己终于为流着袁氏之血的儿子在曹家的家系中保住了位置。她容光焕发，她意气昂扬，她就像史书里记载的那样，"颜色丰盈"，更胜从前。

甄宓对着卞夫人脱口而出"自随夫人，我当何忧"，前半句是马屁，后半句却正是她内心的真实写照。是啊，我还有什么好担忧的呢？

历史的车轮在向前转动着。曹操于建安二十五年（220年）去世。曹丕迫不及待地接过刘协的禅让，开创了曹魏一朝。当曹丕坐上龙椅，意气风发地朝下俯瞰时，他看到曹叡恭敬地站在群臣最前列。

这时候，他发现天子也是没办法随心所欲的，比如废掉武德侯，诏告天下说这孩子是袁家的种，这会让皇室沦为天下的笑柄。曹丕这人极好面子，断然不肯这么干。

曹丕拿曹叡没辙，只能迁怒于始作俑者甄宓。他拒绝将甄宓封为皇后，并且开始冷落她。而郭女王也不失时机地开始进谗言，现在的她不再惧怕甄宓，甄宓已经不再是威胁，但她现在是嫉恨甄宓，因为甄宓有个儿子，虽无太子之名，却有太子之实，郭女王自己却始终未给曹丕生下一男半女。

甄宓生命中的最后两年是凄凉的。《三国志·魏书·文昭甄皇后传》里记载说："后愈失意，有怨言。帝大怒，二年六月，遣使赐死，葬于邺。"《汉晋春秋》里的记载则更为惊心动魄："初，甄后之诛，由郭后之宠，及殡，令被发覆面，以糠塞口……"

一代佳人，就这么死去了。她一死，曹丕立刻力排众议，把郭女王立为皇后。而除了曹叡之外，为甄宓痛哭流涕，以至于挟持使者要上京抗议的，只有在鄄城的曹植。

曹丕看到密报，心不自安，就把曹植贬为安乡侯，又转为鄄城侯。曹植这一次没有忍气吞声，而是做出了文人式的反击。

他写出了《感鄄赋》。

在《感鄄赋》里，曹植把那一次"绝缨"的经历，诗化成了他与洛水女神的邂逅，把与甄宓在建安二十一年底到建安二十二年初在邺城的那段交往，全部浓缩在了洛水那一夜中。甄宓的容貌，甄宓的体态，甄宓的幽香，甄宓的一颦一笑，还有甄宓的辞别，都被细致入微地描摹了出来。他不恨甄宓，始终爱着她，尽管她欺骗了他，如赋中所言："恨人神之道殊兮，怨盛年之莫当。抗罗袂以掩涕兮，泪流襟之浪浪。"他恨的，是那个幕后的主使者，也就是他的哥哥。

曹植写完这一篇《感鄄赋》后，没有刻意隐藏，他相信很快就会有人偷偷抄录给曹丕，而且曹丕肯定会识破他在"鄄"和"甄"上玩的小花样。这就是他的目的。

果然，曹丕很快就从监国谒者那里拿到了抄稿，看完之后却没有愤怒，只有恐慌。他领会到了赋中的暗示，曹植已经猜到了建安二十二年"绝缨"事件与那一次叛乱的真相。

这一篇《感鄄赋》，是宣战书，也是告白书。曹植不是为自己，而是要为甄宓讨回公道，他也可以借此痛快地抒发一次对甄宓的情怀——当着曹丕的面。

曹丕有点慌，如果曹植把那件密谋之事公之于众，对自己将是一个致命的打击。他退缩了，就像《魏书》里说的那样，他连忙开始"哀痛咨嗟，策赠皇后玺绶"，把死去的甄宓追封为皇后，还把曹叡交给郭后抚养，以示无私心。

对于曹植，他也大加安抚，原地升为鄄城王，以免他多嘴。所以我们读《三国志·魏书·曹植传》的时候，看到的是"贬爵安乡侯。其年改封鄄城侯。三年，立为鄄城王，邑二千五百户"。对于曹植为何从侯复升为王，史书里没有任何交代，谁能想到这么一条简单的记录后隐藏着兄弟为了一个女人的交锋？

这就回答了我们在文章开头就提出的疑问：为何曹丕看到调戏自己老婆的《感鄄赋》后，非但不怒，反而升了曹植的爵位呢？因为他害怕真相被揭穿。终文帝一朝，曹植得以保全性命，未像曹彰一样莫名暴卒，全赖这枚护身符。

曹丕在黄初七年（226 年）去世，一直到去世前夕才把曹叡立为太子。关于这次立嗣的经过，《魏末传》记下了一个精彩的故事："帝常从文帝猎，见子母鹿。文帝射杀鹿母，使帝射鹿子，帝不从，曰：'陛下已杀其母，臣不忍复杀其子。'因涕泣。文帝即放弓箭，以此深奇之，而树立之意定。"

表面看来，这是一个父慈子孝、其乐融融的故事。但当我们了解到这对"父子"之间发生过什么之后，再来审视这个故事，就会发现其中所隐藏的凛凛寒意。

"陛下已杀其母，臣不忍复杀其子。"这短短的一句话，隐藏着多少锋芒和怨愤。

"陛下已杀其母"，杀谁的母？杀的是鹿母吗？不是，是人母！陛下你已经杀了我的母亲！

"臣不忍复杀其子"，不忍杀谁的儿子？不是鹿子，而是人子，是陛下的儿子！

不得不佩服曹叡的睿智，他借着猎鹿所言的这一句隐喻，清楚地表明了自己的立场：陛下你杀了我的母亲，我却不忍杀陛下的儿子——注意，是不忍杀，不是不能杀，也不是不愿杀，而是有条件的。

曹叡这一句貌似仁慈的话，彻底让曹丕乱了方寸。他"即放弓箭"不是因为感动，而是因为过于震惊而双手无法控弦。

从这句话里，曹丕已经猜到，甄宓在临终前，把建安二十二年的秘密和曹叡的真正身世都告诉了自己的儿子。而此时此刻，甄宓的儿子借着猎鹿的话题，朝着自己发起了攻击。

曹丕当然可以杀掉曹叡，扶他真正的儿子曹霖即位，但曹叡一定会把自己的身世公之于众。届时且不说蜀汉和东吴会如何嘲笑，单是向曹氏宗族解释为什么会把袁家的儿子养这么多年，就足以让曹丕皇位的正统性垮台。曹家适合当皇帝的子嗣还有很多，何必再用这个撒谎精呢？

曹叡同归于尽的姿态，吓住了曹丕。

最终曹丕屈服了。他唯一活下来而且备受宠爱的儿子曹霖年纪尚小，如果曹叡抱定鱼死网破，那么毁灭的不只是曹叡自己，还有曹丕乃至整个魏国。

于是，这一对"父子"就在猎场里彼此交换了筹码：我给你大魏皇位，而你给我曹氏家族的安全。

我们在史书里可以看到，这一次猎鹿之后，曹叡终于被立为太子。而据《曹氏家系》记载："明帝即位，以先帝遗意，爱宠霖异于诸国。"曹叡兑现了他对曹丕的承诺，善待其唯一的后代。

曹叡甚至还有可能向曹丕承诺，等到他死后，会把帝位交还给曹氏。这也解释了为何曹叡之后，即皇帝位的，是曹彰的孙子曹芳。

曹丕死了，可曹叡的复仇才刚刚开始。曹叡登基之后，屡次向已经荣任太后的郭女王追问母亲死亡的真相，郭女王被逼急了，来了一句："先帝自杀，何以责问我？且汝为人子，可追雠死父，为前母枉杀后母邪！"（是你爹要杀的，不关我的事。你当儿子的，该去追究你那死爹，不能为了亲妈就杀后妈啊！）曹叡大怒，逼杀郭女王，而且还把她的死状弄得和甄宓一样。

关于建安二十二年的真相，想必曹叡也从郭女王口中得到了确认。为了母亲的名节考虑，尤其还涉及自己的身世，曹叡最后选择了继续隐瞒下去。至于叔叔的那篇《感甄赋》，曹叡怕被有心人读出端倪，遂下诏改为《洛神赋》。他本以为这么一改，将会无人知晓，却反而欲盖弥彰，让后世之人顺藤摸瓜推演出真相全貌。

太和二年，曹植上书曹叡，如前文所分析的那样，他在奏章里隐晦地提及了当年的那些事情，隐隐有了要挟之意。曹叡和曹丕的反应一样，有些惊慌，连忙下诏把他从雍丘改封到东阿。

不过在这一份奏章里，曹叡发现了一件事，他发现曹植知道的真相仅限于甄宓在建安二十二年和之后的那些阴谋，而自己是袁熙的儿子的事情，曹植从没觉察过。对于那一年的真相，曹植只知其然而不知其所以然。

曹叡至此方如释重负。绝缨之事，揭破之后只是丢脸，何况这么多年都过去了，曹氏已经坐牢了天下，没人会去认真追究；反倒是袁氏血统若被揭破，就会引起天崩地裂的大乱。曹植不知道后者，那是最好不过。

过了几年，羽翼丰满的曹叡不再对这位叔叔客气，一纸诏书把他又发配到了鸟不拉屎的陈地。曹植已没了要挟曹叡的把柄，就这么死在了封地，得号陈思王。

又过了几年，曹叡去世，无子，即位的是曹彰的孙子曹芳，魏国终于回到曹氏血统中来；又过了几年，曹芳被废，即位的是曹霖的儿子曹髦，皇位总算回到了曹丕这一脉下。可惜这个时候，司马氏已然权势熏天，曹髦堂堂一代君王，竟被杀死在大道之中。到了曹奂这里，终于为司马氏所篡……

我们的演员们终于纷纷退场，只剩下《洛神赋》流传至今，叫人嗟叹不已，回味不休。千载之下，那些兵戈烟尘俱都散去，只剩下《洛神赋》和赋中那明眸善睐的传奇女子。世人惊羡于洛神的美貌与曹植的才气，只是不复有人了解这篇赋后所隐藏的那些故事与人性……

‹三国新语›

曹操大宴于许都，天子在席。宴酣之时，操持酒樽趣帝前，醉声曰："陛下可知，设若无孤，天下不知几人称王，几人称帝？"天子亦大醉，对曰："袁本初、孙仲谋、刘玄德，与朕而将四矣！"二人大笑，畅饮竟夜。次日醒觉，皆醺醺然，尽忘前事。左右无敢告之者，君臣亲善如初。

之一

十七年，塞北送酥一盒至。太祖自写"一合酥"三字于盒上，置之案头。杨修入见之，竟取匙与众分食。众问其故，修答曰："盒上明书一人一口酥，岂敢违丞相之命乎？"众大喜，一扫而净。适荀或有疾迟至，见盒，疑而问修："此何物？"修对曰："丞相所馈也，卿可自取。"或发之乃空器。

或不自安，遂饮药而卒。时年五十。谥曰敬侯。

之二

后主敬哀皇后，车骑将军张飞长女也。初，建安五年，时夏侯渊有女年十三四，在本郡，出行樵采，为张飞所得。飞知其良家女，遂以为妻，产息女，是敬哀也。

建兴元年，时后主未立皇后，亮与群臣上言曰："故车骑将军张飞之女甚贤，年十七岁，宜纳为正宫。"后主即纳之。后亮初亡，言事者或以为可听立庙于成都者，不从，野有后主怀怨于葛公之议。

裴注引《敬哀别传》云："飞之仪容，身长八尺，豹头环眼，燕颔虎须；

渊之仪容，虎体猿臂，彪腹狼腰，俱一时悍勇之士。"

之三

操与马超战于潼关。西兵悍勇，纵骑攻之，操军不敌，遂大溃而走。操杂于乱军之中，马超策骑疾追，乃大呼："长髯者，曹操也。"操闻之大惊，割须弃袍，以旗角掩面，方亡归本营。众来问安，操抚膝大哭："倘使云长在侧，孤必不致此。"众将问曰："关君侯武姿卓然，丞相颇思否？"操对曰："吾思云长美髯也。"

之四

明嘉靖朝间，兵部右侍郎范钦始建天一阁，置古善、孤本于其内，良加眷护，卷册至七万余。

时有仆役举烛不慎，阁中走水。护院不得以，遽以水泼浇。火既熄，范钦点检古本，有《三国志》与《范文正公集》两下交叠，页濡粘连，字多互篡。

范钦揭卷读之，见《诸葛亮传》上犹有洇迹。其上曰："臣亮言：先帝创业未半而中道崩殂。越明年，政通人和，百废俱兴。"

之五

关羽镇荆州，有女二人，一名嫣，一名容。孙权遣使求亲。关羽甚喜，然未知二女取舍，踟蹰未决。使者再三催之，关羽召二女于前，曰："汉吴联姻，国之大事，汝谁可任之？"嫣时十四，有乃父之风，慨然出步应承。羽大喜，遂语于使者曰："吾女嫣，能嫁权子。"

使者惊而未发，回转江东，具告孙权："关将军辱之太甚，傲之太甚，竟言虎女焉能嫁犬子。"孙权怒，遂北降曹魏，合兵袭荆。

关羽，字云长，河东解县人也。时燕赵之地，与江南方言钜异。北滞于沉浊，南失在浮浅，互不能通，多有听谬而错悖者。

之六

曹操多疑，恐死后墓陵为人所掘，颁遗令曰："天下尚未安定，未得遵古也。葬毕，不置陵寝，以百马踏平，上植青稗。至次年，无人知吾所栖也。"丕泣拜："儿敢不从父命也。"遂从操令，不加砖石，不围墓穴，唯立石驼两对、石人一双于上，四时享祭。

之七

备住荆州数年，一日席间在刘表之侧，忽慨然流涕。表怪问备，备曰："吾常身不离鞍，髀肉皆消。今不复骑，髀里肉生。日月若驰，老将至矣，而功业不建，是以悲耳。"表宴然自若，解曰："玄德毋忧，汝抚之者，是吾髀也。"

之八

操与绍相拒于官渡。绍谋士许攸投曹，夜入营帐，问彼粮谷。操伪曰："计一年之度。"攸曰："明公欺我。"操又曰："半岁尚济。"攸不言，袖手冷笑。操离席长谢："止月余矣。然先生何以知之？"攸徐曰："仆本不知，然观明公左右，便知粮蘖之状矣。"

《三国志·魏书·许褚传》曰："许褚字仲康，谯国谯人也。长八尺余，腰大十围，容貌雄毅，勇力绝人……从（曹操）讨袁绍于官渡……常侍左右。"

之九

二十四年，关羽率众攻曹仁于樊。于禁、庞德等救，皆没。曹公遣徐晃往救仁，又遣将军徐商、吕建诣晃。两军会于四冢。羽军势大，晃与之遥共语，但说平生，不及军事。须臾，徐商、吕建军至，晃乃下马宣令："得关云长头，赏金千斤。"羽惊怖，谓晃曰："大兄，是何言邪！"晃曰："此国之事耳。"

之十

袁绍本妾生，常自介怀。适马超造绍，绍与之语："恨不得嫡出，为公路诸小所嘲。孟起亦是庶出，必知吾心。"超从容对曰："仆不为嫡出，不胜庆幸。"

《白虎通义·姓名》曰："嫡长为伯，庶长为孟。"

之十一

魏延在蜀中，每随亮出，欲请兵万人，与亮异道会于潼关，而亮为万全策，不许。延志不得伸，心积愤懑。而又与杨仪交恶，深怨诸葛氏偏袒太甚。凡数年，腹部辄绞痛，发时汗如雨下，鞍马不扶。医者断曰："将军情志所伤，忧思恼怒，而致横犯胃腑。此吞酸之症也。"延请其方，医者曰："名姓或有碍。"

《魏延别传》云："魏延，字馈阳，义阳人也。少时慷慨，于乡里乐善好施，多行义举，曾放言曰：'但有寸金，必馈吾乡。'"故表字"馈阳"。后，人谓不祥，遂改之。

之十二

孟德刺董不成，为陈宫所获。宫感其志，亲释之，随其行。中道宿吕伯奢之邸。陈宫早寐，独在一屋。而操与伯奢联床抵足，共论夜话。伯奢曰："窃闻黄土以其仁厚，能负载万物。是故轩辕主后土之养气，而庇佑下人。卿欲效轩辕而甘负天下之兴亡乎？"操慨然对曰："操自当砥砺心志，荷负天下重责。宁使我负天下人，不教天下人负我。"适宫起夜，只闻操对句后半，心不自安，遂弃操而去。

之十三

曹操大宴于许都，天子在席。宴酣之时，操持酒樽趣帝前，醉声曰："陛下可知，设若无孤，天下不知几人称王，几人称帝？"天子亦大醉，对曰："袁本初、孙仲谋、刘玄德，与朕而将四矣！"二人大笑，畅饮竟夜。次日醒觉，皆醺醺然，尽忘前事。左右无敢告之者，君臣亲善如初。

之十四

咸丰间，川中有说书者名房正，尤擅说三分，书场因得名"三国草堂"。一日正自书场返家，惊觉其妻与邻人私通，遂缚至衙门。妻辩抗曰："吾夫名房正，邻家名方政，名同音类。实是妾耳听差，乃被乘事，不是媾和。"

时人闻之，作联一副张于书场左右，联曰：

何分文长云长，皆为护蜀将

无论孟德玄德，都是偷汉贼

之十五

吴主嫁妹于刘豫州，又多赠美人玩好，金玉锦绮，极声色犬马之能事，意以软困挫其志也。刘豫州留吴中凡三月，无不惬意。一日出游，适见江边青石一块，遂祝曰："倘使吾能离脱东吴，勾返荆州，当一剑裂石。"言讫手起剑落，火光迸溅，青石两断，众皆称奇。豫州观之再三，乃曰："或误中，何妨再试之。"

《古今名物通考·石篇》载：金陵有十字纹"恨石"，其上剑痕两条，传为三国时蜀先主所断。

之十六

芒砀山中产异蛇，尖头扁腹，通体鳞青，土人皆呼之为陈思王。世有未解，有熟知风土者曰："此蛇毒甚，每噬人，七步即毙，倒伏成尸，是以子建名之。"

之十七

建安中，西域有力士，黑面虬髯，勇戾敢斗，三十六国无能敌之者。遂随贾人入中国，遍访猛士。时人皆称蜀中有张飞者，有万夫不当之勇，冠杰中原。力士辗转至成都，先主使车骑将军迎之，不敌。先主惊曰："不意此胡儿，竟赛吾弟！"

力士骄甚，返西域，每自夸矜曰："以中土人物之盛，犹未吾匹也。当铭记之，以励子孙。"即更名"赛翼德"。后子孙繁衍，遂化大食俗名。

之十八

马超降刘备，旧非故人，而奉职甚尊。诸葛亮恐备旧部有不平之议，乃修书解曰："孟起兼资文武，雄烈过人，一世之杰，黥、彭之徒，未及髯之绝伦逸群也。"书既毕，令书佐抄录数份，分致关羽、张飞、黄忠处。

之十九

凉州多骏足，皆麒骥之属。中平三年，董卓得凉种一匹，喜其雄骏，乃豢于营中，号曰赤菟。永汉元年，董卓进京，赠赤菟于吕布，使杀丁原。布得之甚喜，驰城飞堑，每随驱乘。至建安三年，曹操诛布于徐，遂馈赤菟，以邀关羽，羽欣然纳之，不离左右。建安二十四年，吕蒙袭荆，羽败走麦城，行不及半日，为追兵所戮。赤菟数日不食草料而死，世以"忠义"

誉之。

《伯乐相马经》云："马种如人，贵龀贵韶。寿逾三十、齿白者，纵麒骥骅骝，亦归嬴驽，殆不堪用。"

之二十

明人《玉堂漫笔》载，正德朝有学子，仪姿雄正，貌颇堂皇，俨然文曲之相。及乡试，主考望之甚奇，遽取其卷读之，笑而批曰："真河北名将也。"生不明其意，有同窗以诗解曰："可怜白马死，难免延津亡，河北真名将，到此梦黄粱。"

之二十一

荀谌问学于许，曹公设席宴之，矜夸曰："孤虽戎不解鞍，亦重经学，麾下武人，无不精熟典籍。"荀谌试问曰："仲尼诛少正卯事，众卿其意为何？"曹洪惊曰："许下盗匪，非某所辖，请咨夏侯将军。"又问元让，夏侯惇独目圆瞪，拔刀喝叱："仲尼何人，竟擅行戕杀！宜速付有司名正典刑。"荀谌略疑，又转问许褚，许褚少赣，默然许久，方答："不知，或是董卓遗党。"荀谌语于曹公，曹公怒，曰："此必青州兵所为，彼黄巾旧部，军纪甚怠。"急召于禁责骂。于禁惶然不敢言，口称万死。

后荀谌游学至南皮，谒袁绍，尽言其事。适绍讨曹，闻之大喜，遂传檄四方，中有文辞："阉曹无德，凶暴放横，所过无不残破，前戮徐、泗之地，又使仲尼诛少正卯，天下壮士，宁不怀恨欤？"

《两晋学案》载："汉季经黄巾之乱，千里荒殍，人物丧尽，学多不彰。"

之二十二

蜀汉伐魏，军在五丈原，久不得进。诸葛遣使约战，司马宣王问丞相起居，而后叹曰："食少事烦，安能久乎？"又问军中士气，司马宣王又叹："事少食烦，安能久乎？"旬日，诸葛病薨，蜀军粮断，乃退。

之二十三

国朝既兴，有夷人擅蹴鞠名贝利者访华，至成都，入武侯祠，独拜恒侯。众不解，贝利泣曰："此故长官也，虽远必拜。"

《三国志·蜀书·张飞传》载："益州既平……以飞领巴西太守。"

之二十四

晋永宁元年，有氐族李特者，与兄弟李庠、李流作乱于蜀，与益州刺史罗尚战于广汉。李特使人大张旗纛，兄弟三人，皆称"赛诸葛"。晋军闻之，无不胆寒，自顾相谓曰："葛公镇抚蜀中多年，魏吴不敢侧觑，一人而已！况今三葛乎？"遂漏夜遁走。

军入广汉城，有白首老吏，当街斥特："诸葛丞相天纵之才，尔有何恃，大言若是？"特停缰，笑答曰："吾擅弓矢，百步可散马蹄；大弟庠擅搏扑，可斗健儿五人；二弟流，长于骑，入险峻如履平地。此三者胜诸葛远矣。"

之二十五

三年，太祖既破张绣，东禽吕布，遂与袁绍相拒。时议绍军势大，唯彧曰："绍兵虽多而法不整，田丰刚而犯上，许攸贪而不治，审配专而无谋，逢纪果而自用。皆不足畏。"

《三国志·魏书·袁绍传》云，袁绍在河北，军中谋主以六子为佳：田丰，巨鹿人也；许攸、逢纪，南阳人也；审配，阴安人也；辛评、郭图，颍川人也。

《三国志·魏书·荀彧传》载："荀彧，字文若，颍川颍阴人也。"

之二十六

明永历年间，闽中有书生擅写志怪。建阳坊主余象斗爱其才，唯恐稿成不速，乃问："书约二十万言，卿每日可完字几何？"书生对曰："可比三国时飞将军夏侯妙才。"象斗大喜，遂不问。月余，索其稿，竟未成。《魏书》载："渊为将，赴急疾……故军中为之语曰：'典军校尉夏侯渊，三日五百，六日一千。'"

之二十七

初，绍欲伐曹，田丰阻谏，绍不从。丰恳谏，绍怒甚，械系之。绍军既有官渡之败，绍谓逢纪曰："田别驾前谏止吾，吾惭见之。"纪曰："丰闻将军之退，抚手大笑，言'袁公若胜，吾姓颠倒写'。"绍于是有害丰之意。

之二十八

有常山赵云者，性勇烈。先主既有新野之败，分兵潜行，异道会于江夏，约以飞鸽传书。军发数日，先主接云信曰："江夏何在？"先主使孙乾标于舆图，回送云军中。越数日，又得信曰："江夏知矣，臣何在？"先主回书曰："江夏之西。"又数日，云信曰："臣见日自前出，莫非东乎？"先主大慰，俄而鸽又至："面向既东，背向必北！已催军疾行，不误约期。"先主惊，止之不及。

《云别传》载："云既陷乱军，七进七出，奋烈无加，曹军皆不敢近。"

之二十九

十八年五月丙申，曹公进魏公，受九锡，曰："大辂玄牡、衮冕赤舄、乐则、朱门、纳陛、铁钺、弓矢、秬鬯，并虎贲之士三百人常侍左右。"

虎贲为汉帝所授，操颇有戒惧，恐谋害己身，常吩咐曰："吾梦中好杀人；凡吾睡着，切勿近前。"一日，昼寝帐中，落被于地，一虎贲慌取覆盖。操跃起拔戟斩之，复上床睡；半晌方起，佯惊问："何人杀吾虎贲？"众以实对，操痛哭，命厚葬之，取戟名之"格虎大戟"，以示警惧意。自此无敢近者。

及薨，曹丕造"魏武王常所用格虎大戟"，置之墓穴，至今尚在。

之三十

陈寿撰《三国志》，帝纪、妃传前后相连。《魏书》次序为武帝纪、文帝纪、明帝纪、三少帝纪，再接后妃传。《蜀书》亦然，先有刘二牧传、先主传、后主传，再接二主妃子传。唯《吴书》次序迥异，先有孙破虏讨逆传、吴主传、三嗣主传，中插刘繇太史慈士燮传，再次方为妃嫔传。其可怪也欤。

之三十一

一十八路诸侯讨董，会于虎牢关。吕布横戟阵前，诸将震惶不敢前。唯张飞跃马搦战，矛指喝曰："本著吕氏，又投丁原、董卓，真三姓家奴也！"吕布岿然不动，刘备上前，喝曰："本著吕氏，又投丁原、董卓，真三家姓奴也。"西凉军俱大疑，以目瞄布，布为之气夺。董卓遂弃洛阳。

之三十二

诸葛亮初治蜀，以汉德地险，命杨仪督工凿石架空，修造阁道，以通行旅，又倚崖砌石为门，号曰剑阁。适魏延统军出关，观此形胜，赞曰："此隘可为雄壮矣。"左右曰："此杨长史所筑。"魏延又赞："果然人如关名。"

之三十三

关羽镇荆州，适北上讨曹，临征问马良吉凶。良擅卜乩，即批曰："天下三分，各有其一。"羽笑曰："此吾兄命数，非某也，先生谬矣。"后羽败亡于临沮，权葬其躯，函首于曹公，以诸侯礼葬洛，刘备又立衣冠冢于成都。大众始悟马良之灵机。

之三十四

刘备伐吴，军有十数万，皆屯于猇亭。吴主拜陆逊都督，临发密嘱：蜀道艰险，转运不宜。卿此去可觇其粮草，便宜击之。月余，逊有书信致："彼火烧连营，我军宜守。"吴主惑，还书曰："都督谬矣，火烧连营，岂不宜攻乎？"逊书又致："彼营之中，无不满屯火烧，接连数十里。粮草优足，实不能攻。"

《三国志·蜀书·先主传》："先主姓刘，讳备，字玄德，涿郡涿县人……"（涿郡，今涿州也，属河北。）

之三十五

刘备伐吴，军有十数万，皆屯于猇亭。陆逊当之。月余，逊有书信致："彼火烧连营，我军宜守。"吴主惑，还书曰："都督谬矣，火烧连营，岂不宜攻乎？"逊书又致："彼营之中，无不满屯火烧，接连数十里。粮草优足，实不能攻。"吴主甚忧，问计于群臣："孤欲求和，卿等谁可任之？"又环顾诸人脸色，笑曰："非子瑜不能当此任。"

诸葛瑾，字子瑜。瑾面长似驴，常为孙权所嘲。

之三十六

孔明隐于草庐，先主枉驾顾之。一顾不在，曰云游未归；二顾不在，曰访友未回。先主颇怅然，乃留书云："仆有重耳志，君是介子推。"三顾乃见，相谈甚欢。

之三十七

曹军与贼相持数月，粮草无余，士卒饥馁。操乃使仓官王垕以小斛散之，军中多怨。操召垕曰："借汝头一用，以安军心。"王垕淡然对曰："何日奉还？"操既惊且疑，遂罢此念。

之三十八

曹操苦头风，召华佗诊之。佗曰："先饮麻沸散，刀开头颅，取出风涎，可愈。"曹操疑惧，仍使华佗施术。术既毕，华佗自矜曰："吾先为关君侯刮骨去毒，又为曹丞相开颅去涎，可谓完满矣！"操大惊："刀可洗过？"华佗默然，遂下狱死。操不日亦亡。

⟨ 三国志·步幸传 ⟩

　　十二年，太祖欲征北郡乌丸，问计于郭嘉。嘉深通有算略，劝公出，又密召幸，屏退左右，曰："曹公即往北征，公宜早行，伪投乌丸，则我军胜矣。"幸踟蹰不决，嘉再三逼之，乃从。嘉甚喜，携幸北上，军至柳城，嘉病笃。

————————

步幸字吉利，冀州邺城人也，良家子。中平初，黄巾大起，幸随大方首领马元义，为筹划事。元义聚众数万于邺，期三月五日举兵。未发，元义弟子唐周密报于朝廷，事败，元义伏诛。幸亡归张角。

三十六方黄巾俱起，天下响震。张角以四方有事，遣幸往援南阳张曼成。幸甫至，适南阳太守秦颉进剿，曼成寻败死。众推曼成副将赵弘为督，据宛以自保。幸说弘曰："固守不佳，久必成困，未若乘夜以勇士冲之，敌必惊溃。"弘从其计，轻军袭营，为流矢所伤，半旬而亡。弘副将韩忠继执帅印，以幸为谋主。十月，忠没于军中，宛城乃陷。

幸往归张角，及至河北，角病死，乃复投张梁。时梁与皇甫嵩战于广宗，幸惩宛城之事，料敌必不敢轻进，梁遂不以为备。嵩潜夜勒兵，乘暮急攻之，阵斩梁并黄巾军三万余级。幸仅以身免，入下曲阳张宝营下。十一月，嵩破下曲阳，宝即就戮。黄巾十数万人一时俱死，哀声遍野。幸立于败军之地，面色如旧，谈笑如常。嵩见之颇奇，收为幕僚。

明年春，诏嵩回镇长安，以卫园陵。幸随入洛阳，嵩被收左车骑将军印绶，削户六千。

灵帝崩，少帝即位。何进谋诛阉官，广选人才，嵩进幸，进授以军司马职。

未几，黄门常侍段珪杀进，俘幸等僚属百余人为质，缚于掖庭。幸急曰："吾，黄巾旧部也，非大将军嫡属。"珪等久居内闱，不通治戎，遂着幸执掌宫门宿卫。

是夜，袁术虎贲鼓噪于外，袁绍勒兵大进，宫内大乱。珪等挟帝并陈留王走小平津，幸随驾左右。后珪等窘顿无路，投水而死，幸扶幼帝、陈留王欲回宫，暗暝，逐萤火而行。行至北芒，董卓军至。

及归殿，帝恐董卓强横，密遣幸召执金吾丁原入京，以为制衡。幸携密诏至丁原军中，卓已杀原。幸归见帝，具叙其情，帝泣曰："此天欲亡朕耶？"幸长跪谓帝："臣愿为陛下羽翼，必不使太阿倒持，神鼎旁落也！"帝引为亲信。

俄董卓废帝，杀之，又欲杀幸。陈留王时已践祚，念幸有北芒扶持之功，因劝卓曰："朕初登大宝，见杀不祥。"遂赦幸，看守东宫。

董卓暴虐，京城多为其病，百官敢怒而不敢言。有城门校尉伍琼，夜来说幸："董卓乱国僭尊，败德蔑礼，虽古之王莽比之亦蔑如。公既为二帝亲随，当共我诛戮奸贼，使帝室重光也。"幸从其言。越明日，琼着小铠，暗佩利刃，欲伺刺卓；幸恰有疾，未能同往，琼遂不敌卓，终为其所杀。

幸本雅士，好音律，素与蔡邕相善。三年三月，邕荐幸于卓，卓大喜，擢幸府内署事。三年四月，王允、士孙瑞、吕布等杀卓。邕见卓死，有嗟叹之语，允不善其言，欲诛之。幸等上书诤谏，力劝不可，允遂杀邕。幸收其骸骨，立牌谨祀之。允见幸行止端方，重义守礼，又熟于戎事，即补入吕布军中，为前部司马李肃主簿。

肃与卓婿牛辅战于陕，肃大败，见诛。布知幸短于谋略，然虑其为王允所荐，责之不宜，遂令其退归长安，不复领兵，专司安抚京民。

李傕、郭汜等用贾诩计，逆攻长安，布不能守，败逃河内，允死。关西将纵兵大略，京民悉为残杀，万无余一。幸求计于贾诩，诩曰："傕、汜，匹夫耳，不能长久；帝虽幼弱，终是尊上。"幸乃悟，转投尚书令士孙瑞。

侍中马宇与谏议大夫种邵、左中郎将刘范等谋，欲使马腾袭长安，已为内应，以诛傕等。瑞使幸密会腾，迨后樊稠败腾于长平观。宇、幸等奔槐里，稠又急攻，宇等皆死。幸自言为彼等裹挟，非出本意。稠信之，释其归京。

兴平二年，傕、汜相攻，帝携百官出新丰，幸并士孙瑞随驾。杨奉来迎，大败，瑞死于乱军。幸感时事艰辛，又闻刘备贤名，颇思奔徐州。

及至徐州，幸谒刘备，喜曰："真吾主也。"刘备授幸别部司马，张飞守下邳。数日之间，吕布亦至。刘备征袁术，布乘虚袭下邳，虏刘备妻子与幸。布素恶幸，遂放归刘备。刘备还驻小沛，使幸纠合军卒，复合万余人。布疑而攻之，卒哗乱四溃，刘备败投太祖。

太祖遣夏侯惇助刘备，刘备以幸为先导。道遇布将高顺，惇败，右目为流矢所伤，顺复虏刘备妻、子与幸。太祖将大众亲征，布震恐，幸曰："吾与袁公路有旧，往去说，必救。"布赍千金，幸携之出。

幸迷途于道，辗转于徐、扬之间近一岁，终遇袁术于灊山，术病死。会刘备奔南皮，幸闻之，欣然诣袁绍。及至，幸问左右："袁公麾下，何者最贤？"对曰："田元皓。"幸访田丰，相谈甚欢，抵足竟夜。次日，丰闻绍欲之南，恳谏再三，绍不听，械系之。

绍军大出，幸先至白马，颜良身死；又转延津南济军，文丑寻亡。或说绍曰："幸其人也，命主克将，不宜置陈前。"绍深感其然，使幸归守乌巢，为辎重事。印绶未解，太祖袭乌巢，绍众大败。幸纠合残卒，登高曰："势已至此，归亦九死，不若早降曹公，必蒙厚遇。"众皆信服，俱南向降曹。太祖疑有伪，尽坑之。

临刑之际，幸大呼："幸不降也，为军所执耳！"太祖怜其忠义，赦之。后沮授为人所执，亦大呼："授不降也，为军所执耳！"太祖叹曰："君出言类于步幸，其不为谶乎？"放归袁绍，见杀。

幸归许县，帝见故人，挥袖流涕，曰："朕有今日，卿功大焉。"太祖仍以幸为太子舍人，侍帝左右。数年间无事，唯汉室日蹙。

十二年，太祖欲征北郡乌丸，问计于郭嘉。嘉深通有算略，劝公出，又密召幸，屏退左右，曰："曹公即往北征，公宜早行，伪投乌丸，则我军胜矣。"幸踟蹰不决，嘉再三逼之，乃从。嘉甚喜，携幸北上，军至柳城，嘉病笃。

幸素知太祖惜郭嘉，恐其迁怒于己，南逃刘表。十三年，幸终至荆州，而刘表病死。时刘备在新野，幸因往附。曹纯督虎豹骑猛进，大获其辎重，刘备遁汉津，幸又被俘。众进言太祖："留幸不祥，不若杀之，以杜后患。"太祖从其言，斩幸于赤壁北营，祭旗出征。

疫病大起，北军多死，太祖烧船自退。数年间，孙、刘遂有二州。

臣寿言："数奇，不敢多言。"